김종휘 판타지 장편 소설

A wizard of dragon

8

드래곤의 마법사 8

김종휘 판타지 장편 소설

초판 1쇄 찍은 날 § 2002년 5월 20일
초판 1쇄 펴낸 날 § 2002년 5월 25일

지은이 § 김종휘
펴낸이 § 서경석

편집장 § 문혜영
편집책임 § 박영주
편집 § 장상수 · 김희정 · 권민정 · 이종민
마케팅 § 정필 · 강양원 · 김규진 · 안진원

펴낸곳 § 도서출판 청어람
등록번호 § 제1081-1-89호
등록일자 § 1999. 5. 31
어람번호 § 제1-0243호

주소 § 경기도 부천시 원미구 심곡1동 350-1 남성B/D 3F (우) 420-011
전화 § 032-656-4452 팩스 § 032-656-4453
E-mail § eoram99@chollian.net

값 7,500원

ISBN 89-5505-151-4 (SET)
ISBN 89-5505-373-8 04810

김종휘 판타지 장편 소설

드래곤의

A wizard of dragon

마법사

제3부 **8** 해츨링의 탄생

도서출판 청어람

CONTENTS

7장 암흑검제와의 대격돌

시가장에서 나온 다섯 명의 무사들을 쓰러뜨린 루드웨어는 하오문의 지부로 향했다. 마차 안에서 만종은 무엇인가를 한참 생각하는 듯하다가 루드웨어를 보며 물었다.

"루드웨어님, 한 가지 여쭈어볼 것이 있습니다만."

"예, 말씀하십시오."

"손쉽게 그들을 처리할 수 있을 텐데 왜 그들을 끌어들이려 하시는지 궁금하군요."

"하하하하."

그 말에 루드웨어는 아무것도 아니라는 듯 손짓을 하며 말했다.

"별일 아닙니다. 저로선 그들의 배후가 궁금하기 때문에 그랬습니다."

"배후라면?"

"저들이 행하고 있는 무공으로 보아 단순히 부호의 식객으로 있다 하기에는 무리가 있고, 또 그들의 말을 들어보니 하나의 집단인 것 같더군요."

"집단이라면?"

"저들끼리 하는 말을 들어보니 어떤 조직에서 무공을 배웠다고 합니다."

"조직이라면?"

"저 역시 자세한 것은 알 수 없었지만 분명 강대한 조직이 그들의 배후에 있으리라 생각됩니다. 제가 찾고 있는 인물들 역시 이미 중원에서 상당한 조직을 이루고 있을 것이 분명할 터, 직접 찾아가는 것보다 그들이 저에게 찾아올 수 있도록 하기 위해서입니다."

"그렇군요."

종원은 루드웨어의 말에 고개를 끄덕였다.

하지만 그가 정체를 알 수 없는 조직을 끌어들이겠다는 말에는 놀라지 않을 수 없었다. 주정운과 같은 고수를 수하로 둘 정도의 집단이라면 지금의 숫자로 상대한다는 것은 조금 무리가 있는 일이었기 때문이다.

그러한 것을 모르는 자가 아닐 터인데 자신있게 말하는 것을 보면 과연 그의 본신 능력은 얼마나 될까 궁금하지 않을 수 없었다.

한편 장강을 통해 항주로 향하고 있는 로노와르의 일행은 수많은 혈전을 끝으로 장강의 하류에 다다를 수 있었다.

"여기서부턴 헤어져야겠군요."

로노와르는 자신들과 함께 장강을 내려온 자들을 보며 작별의 말을 하고는 준비해 놓은 마차로 올라탔다. 그런데 어이없게도 그녀들의 뒤를 이어 장강어옹이 마차에 오르니 다른 여인곡의 여인들은 황당하지 않을 수 없었다.

"어르신?"

"뭘 그렇게 쳐다보고 앉아 있냐? 어서 오르지 않고."

그 말에 여인들은 할 수 없다는 듯 고개를 가로저었는데 오직 한 여인만은 그가 마차에 오르자 크게 기뻐하는 듯한 표정을 짓고 있었다.

바로 장강어옹에게 반한 도연랑이었으니 그녀는 미리 준비해 놓은 술을 가져와서는 그의 곁에 앉아 다소곳한 모습으로 따라주었다.

"음."

로노와르로선 폭삭 늙은 노인네에게 반한 도연랑을 이해할 수 없었지만 일단 그대로 내버려 두기로 했다.

도연랑의 성격상 강제로 떼어놔도 소용이 없다는 것을 알고 있었기 때문이다.

장강어옹 역시 겉으로 크게 기뻐하는 얼굴을 취하고 있었지만 내심으론 당황하지 않을 수 없었다.

처음에는 자신의 무공을 보며 존경심에 그러려니 했지만, 이건 시간이 지나면 지날수록 더 진한 포즈로 자신에게 들러붙고 있었기 때문이다.

'마누라가 간 지도 어언 40년, 음… 이 계집아이가 괜찮긴 한데 너무 젊으니…….'

그 역시 마음에 없는 것은 아니었지만, 워낙 젊다 보니 강호동도들에게 주책바가지란 소리를 들을 수도 있기에 고개를 내저을 수밖에 없었다.

로노와르 일행이 타고 있는 마차는 육두마차로 상당히 큰 편에 속했다.

물론 이런 마차는 관리나 황족 외에는 타지 못하는 것이 관례이지만, 무림은 관과 별개의 세계라 외골수의 관리만 만나지 않는다면 별문제 될 것이 없다고 할 수 있었다.

"그나저나 요 근래 대사련의 습격이 뜸해진 것 같아요."

홍련칠화 유란의 말에 안초희는 고개를 끄덕이며 말했다.

"그동안 우리가 벤 대사련 문도들의 수만 해도 수백은 넘을 테니까. 그들로서도 무의미하게 문도들을 계속 죽음으로 내몰지는 않을 테지. 아마 다른 암수를 사용해서 우리를 공격하지 않을까 생각해."

"음."

초희의 말이 어느 정도 일리가 있는지라 다른 여인들도 고개를 끄덕였다. 그때 막내인 매화가 무슨 생각이 들었는지 손바닥을 치며 말했다.

"그나저나 삿갓을 쓴 무사가 보이지 않네요?"

"아!"

장강에서부터 자신들과 함께해 온 의문의 무사가 보이지 않는다는 걸 깨달은 여인들은 모두가 궁금해졌다. 엄청난 무공의 소유자이면서도 마치 그림자처럼 자신들을 따라붙었던 사나이의 정체는 그녀들로서도 궁금하지 않을 수 없었던 것이다.

"그 건방진 남자의 얼굴을 보고 싶었는데… 아깝다."

안초희가 그의 얼굴을 보지 못했다는 것이 아깝다며 입맛을 다시자 소심랑은 고개를 저으며 말했다.

"하지만 그렇게 했으면 네 목은 아마 장강의 강물 속에 떨구어졌을걸?"

"음… 그건 그렇네요."

그녀 역시 장강의 배 위에서 신기에 가까운 그의 무공을 보았는지라 고개를 끄덕일 수밖에 없었다.

하지만 초희는 그의 차가운 모습이 너무나 마음에 들었다. 삿갓 밑으로 살짝 보이는 냉막한 입술과 과묵한 모습, 극도로 예리하게 갈려 있는 기운 같은 것들이 그녀의 개인적 취향에 아주 걸맞는 남자였던 것이다.

'아! 그런 남자와 한번 사귀어봤으면…….'

그녀들이 이런 이야기를 할 무렵 항주로 향하는 그들의 마차를 쫓는 한 남자는 알 수 없는 오한에 시달려야 했다.

"그나저나 파사신검을 누가 가지고 있는 거죠?"

당미의 말에 다른 이들도 모두 궁금하다는 표정을 지었다. 강호에 소문으론 자신들이 가지고 있다고 알려져 있지만, 실제로는 로노와르를 포함하여 어떠한 이도 파사신검을 구경해 본 적이 없었기 때문이다.

하지만 그녀들의 말에 웃음을 터뜨리는 사람이 있었으니 바로 장강어옹이었다.

"장강어옹 할아버진 뭔가 아실 것 같은데……."

초희의 물음에 장강어옹은 도연랑이 따라주는 술을 한 잔 받아 마시더니 대답했다.

"분명 장강을 같이 내려온 사람 중에 파사신검을 가지고 있었던 자가 있었지."

"예? 그게 누군데요?"

초희의 물음에 이번엔 한쪽에서 휴식을 취하고 있던 로노와르가 대신 대답해 주었다.

"파사신검을 가지고 있던 이는 바로 현허 도장이다."

"예?"

여인들은 로노와르의 말에 모두 크게 놀라지 않을 수 없었다.

자신들 역시 현허 도장을 의심은 해보았지만 그는 어떠한 짐도 없이 달랑 도복 하나와 낡은 검 한 자루만 들고 장강을 주유했을 뿐이다. 그런 그가 어떻게 파사신검을 가지고 있다는 건지 이해할 수가 없었다.

"하지만 현허 도장의 짐이라곤 도복 한 벌과 검 한 자루 외엔 아무것도 없었잖아요."

초희의 못 믿겠다는 말에 로노와르는 미소를 지으며 말했다.

"바로 그 검이 파사신검이었다는 것이지."

"말도 안 돼요! 그럼 그 낡은 검이 파사신검이란 말이에요?"

초희는 로노와르의 대답에 황당하지 않을 수 없었다.

현허 도장의 검은 그녀 역시 본 적이 있었는데, 그 검은 나무로 만들어진 엉성한 검 손잡이에 낡고 오래된 검집에 검 자체에도 피가 얼룩져 있는 낡은 검이었다.

"잘 생각해 보렴, 왜 현허 도장님은 그런 검을 가지고 계실까 하고."

"그거야 돈이 없어서가 아닌가요?"

로노와르는 그녀의 말에 고개를 저으며 말했다.

"물론 돈이 없어서 낡은 검을 사용할 수도 있지만 검에 얼룩진 핏자

국을 닦아내지 않은 것은 물론이요, 검을 함부로 다루는 것을 보았을 것이다. 이상하지 않니?"

"뭐가요?"

"현허 도장의 한 벌뿐인 도복을 보면 상당히 깨끗하고 단정한 것을 볼 수 있는데 그런 사람이 검을 험하게 다루다니 말이야."

"아……!"

그제야 초희는 무엇인가를 알아채고는 탄성을 질렀다.

"아마 파사신검이 현허 도장의 손에 넘어간 것은 수적 떼에게 군선이 습격당했을 때일 테고, 그 후로 현허 도장은 자신의 검이 파사신검이란 것을 감추기 위해 일부러 검을 함부로 다룬 것이겠지."

"그렇군요. 그럼 개방의 취개 어르신이 현허 도장에게 관심을 가지신 것은 그 때문이겠네요?"

"그렇다고 볼 수 있지. 어르신은 분명 파사신검을 목적지에 안전하게 도착시키기 위해 나섰다고 했으니 말이야."

그때 갑자기 잘 나가던 마차가 급정거를 하며 멈추어 섰다.

"무슨 일이냐!"

장강어옹에게 술을 따라주고 있던 도연랑은 마부석에 있는 여인을 보며 소리쳤다. 하지만 자신의 물음에 아무런 응답이 없자 괴이하게 생각되지 않을 수 없었다.

"암습이다! 아마 마부석에 있는 아이는 죽은 듯하구나."

장강어옹은 그 말과 함께 자리에서 일어나 천천히 문을 열고 나갔다. 마차의 주변에는 아무것도 없어 천천히 마부석으로 향했다.

아니나 다를까, 마부석에 있던 여인은 정수리에 비도가 꽂힌 채 죽어 있었다. 그녀의 머리에 꽂힌 비도의 모양을 살펴보고는 장강어옹은 혀를 차며 말했다.

"아무래도 흑살문의 암살자가 움직이는 모양이구나."

"흑살문!"

마차 안에 있던 여인들은 장강어옹의 말에 크게 놀란 표정을 지었다.

흑살문은 강호제일의 암살 조직으로 돈만 많이 준다면 황제라도 암살할 수 있는 조직이었다.

가마를 들던 여인 중에서 장강의 혈전에서 살아남은 여인은 두 사람, 그중 하나는 큰 부상으로 따라오지 못했고 남은 한 사람은 암기에 의해 죽임을 당해 이제 이곳에는 홍련칠화밖에 남아 있지 않았다.

홍련칠화에게 마차를 맡길 수 없었던 장강어옹은 마부석에 쓰러져 있던 여인의 시신을 끌어내린 후 마부석에 올라가 마차를 몰기 시작했다.

산길에 버려두는 것이 조금 꺼림칙하기는 했지만 일단은 흑살문의 포위망에서 빠져나가는 것이 급했다.

슈슈슉!

그 순간 바람을 가르는 소리와 함께 수십 개의 암기가 말을 향해 날아왔다. 그것을 본 장강어옹은 채찍을 들어서 말을 향해 날아오는 암기를 쳐낸 후 튕겨져 나온 암기를 잡아 숲으로 던졌다.

"끄으윽!"

암기가 사라진 곳에서 한 남자의 신음 소리가 들리더니 곧 이어 땅으로 떨어지는 소리가 들려왔다. 말을 향해 암기를 던진 자가 쓰러진 듯했다.

"어르신, 제가 같이 있겠습니다."

천영살대 유란은 달리는 마차에서 빠져나와 마부석으로 다가오려 했다. 암기의 공격이라면 요대를 사용하는 자신이 쉽게 방어할 수 있다고 생각한 것이다.

"조심하도록 하여라."

"예."

하지만 유란이 마부석에 오르기도 전에 사방에서 바람을 가르는 소리와 함께 암기가 쇄도하기 시작했다. 그 모습에 로노와르는 자리에서 일어나 두 손을 양쪽으로 뻗은 후 가볍게 내공을 끌어올렸다.

"합!"

그 순간 엄청난 내공의 장막이 달리는 마차의 밖으로 형성되었고 사방에서 날아오는 암기를 모조리 떨어뜨렸다.

"오……!"

단순히 내공을 밖으로 뿜어내는 것만으로 호신강기의 장막을 만들어낸 로노와르의 실력에 장강어옹은 내심 크게 탐복했다. 하지만 감탄보다는 일단 이곳을 빠져나가는 것이 급하다 생각해 계속 말을 몰아갔다.

일각 정도의 시간이 흘렀을 때 장강어옹은 근처의 숲에서 작은 살기가 일고 있는 것을 느낄 수 있었다. 살기의 느낌으로 보아 상당수의 살수가 있다고 생각한 그는 다른 이들에게 경계하라는 전음을 날렸다.

살기의 범위에 들어서니 사방에서 수십 명의 살수들이 쇄도해 들어와서는 마차를 향해 검을 찔러왔다.

"차압!"

하지만 이미 준비하고 있었던 홍련칠화와 당삼랑들은 한꺼번에 마차의 밖으로 튀어 나가서 자신들을 향해 날아오는 자객들을 한 사람씩 처리해 갔다.

그들이 마차를 벗어났을 때 자객들은 마차를 향해 검을 찔러오고 있었기에 순식간에 마차는 검 자국으로 가득 찼으니, 만약 안에 있었다면 벌집을 면치 못했을 것이다.

장강어옹이 자객들을 향해 채찍을 휘두르며 공격해 들어갔고 홍련칠화도 그들을 쓰러뜨리며 탈출로를 만들어 몸을 날렸다.

자객들은 철저하게 암습만을 훈련받는 집단이었기에 모습을 드러낸 상태에선 홍련칠화의 상대가 되지 못했다. 순식간에 수십 명의 자객들이 쓰러지자 불리하다는 것을 깨달은 나머지 자객들은 급히 숲으로 몸을 날려 몸을 감추었다. 한 번의 전투 후 이들의 곁에는 검은 복면을 한 자객들의 시신이 가득 널려 있었다.

"휴……."

"아무래도 특급 살령이 내려진 것 같군."

"특급 살령이요?"

장강어옹의 말에 초희는 궁금한 듯 물었다.

"흑살문에선 모두 네 가지 등급으로 의뢰를 나누는데, 쉽게 말하면 하급은 보통 강호에 떠돌아다니는 이, 삼류급의 무사들이다. 중급은 강호에서 일류에 속하는 무인을, 상급은 한 문파의 문주급 되는 직위의 사람들을 말하지."

"그럼 특급은요?"

"강호 백대고수에 속하는 인물이나 그에 준하는 인물일 경우는 특급에 속하는데, 이 경우에는 특급 살령을 내림으로써 흑살문 총원의 삼

분의 일을 움직일 수가 있다고 알려져 있지."

"아!"

"뭐, 나와 같이 있다는 것만으로도 충분히 특급 살령이 내려질 만은 하지만 아무래도 단순한 특급 살령은 아닌 것 같구나."

장강어옹은 무엇인가를 감추고 있는 듯한 말을 마치곤 일행들에게 손짓을 하며 천천히 앞으로 걸어가기 시작했다. 산새 소리조차도 들리지 않는 적막한 숲을 걸어가는 일행들은 등줄기에서 식은땀이 흐를 수밖에 없었다.

로노와르는 조용히 그들의 뒤를 따라가면서 몸에 있는 마나 디텍트 마법을 사용하여 자객들이 어디 있는지 살피기 시작했다. 하지만 그들은 기를 숨기는 훈련이 상당히 잘 되어 있었는지 작은 기만이 느껴지고 있었기에 산짐승들과 거의 분간이 되지 않았다.

마나 디텍트가 소용이 없자 로노와르로선 폴리모프를 풀고 단숨에 날아가고 싶었지만, 그런 짓을 했다가는 강호에서 괴물로 낙인찍힐 것을 알고 있었기에 꾹 참을 수밖에 없었다.

마나 디텍트에서 느껴지던 작은 기운들이 조금씩 움직이고 있는 것을 보아 그것들이 자객이라는 것은 짐작할 수 있었다. 하지만 약간만 빨리 움직여도 흔적을 금세 잃어버렸기에 차라리 마법을 사용하지 않는 것만 못한 상황이었다.

쿠구구구쿵! 쿵!

그때 일행들 사이로 검은색의 구슬들이 사방에서 작렬하기 시작했다. 그것들은 일종의 연막탄으로 일행들이 병기로 쳐내자 폭발해 사방은 금세 자욱한 연기로 가득 찼다.

"모두 조심해라! 흑살문의 폭연살행(爆煙殺行)이다!!"

폭연살행은 흑살문의 대표적인 암살 수법 중 하나였다.

주로 다수의 인원을 암살할 때 사용하는 방법으로, 연막탄을 이용해 일대를 연기로 가득하게 한 다음 시야를 가려 당황하게 만들어 분열하게 함과 동시에 살행을 하는 방법이었다.

지금까지 이 폭연살행에서 빠져나온 이의 숫자는 극히 소수에 불과했고, 그들은 이구동성으로 이 폭연살행은 지옥이라 말하고 있었다.

"흥!"

하지만 이러한 수법은 로노와르에겐 아무것도 아니었다.

사방이 연기가 자욱하게 깔려 아무것도 보이지 않자 그녀는 가볍게 주문을 외우며 손을 뻗었다. 주위로 엄청난 바람이 형성되어 일행들의 눈을 가리는 연기를 사라지게 했다.

"헉!"

연기 사이로 쇄도해 들어오던 살수들은 갑자기 폭연이 사라지자 크게 놀라 헛바람 소리를 터뜨렸고, 그것을 놓치지 않은 나머지 일행들은 병장기를 휘둘러 녀석들을 쓰러뜨려 나갔다.

폭연살행을 단번에 깨뜨린 로노와르의 실력도 놀랍기는 하지만, 연기를 없앰과 동시에 사방으로 뛰쳐나가 자객들을 쓰러뜨리는 홍련칠화를 보며 장강어옹은 등줄기에 식은땀이 흘러내릴 수밖에 없었다.

처음 장강의 싸움 때는 대부분 각자가 흩어져 싸움을 하는 조금 난잡한 모습이었고 무공 또한 실전에 그리 익숙지 않아 일합에 쓰러뜨릴 수 있는 상대를 시간을 끌며 지체하기가 일쑤였다. 한데 지금은 상대를 처리함에 있어 일격필살의 모습을 보임은 물론이요, 서로 간에 호흡 역시 착착 들어맞고 있었기 때문이다.

눈에 띌 정도로 무공이 늘어가고 있는 그녀들이었으니 어찌 장강어옹이 놀라지 않을 수 있겠는가? 마치 대사련과 흑살문이 이들에게 무공을 수련시키고 있는 것이 아닐까 하는 착각이 들 정도였다.

'이건… 홍련칠화라는 이름이 강호에 크게 퍼질 것 같군.'

강호제일의 살수 조직을 상대로 함에도 망설임없는 이들의 모습을 보며 또 다른 별들이 강호로 출현하고 있음을 느낀 장강어옹이었다.

흑살문의 폭연살행을 깨뜨린 후 일행들은 다시 길을 나섰는데, 어느 순간 수십 명의 남자들이 천천히 그들 앞으로 다가왔다.

흐느적거리며 걸어오는 그들을 보며 일행들이 영문을 알 수 없어하는 그때, 장강어옹이 무엇인가를 깨닫고는 큰 소리로 외쳤다.

"유부귀살진(幽府鬼殺陣)이다!"

"유부귀살진?"

유부귀살진이란 말을 들어본 적이 없던 일행들은 되물을 수밖에 없었는데, 그때 흐느적거리며 걸어오던 이들이 사방으로 빠르게 몸을 날리더니 순식간에 일행들을 둘러싸기 시작했다.

"헉!"

그자들이 모두 자리를 잡은 순간 사방에서 귀곡성이 들려오기 시작하며 귀기가 흐르는 안개가 자욱하게 깔리기 시작했다.

"유부귀살진은 시체들을 이용한 귀문둔갑진의 일종이다! 이곳에 들어선 자는 유부의 귀신들에 의해 죽임을 당한다 하니 모두 경계를 늦추지 마라!"

장강어옹의 다급한 설명을 듣고 여인들은 사방을 경계하기 시작했다.

일행들의 귀를 울리는 귀곡성이 점점 커지기 시작했기에 나이 어린 홍련칠화는 무서움에 떨 수밖에 없었다.

"어르신, 이 진세를 파괴할 수 있는 방법은 없습니까?"

로노와르는 귀신을 무서워하는 홍련칠화를 보며 이런 상태론 얼마 못 가겠다는 생각에 장강어옹에게 물었는데 그는 고개를 저으며 말했다.

"잘 모르겠네. 본노도 말로만 들었지 실제로 유부귀살진을 접하는 것은 처음일세."

"음……."

장강어옹마저 겪어본 적이 없다는 말에 한참을 생각한 로노와르는 검에 내공을 돋워 한 방향을 향해 그대로 날렸다.

"차압!"

순간 그녀의 검에선 엄청난 강기가 형성되어 일대를 뒤흔들며 뻗어가기 시작했다. 하지만 애석하게도 유부귀살진은 전혀 파괴가 되지 않았다.

"음… 생문을 찾아야 하겠는데… 이거 귀곡성 때문에 생각을 정리할 수가 없군."

장강어옹은 도저히 생문을 찾을 수가 없자 미간을 찌푸렸다. 그도 그럴 것이 유부귀살진의 이 귀곡성은 진에 갇혀 있는 사람의 정신을 혼란시키는 공력이 실려 있는 음공이었기 때문이다.

그때 유부귀살진에 갇혀 당황하고 있는 그들을 나무 위에서 귀곡성을 내지르며 내려다보는 금발의 젊은이가 있었다. 그가 바로 귀곡성의 주인이었다.

"이히히히히히!"

남자의 목소리라고는 전혀 믿기지 않는 목소리였다. 귀곡성을 내는 그 남자의 곁으로 자객 옷을 입은 몇몇 사람이 경공을 펼쳐 날아왔다.

"과연 이사형의 귀곡성은 대단하다니까."

어려 보이는 한 자객이 감탄하며 금발 청년에게 말을 건넸지만 그 청년이 대답이 없자 머쓱해했다. 그런 그들 옆엔 또 다른 한 자객이 말 없이 유부귀살진에 갇힌 여인을 쳐다보고 있었다. 그의 이름은 만형, 현재 로노와르 일행을 공격하고 있는 흑살문의 살수들을 통솔하고 있는 이었다.

유부귀살진에 갇힌 로노와르는 장강어옹이 도저히 생문을 찾아내지 못하자 진을 깨뜨릴 방법을 찾아 고심하고 있었다. 하지만 도저히 귀곡성 때문에 정신을 집중시킬 수가 없었다.

"젠장! 저 귀신 울음소리 좀 어떻게… 아!"

그 순간 로노와르는 한 방법이 떠올랐다.

저 귀곡성이 유부귀살진의 환각을 일으키는 원흉이 아닐까 하는 생각이 들었기 때문이다.

음공 중에 정신을 혼미하게 만들어 환각을 보게 하는 것도 있었기 때문에 어느 정도 가능성이 있다고 생각한 로노와르는 옆에 있던 도연랑을 보며 말했다.

"도연랑, 칠현금을 건네다오."

"예."

칠현금을 받아 든 그녀는 자리에 털썩 주저앉더니 조심스럽게 금을 퉁기기 시작했다.

칠현금의 맑은 음색이 울려 퍼지기 시작하자 일대를 뒤덮었던 귀기가 조금씩 옅어지기 시작했다. 도연랑은 그 음색을 듣고는 크게 놀라며 소리쳤다.

"청해음공(淸海音功)!"

청해음공은 사람의 마음을 안정시켜 주는 효능이 있어 주로 현혹술을 격파하는 데 쓰이는 여인곡의 음공 중 하나였다.

청해음공이 울려 퍼지자 일행들의 혼란됐던 마음은 어느 정도 진정되기 시작했고, 귀곡성의 사기 역시 천천히 사라져 가기 시작했다.

"안개가 사라진다!"

눈을 어지럽히던 안개가 사라지며 조금씩 주변의 모습이 드러나니 일행들을 향해 사기를 뿜고 있던 시체들은 하나둘씩 땅으로 쓰러져서는 흙으로 변해가기 시작했다.

"큭!"

이사형이라 불리던 인물은 귀곡성을 바탕으로 한 자신의 유부귀살진이 청해음공에 의해 깨어지자 피를 토하고 말았다.

"사형!"

귀곡성을 칭찬하던 청년은 유부귀살진이 깨지며 힘을 잃은 이사형이 나무에서 떨어지려 하자 크게 놀라서 급히 그를 잡았다.

"유부귀살진이 깨졌군."

만형이 아쉬운 듯 말하자 이사형이란 자는 입가에 흐르고 있는 피를 닦아내며 말했다.

"아무래도 음공의 대가가 있는 듯합니다. 크윽……."

"멍청한 녀석, 여인곡의 여인들이라면 음공이 있다는 것은 어느 정도 예상을 했어야 하는 것이 아니냐?"

"크윽, 상당한 무공을 가지고 있다고는 들었지만 설마 저의 유부귀곡성(幽府鬼哭聲)을 깰 정도의 음공 고수가 저들 가운데에 있다고는 생각하지 못했습니다."

"음… 너의 유부귀곡성을 깰 정도라면 어느 정도 수준인가?"

"적어도 이 갑자 이상의 내공과 함께 여인곡에서 열 손가락 안에 드는 음공의 고수만이 가능합니다."

그의 말에 만형은 상대가 간단하지 않다는 것을 알 수 있었다.

그 수위를 알 수 없는 무공과 함께 익히기 어렵다고 하는 음공마저 같은 수준으로 익혔다고 생각한다면 여인곡에서도 상위에 속하는 인물일 것이 뻔했기 때문이다.

"여인곡 상위 인물에다 장강어옹까지 덤이라……."

"아무래도 암흑검제님을 불러야 하는 것이……."

"닥쳐라!"

이사형을 안고 있던 청년이 조심스럽게 말을 꺼내자 만형은 얼굴을 일그러뜨리고는 소리쳤다.

"암흑검제로 인해 흑살문의 이름이 높아지기는 했지만 그는 엄연한 외인이다."

"하지만……."

"더 이상 살수는 투입하지 않는다."

간단하게 명령하듯이 말한 그는 나무들 사이를 빠른 속도로 헤지며 사라져 갔다.

"사제, 미안하네."

"무슨 소리입니까, 사형은 열심히 하셨는데요."

그렇게 말한 청년이 조심스럽게 이사형이란 자의 가슴에 안기며 얼굴에 살짝 홍조를 떠올리는 걸로 보아 사랑에 빠진 청년이란 것을 알 수 있었다.

'미안하구나. 이번 일만 성공했으면 너에게 여인의 삶을 선물해 줄
수 있었거늘…….'

사실 사제라고 말한 청년은 여인이었다.

두 사람은 서로 사랑하는 사이였건만 무슨 연유에서인지 청년은 남
자로서의 삶을 살며 자객의 일을 하고 있었으니, 과연 두 사람의 사랑
이 이루어질 수 있을런지는 알 수 없었다.

자신의 가슴에 안긴 사제를 내려다보며 생각에 잠긴 자는 유진(劉眞)
이란 자로 현재 흑살문주의 둘째 제자였다.

유부귀살진에서 벗어난 로노와르는 근처에서 희미하게 느껴지던 기
운이 모두 사라진 것을 깨닫고는 자리에서 일어나 칠현금을 건네주며
말했다.

"살수들의 기가 모두 사라졌다."

"예, 모두 물러간 듯합니다."

부서진 마차 쪽으로 가 짐을 챙긴 일행들은 장강어옹을 앞세우고 길
을 걸어가고 있었는데, 산길의 반대 쪽에서 봇짐을 든 남자가 걸어오고
있는 모습이 보였다.

보부상 복장을 하고 있는 자의 보폭을 보아 무공을 익히지 않은 자
란 걸 알 수 있었지만 로노와르는 조금 이상한 생각이 들었다. 그의 모
습이 너무나 평범했기 때문이다.

'이상하군.'

삼 장 정도의 거리로 다가왔을 때 로노와르는 천천히 허리에 차고
있는 검에 손을 가져갔는데, 아니나 다를까 평범한 인물이라 여겼던 자

가 그들 가까운 거리에 왔을 때 그에게서 무엇인가가 빠른 속도로 로노와르의 목을 향해 날아왔다.

"차압!"

이미 예상하고 있었던 로노와르는 급히 몸을 뒤로 날려 그 물체를 피한 후 검을 집어 던졌다. 날아간 검은 그의 복부를 꿰뚫어 버리고는 다시 로노와르의 손으로 돌아왔다.

"크으윽… 어검술……!"

로노와르가 행한 어검술에 의해 그자는 피를 뿌리며 땅으로 쓰러지고 말았다. 장강어옹은 쓰러진 자객의 얼굴을 보다가 놀라면서 로노와르를 보며 물었다.

"자네는 이자가 자객이라는 것을 어떻게 알았는가?"

"음… 너무나 평범했어요. 험중한 산길을 이런 평범한 자가 혼자 걷는다는 것이 이상했거든요."

"음…….'

장강어옹은 그 말에 고개를 끄덕였다.

이런 깊은 산중을 지날 때는 호랑이와 같은 맹금류를 경계하기 위해 무리 지어 다니는 것이 보통인 것이다. 하지만 그는 그녀의 이런 관찰력보다 어검술을 사용했다는 것에 놀라움을 금치 못했다.

검술상의 최고 경지라는 어검술을 사용했다는 것은 그녀가 검의 일가를 구축할 만큼의 경지에 이르렀다는 뜻이었다. 그러므로 자신은 꿈도 못 꾸는 경지에 이른 로노와르의 정체가 궁금하지 않을 수 없었다.

'도대체 여인곡은 어떻게 이런 고수를 만든 것인가?'

자신이 알고 있는 여인곡이라면 절대 이 정도의 무공을 가진 인물을 만들어낼 수 없다고 생각하는 장강어옹이었다.

한편 로노와르들을 뒤따르며 이 광경을 지켜보고 있던 흑살문의 만형 역시 크게 놀라지 않을 수 없었다. 이번에 투입된 살수는 흑살문에서 자랑하는 천살십이수의 다섯 번째 좌에 속해 있는 특급살수였다. 그런데 그런 그가 단 일 합에 죽임을 당한 것이다.

'어검술… 젠장, 암흑검제를 이용해야 한단 말인가? 하지만 암흑검제를 이용하면 이사제와 삼사제가……'

만형 흑살문 문주의 대사형의 신분을 가진 그는 왜 암흑검제를 끌어들이는 것을 꺼려하고 있는 것일까? 또 이사제와 삼사제는 암흑검제와 어떤 사이인 것일까? 의문일 수밖에 없었다.

만형은 한참을 고민하다가 하늘을 향해 신호탄을 터뜨리니 그것은 자신의 실력으론 상대를 처리하기 어렵다는 표식이었다.

하늘 높이 푸른색의 연기가 일렁이자 장강어옹의 얼굴은 시퍼렇게 변했다.

"무슨 일입니까?"

"음… 아무래도 흑살문에서 암흑검제를 끌어들일 것 같구나."

"암흑검제요?"

도연랑의 물음에 술이 담겨 있는 호리병을 입에 물고는 잠시 술을 들이킨 장강어옹이 한숨을 내쉬며 말했다.

"암흑검제는 흑살문에서 자랑하는 천살십이수의 수좌를 차지하고 있는 인물로 살수가 아닌 무림의 검을 다루는 인물이네. 무슨 연유인지는 모르지만 흑살문에 힘을 빌려주고 있지."

"암흑검제란 인물이 강한가요?"

"강하다라… 음, 현재 사파의 인물들 중 검에 한해서는 암흑검제를 넘어설 수 있는 인물이 없을 정도이네. 들리는 소문에 의하면 무형검의 경지까지 이르렀다고 하네."

"무형검!"

도연랑은 그의 말에 크게 놀라지 않을 수 없었다.

무형검은 검이 없어도 내공을 사용하여 검을 만들어낼 수 있는 경지로 천하제일인을 넘볼 수 있다고 알려져 있었기 때문이다.

물론 근 백 년 간 무림의 수준이 크게 올라가 무형검의 실력을 지녔다고 해도 강호 서열 십위 안에 간신히 들 정도로 변해 버렸지만, 자신들과 같은 사람들에게 무형검의 실력자는 무서운 인물일 수밖에 없었다.

하지만 일행들은 한 사람의 실력을 믿고 있었다.

로노와르. 어느 누구도 그 무공의 능력을 짐작할 수 없는 그녀는 무형검의 경지에 이르는 암흑검제라 하더라도 충분히 상대할 수 있다는 느낌이 들었기 때문이다.

만형은 신호탄을 올리고는 나뭇가지에 몸을 맡기고 있었는데, 그때 이사제와 삼사제가 경공을 사용하며 다가오는 것을 볼 수 있었다.

"사형! 방금 전 신호탄은……?"

"…평숭이 당했다."

"평숭이라면 천살오수가 아닙니까!"

천살오수 평숭이라면 자신들의 목숨 역시 한순간에 앗아갈 수 있을 정도의 실력자였기에 그가 죽었다는 말에 크게 놀라지 않을 수 없었다.

"우리의 능력으론 처리할 수 없는 상대였다."

"그런……."

유진은 대사형의 말에 말문이 막힐 수밖에 없었다. 만형은 고개를 돌려 삼사제를 보더니 말했다.

"삼사제… 미안하네."

"예?"

갑작스런 만형의 말에 삼사제는 이상하다고 생각할 수밖에 없었다.

한편 보부상으로 변장한 자객을 처리한 로노와르 일행은 저녁 무렵이 되자 근처에서 작은 동굴을 하나 발견하고는 그곳에서 휴식을 취할 수 있었다.

"그나저나 흑살문에 대해서 좀 더 말씀해 주시지 않겠어요?"

유란의 질문에 장강어옹은 고개를 끄덕이며 강호의 살수 조직인 흑살문에 대해서 설명해 주기 시작했다.

"흑살문은 문주인 암형마제를 중심으로 한 암살 조직으로 들리는 소문에 의하면 대사련의 휘하 조직이라고 한다. 그 밑으로 일비라고 불리는 음영비란 자가 있는데, 실제로 음영비의 모습을 본 자는 암형마제를 제외하곤 거의 없다고 알려져 있지. 특급에 속하는 암살을 처리하는 사람들은 암형마제의 다섯 제자와 천살십이객, 그리고 암흑검제가 있는데, 암흑검제의 경우에는 흑살문의 식객이라고 할 수 있는 존재로 아무리 암형마제라 할지라도 그를 함부로 대하진 못한다고 하네."

"음."

한참을 그렇게 얘기를 풀어가고 있을 때, 숲 한편에서 무엇인가 다

가오고 있는 것을 느낀 장강어옹이 급히 자신의 병장기에 손을 가져갔
다. 그와 동시에 유란은 체대를 끌러 자세를 잡고 숲을 향해 소리쳤다.

"누구냐!"

그런 그녀의 외침을 아랑곳하지 않는 듯 천천히 숲에서 한 남자가
걸어와서는 모닥불에 모여 앉아 있는 일행들 곁에 천천히 자리를 잡고
앉았다.

"뭐 이런 사람이 다 있어!"

안초희가 그의 뻔뻔함에 얼굴을 붉히며 검을 들어 내려치려고 하자
장강어옹이 그녀의 손을 잡아 말렸다.

"네가 상대할 수 있는 사람이 아니다."

"예?"

그의 말에 안초희는 장강어옹이 이 뻔뻔한 남자를 알고 있다는 것을
알 수 있었다.

천천히 자리에 앉은 장강어옹은 그에게 허리에 차고 있던 호리병을
건네주고는 말했다.

"오랜만이군, 무강(武鋼)."

"나 역시."

장강어옹이 건네준 술병을 들어서 한 모금 마신 무강이란 남자는 다
시 병을 건네주고 자신의 앞에 있는 로노와르를 보며 말했다.

"자네가 어검술을 사용한다는 여인이 맞는가?"

"예."

"음… 어린 나이에 상당한 무공을 익혔군."

"글쎄요. 저에겐 당신이 더 어린 나이로 보이는걸요?"

그 말에 무강이란 남자는 이채롭다는 표정을 짓고는 품에서 종이로

싸여진 물건을 꺼내어서 펴기 시작했다. 종이에는 한 마리의 잘 구워진 오리 고기가 있었는데, 그것을 본 장강어옹은 너털웃음을 지으며 말했다.

"하하하, 자네는 옛날 그대로군."

"장강어옹이 있는 곳에 술은 있지만 안주가 없는 것은 강호의 동도들이라면 거의 다 알고 있는 사실이지."

그렇게 말한 무강은 다리 하나를 찢어서 장강어옹에게 건네주고는 자신 역시 다리 하나를 찢어 입으로 가져갔다.

마흔 살 정도 나이로 보임에도 그는 백 살이 넘은 장강어옹에게 반말을 하고 있었기에 그가 환골탈태를 이룬 뛰어난 고수임을 어느 정도 눈치 챌 수 있는 홍련칠화였다.

"혹시… 당신이 암흑검제님이신가요?"

소심랑이 떨리는 목소리로 무강에게 묻자 오리 다리 뜯는 것을 멈춘 무강은 그녀를 잠시 응시하고는 고개를 끄덕이며 말했다.

"강호의 철없는 것들이 본노에게 암흑검제란 이름을 붙여주고는 있지."

"아!"

안초희는 그제야 자신은 상대가 되지 않을 것이란 장강어옹의 말을 이해할 수 있었다. 무형검의 경지에 이른 검의 달인을 어찌 상대할 수 있단 말인가.

그렇게 침묵의 시간을 보내고 있을 때 장강어옹이 그를 보며 물었다.

"그나저나 자네가 찾던 것은 어떻게 되었는가?"

"음… 찾기는 했네만 주인이 돌려주려 하지를 않더군."

"주인이라… 역시나 그런 이유가 있었군."

그의 말에 장강어옹은 어느 정도 이해가 가는지 고개를 끄덕이고는 술을 한 모금 들이킨 후 무강을 보며 말했다.

"이번 일 끝까지 해야겠는가?"

"다행히 이번 일을 끝으로 돌려받을 수 있다고 하니 할 수밖에."

"음… 그런 일이……. 어쩔 수 없구면."

"나 역시."

친한 친구 사이임에도 두 사람이 서로에 대해서 조심하고 있다는 것을 볼 수 있는 로노와르였다. 이야기를 들어보면 그가 찾고 있는 물건이 암형마제에게 있으며, 자신을 처리하는 일이 마무리되면 암형마제에게 그 물건을 돌려받을 수 있다는 것이다. 하지만 로노와르로선 죽고 싶은 생각은 없었기에 장강어옹의 친구라 해도 그를 봐줄 수가 없었다.

"당 여협."

"예."

당삼람은 로노와르가 자신을 부르자 조용히 대답했다.

"비도 아홉 자루만 빌려주지 않겠습니까?"

"예."

무슨 연유인지는 모르지만 당삼랑은 허리에 차고 있는 비도대에서 비수를 꺼내어 그녀에게 건네주었다.

"시작할까요?"

비수를 받아 들자 로노와르는 무강을 보며 말했고, 그는 고개를 끄덕이고는 천천히 자리에서 일어났다.

그들이 겨루기 위해 나선 곳은 동굴 밖의 작은 공터였다. 로노와르와 무강은 오 장 정도의 거리를 벌리고는 상대를 쳐다보고 있었다.

"음… 비도술인가?"

"예."

"의외로군. 어검술을 사용했다기에 검을 사용할 줄 알았는데 말일세."

"사실 이 비도술은 저의 낭군이 주로 사용하시던 건데, 저 역시 한 수 재간을 배웠답니다."

"음… 한 수의 재간이라… 그럼 해볼 만하겠군."

만만치 않은 상대라 생각한 무강은 천천히 검을 뽑아 들고는 자세를 잡았는데, 그의 자세를 보며 장강어옹은 탄식을 하며 말했다.

"아! 아무래도 최후식을 사용할 모양이군."

"최후식이요?"

"그렇단다. 무강은 마교에서 흘러나온 검법이라 알려져 있는 수라마검(修羅魔劍)을 익히고 있지. 수라마검의 마지막 초식 파천멸지(破天滅地)는 태산을 부술 정도의 위력을 가지고 있다 알려져 있다. 나 역시 파천멸지의 초식을 구경해 본 적은 없지만 초식의 흔적은 본 적이 있는데 백여 명의 무사들이 단 일 초의 초식에 한 줌의 재로 변했다고 하지."

"아!"

동굴 안에서 장강어옹의 말을 들으며 검술 대결을 보고 있던 여인들은 자신도 모르게 탄성을 내질렀다.

한 줌의 재로 만들었다는 뜻은 양강의 무예라는 뜻이었기에 음공에 가까운 여인곡의 무공과는 상극이라고 할 수 있었다.

하지만 사실 로노와르가 사용할 무공은 여인곡의 무공이 아니었다.

물론 지금까지 사용한 그녀의 무공들도 여인곡의 무공들이 아닌 소림사의 비전 무공을 중심으로 한 잡다한 무공과 단순한 내공의 발현 정도밖에 없었지만, 이번에 사용할 무공은 역사와 전통을 가진 아시오스 가문의 약탈 무공인 팔연환비도술(八連環飛刀術)과 섬광비도술(閃光飛刀術)이다.

이곳 출신이라는 혈비도 무랑이란 자에게 약탈한 두 가지 무공에 로노와르가 신공을 결합하여 더욱 업그레이드시킨 것이다.

여덟 개의 비도를 손가락 사이사이에 낀 로노와르는 자세를 잡고는 천천히 내공을 끌어올리기 시작했다. 그녀의 그런 모습을 보며 무강도 자세를 잡고 초식을 준비하기 시작했다.

서로를 경계하는 순간, 그 적막함을 깨고 먼저 공격해 들어온 사람은 무강이었다. 장강어옹이 말하는 최후의 초식을 사용하기에는 조금 이르다고 생각한 무강은 빠른 속도로 쇄도해 들어가서 일검을 휘둘렀는데, 단순히 한 번 검을 휘둘렀음에도 엄청난 강기가 형성되어서 로노와르를 향해 날아갔다.

"차앗!"

무강이 날린 검강을 본 로노와르는 어기충소의 신법을 사용해서 하늘 높이 치솟아 올라가 강기를 피했다.

쿠구구궁!

강기가 로노와르가 있던 곳을 쑥대밭으로 만들었지만 이내 자신의 검강이 실패했다는 것을 깨달은 그는 하늘을 향해 다시 한 번 검기를 날리기 시작했다.

"수라멸겁!"

수라마검의 초식 중 하나인 수라멸겁이 펼쳐지자 하늘에는 수십 개의 검기가 날아올라 몸을 띄운 로노와르를 향해 날아갔다. 그러나 그녀는 가볍게 온몸에 내공을 돋우어 호신강기를 펼쳐 냈다.

쿠구구궁!

무강이 펼쳐 낸 검기는 그녀의 호신강기와 부딪치자 큰 폭발음을 내며 터져 나갔고, 하늘은 불꽃으로 대낮처럼 밝아졌다.

"팔연환비도술!"

땅으로 떨어지던 로노와르는 허공답보를 사용해 공중을 한번 박차고 뛰어올라 뒤로 회전을 하며 손에 들고 있던 비도를 날렸다.

팔연환비도술, 그것은 일 대 일의 대결에 쓰이는 비도술의 일종으로 팔방에서 강한 내공이 담긴 비도가 몰아치면서 적을 공격하는 무공이었다.

자신들의 세계에선 꽤 잘 써먹힌 무공이었지만 이곳에서의 위력은 어느 정도일까 궁금했던 로노와르가 이번에 한번 써먹어본 것이다.

하지만 혈비도 무랑은 이곳의 출신으로 강호에서 상당한 악명을 날리고 있던 사람 중의 하나였다. 무림 역사상 가장 유명한 다섯 살인마 중 한 사람이라 할 수 있는 사람이 바로 혈비도 무랑이었고, 그가 가지고 있는 두 개의 비도술은 강호에서 전설로 남아 있는 무공이었다.

그가 사용한 팔연환비도술에 죽은 정사의 고수만 해도 이백 명이 넘었다고 알려져 있으니 그녀가 사용한 이 비도술은 무강과 장강어옹으로 하여금 크게 경악하게 만들었다.

"칫!"

무강은 팔방에서 엄청난 기세로 몰아치는 비도를 보며 크게 놀라기는 했지만 대전 경험이 풍부한 고수였기에 준비하던 파천멸지 초식을 사용하여 앞으로 튀어 나갔다.

"파천멸지!"

순간 엄청난 강기가 그의 몸에 형성되어지더니 뜨거운 기운의 검강이 일대를 파괴하며 앞으로 뻗어 나갔고, 그로 인해 두 개의 방위에서 날아오던 비도는 가루가 된 채 사라져 갔다.

"어검비도!"

무강이 자신의 비도를 피하자 로노와르는 어검술의 방법을 사용하여 남아 있는 여섯 개의 비도를 조종하여 다시 무강을 공격하였다.

로노와르의 어검비도는 나선의 궤도를 그리며 무강을 향해 날아오고 있었기에 그는 강기를 날려 한꺼번에 비도를 쳐내고는 그녀를 향해 몸을 날렸다.

비도들이 모두 튕겨져 나가면서 내공으로 이어진 선이 끊어지자 로노와르는 비도를 손에 든 채 뒷걸음질치듯 뒤로 물러서며 마지막의 기술을 펼쳤다.

"섬광비도술!"

그 순간 빛줄기와 같은 것이 그녀의 손에서 뻗어 나가 쇄도해 들어오고 있던 무강을 향해 날아갔다. 크게 놀란 무강은 자신의 검을 일직선으로 내뻗고는 앞으로 찔러 나갔다.

"신검합일!"

장강어옹은 친절하게도 그의 경지를 모르는 많은 사람들에게 설명을 하듯 소리쳤다.

오직 보이는 것은 검 하나뿐 신형은 완전히 사라지니 완전한 신검합일의 경지에 올라 있는 무강이었다.

그의 검은 일직선으로 앞으로 뻗어 나가 빛줄기와 마주치니 그 순간 큰 소리와 함께 거대한 진공의 공간이 만들어졌다. 엄청난 진공의 공간, 그것이 크게 폭발하자 공기가 한순간에 빠른 속도로 빨려 들어갔고 엄청난 돌풍이 형성되어 일대의 모든 나무들을 부러뜨리곤 하늘로 치솟아올랐다.

거대한 용권풍의 머리에선 마치 하늘로 치솟는 용의 지상에 마지막으로 울부짖는 소리처럼 굉음이 울려 퍼지니 장강어옹과 여인들은 천신의 싸움이 아닐까 착각할 정도였다.

어느 정도의 시간이 지나자 서서히 용권풍은 사그라들었고 일대를 뒤덮은 바람도 서서히 줄어들며 날뛰던 사물은 대지로 하강하기 시작했다.

쿵! 쿵!

꺾여진 나무들이 땅으로 떨어지며 큰 소리로 대지를 울리고 있을 때 그 혼란의 가운데에서 두 사람의 모습이 드러났다.

그들은 삼 장 정도의 거리에서 서로를 등진 채 멋들어진 모습으로 자세를 잡고 있었는데, 어느 정도 시간이 지나자 서서히 무강의 몸이 쓰러지는 다분히 틀에 박힌 일이 벌어졌다.

"무강!!"

장강어옹이 놀라 그에게로 뛰어가 보니 무강은 땅에 쓰러져서는 검은 피를 흘리고 있었다.

큰 내상을 입은 것을 안 장강어옹은 급히 그에게 자신의 진기를 불어넣어 주었다. 잠시 후에 그는 간신히 정신을 차릴 수 있었다.

"무강, 괜찮은가!"

"허… 혈비도… 무… 무량의 무공……."

무강은 자신을 몸을 상하게 한 로노와르의 무공이 무림의 악마 혈비도 무랑의 무공이라는 것을 알았기에 힘겹게 그 말을 내뱉고는 숨을 거두었다.

　장강어옹으로선 자신의 눈으로 보고도 믿을 수 없는 일이 벌어지자 뭐라고 할 말이 없었다.

　"다시 나의 무공이 중원에 모습을 드러낼 때… 대륙 무인의 시체로 장강을 메우리라……."

　자신도 모르게 장강어옹은 예언과도 같은 말을 내뱉었으니, 그것은 바로 공포의 혈성인 혈비도 무랑이 정사연합 수백의 고수들을 도살하고 사라질 때 내뱉은 말이었다.

　무강의 시체를 안아 든 장강어옹은 서서히 일어서 로노와르를 쳐다보았다.

　그녀 역시 내상을 입었지만 그 거대한 충돌에도 불구하고 몸을 움직이는 데는 전혀 무리가 없는 듯했다.

　"여인곡의 여인들이여, 그대들은 도대체 무엇을 계획하고 있단 말인가?"

　장강어옹으로선 여인곡이 혈비도 무랑의 계승자를 보호하고 있다고밖에 생각할 수 없었다.

　무림 서열 십위 권에 있는 암흑검제를 쓰러뜨린 만큼 이제 내사린은 그녀에게 실수를 가할 수 없을 것이다.

　하지만 장강어옹은 이것으로 끝이 아니라고 생각했다.

　그에게는 도무지 그 실력과 생각을 알 수 없는 로노와르가 과거의 혈성이라는 혈비도 무랑보다 더 무서운 자라 생각되고 있었기 때문이다.

"이제 이쯤에서 헤어지도록 해야겠네."

"어른신께서 원하신다면요."

로노와르의 말을 들은 장강어옹은 무강의 시신을 안고는 경공술을 사용하여 사라졌다. 그가 사라지자 산속에는 적막감이 감돌았다.

그녀는 아무 말 없이 허리 뒤로 손을 돌려 뒷짐을 진 채 하늘을 올려다보며 작은 탄식을 내뱉었으니, 누가 본다면 절대고수의 고독 정도로 착각할 수도 있었을 것이다.

장강어옹이 무강의 시신을 들고 한참 숲을 빠져나가고 있는데, 그때 그의 앞으로 세 명의 인영이 나타나서는 앞을 가로막았다.

"웬 녀석들이냐!"

자신의 앞을 막고 있는 자들을 보며 장강어옹이 내공을 돋우어 소리치자 한 남자가 앞으로 나와서는 포권지례를 하며 말했다.

"저희들은 흑살문의 문도들입니다."

"음……."

흑살문의 문도라는 말을 들은 장강어옹은 그들이 무강의 시신을 되돌려받으려 하는 것임을 알 수 있었다. 무릇 이런 시체에서는 상대방의 무공이라든가 내공 정도를 어느 정도 측정할 수 있기에 이들은 무강의 시체를 부검하여 로노와르의 무공이 무엇인지 알아내려는 것이었다.

"거절한다."

장강어옹으로선 친구의 시체가 훼손되는 것을 원치 않았기에 거절의 의사를 밝혔는데, 그들은 물러설 수 없는지 병장기를 빼어 들고는 말했다.

"무림의 대선배님을 상대로 이런 방법은 사용하고 싶지 않지만 어쩔 수 없군요."

장강어옹은 그들의 모습을 보며 천천히 친구의 시신을 내려놓고는 품에서 하나의 실을 꺼내 들고는 말했다.

"물러서라. 그렇지 않다면 삼십 년 만에 처음으로 너희들은 본노의 무형살륜(無形殺綸)에 의해 짐승의 밥이 될 것이다."

"장강어옹 어르신의 무형살륜을 견식해 볼 수 있다니 영광이군요."

장강어옹의 말에 그는 오히려 미소를 짓고는 자세를 잡으니, 무형살륜을 두 손으로 잡은 장강어옹은 살기를 뿜기 시작했다.

장강어옹이 무형살륜을 사용한 것은 지금부터 삼십 년 전이다.

당시 그는 장강수로십팔채 총채주의 신분으로 있었는데, 어느 날 대사련에서 장강의 이권을 쟁탈하기 위해 대사련 서열 5위의 혈천마조와 백여 명의 무사들로 하여금 그를 주살케 했다. 그런데 놀랍게도 단 삼일 만에 혈천마조와 무사들은 싸늘한 시체가 되어 장강에 그 모습을 드러내게 된 것이다.

이 사건으로 대사련은 장강에 다시 천 명의 무사들을 보내게 되지만, 그들은 장강어옹의 술수에 휘말려 거의 괴멸의 위기까지 간 적이 있었다.

살아남은 대사련의 무사들은 장강어옹을 귀신처럼 두려워하게 되니 장강수로십팔채가 하나의 세력으로 자리 잡을 수 있었던 것은 바로 이 사건 덕분이었다. 뭇 강호인들은 이 사건을 장강혈사라 부르고 있었는데, 장강어옹은 그 이후로 단 한 번도 무형살륜을 사용한 적이 없었다.

아직도 수많은 사파 무사들의 피가 떨어지는 듯한 무형살륜을 잡은 장강어옹은 천천히 자세를 잡아가며 세 명의 흑살문 무사들을 바라보았다.

상당한 실력의 무공을 지닌 듯한 세 사람은 병기를 들고는 장강어옹을 향해 공격을 가할 준비를 하고 있었다.

"차압!"

드디어 선두에 있던 사람이 앞으로 빠르게 쇄도해 들어가자 뒤에 있던 두 명의 무사는 공중으로 몸을 날려 장강어옹을 향해 한 사람은 칠절편을, 한 사람은 암기를 사용해 공격해 갔다.

"혼랑어조(混浪魚釣)!"

세 명의 무사들이 쇄도해 들어오자 장강어옹은 무형살륜을 잡고 있던 왼손을 빼어 앞으로 내지르니 무형의 기운이 빠른 속도로 검을 들어 공격해 오는 자를 향해 뻗어 나갔다.

챙!

"헉!"

무형의 기운을 느낀 그는 검을 들어 무형살륜을 막았는데, 놀랍게도 장강어옹의 낚싯줄은 검을 꿰뚫고 정수리를 향해 찔러 들어왔다.

헛바람을 들이키며 급히 몸을 뒤로 숙여 정수리가 꿰뚫리는 것을 막을 수 있었지만 유연하게 꺾여진 낚싯줄은 다시 그를 공격해 왔다.

"독사출동(毒蛇出洞)!"

칠절편을 들고 있던 무사는 그가 위험하다는 것을 보고는 빠른 속도로 칠절편을 휘두르니 마치 뱀이 움직이는 것처럼 움직여 장강어옹의 오른쪽 눈을 향해 날아갔다.

"홍!"

고개를 돌려 공격을 피한 장강어옹은 뒤로 몸을 날렸다. 그리곤 자신의 머리 위로 날아오는 대여섯 개의 침을 향해 무형살륜을 가볍게 회전시키자 투명한 낚싯줄은 나선의 모양이 되어 암기를 모두 튕겨 버렸다.

"과연 장강의 패주다운 실력이군."

흑살문의 무사들은 장강어옹의 실력에 크게 놀라지 않을 수 없었다. 과거의 명성도 나이가 들면 줄 만도 하건만 그의 실력은 오히려 더 늘어난 듯했기 때문이다. 자신들로는 장강어옹을 상대할 수 없다고 판단한 흑살문의 무사는 뒤에 있던 동료에게 손짓을 하고는 물러서서 뒤로 경공을 사용하여 사라졌다.

"휴."

그들이 모습을 감추자 안도의 한숨을 내쉰 장강어옹은 천천히 무형살륜을 품에 집어넣고는 무강의 시신 앞으로 가서는 한탄하듯 말했다.

"이 멍청한 친구야, 죽어버린 몸 어디 하나 의탁할 곳도 없는 놈이 무슨 무림제일검이란 말인가."

한참을 잠자고 있는 듯한 무강의 시체를 바라본 장강어옹은 다시 그의 시신을 들어서는 경공을 사용하여 숲을 빠져나가기 시작했다.

멀리서 이 두 사람의 모습을 지켜보던 흑살문의 무사는 분하다는 듯이 옆에 있는 나무를 후려갈기며 말했다.

"어떻게든 저 시신을 되찾아야 한다. 유진!"

"예, 대사형."

"사제와 함께 장강어옹을 추적하도록 해라!"

"예."

사형의 말에 두 사람은 몸을 날려 장강어옹의 뒤를 쫓아갔는데, 삼사제의 뒷모습을 보며 만형은 자신의 실력없음을 한탄할 수밖에 없었다.

"사매, 미안하다······."

왜 그는 사매에게 계속 용서를 빌고 있는 것일까? 알 수 없는 일이었다.

무강을 처리한 로노와르는 잠시 자신의 손을 바라보며 생각에 잠겨 있었다.

'훨씬 더 강해졌다.'

이세계의 무공을 익혔을 뿐인데 로노와르는 자신의 본래 힘보다 배는 더 늘었다는 것을 깨닫고는 놀라지 않을 수 없었다.

과거라면 인간으로 폴리모프한 상태에서 그런 스피드를 보일 수 없다는 것을 잘 알고 있었기 때문이다. 힘이 크게 늘어났다고 생각한 로노와르는 만약 자신의 본래 마나를 사용하면 어떤 위력이 나타날까 궁금하지 않을 수 없었다.

지금까지 사용한 마나는 이계의 무공을 익히면서 얻게 된 부산물에 지나지 않았기 때문이다.

다원소 드래곤 로노와르의 마나, 즉 이곳에서 말하는 내공은 모두 일곱 가지의 힘을 가진 무공이었다. 쉽게 이곳의 언어로 설명하면 오행의 기운과 함께 태극에 해당하는 음양의 기운, 한 사람으로선 도저히 얻을 수 없는 그런 힘을 로노와르는 가지고 있었던 것이다.

모닥불을 피워놓고 잠을 자고 있는 여인들의 모습을 보며 천천히 자리에서 앉은 로노와르는 자신의 마나를 끌어올릴 수 있는 방법을 고심하기 시작했다.

"음."

드래곤 하트를 중심으로 움직이고 있는 마나, 그것은 이계의 무공과는 조금 다른 모양이었지만 분명 자신의 힘이 더욱 강해졌다는 것은 이 드래곤 하트의 마나가 어느 정도 내공의 힘과 연결되는 통로가 있기 때문이라는 생각이 들었다.

천천히 눈을 감고 운기조식을 하며 드래곤 하트에 내재되어 있는 힘을 끌어올리기 시작한 로노와르는 얼마 지나지 않아 자신의 혈도로 마나가 유입되고 있는 것을 알 수 있었다.

'역시 완전히 다른 통로는 아니었단 말인가?'

진기가 통하는 관과 피가 통하는 관은 자신의 세계에선 완전히 다르다고 알려져 있었는데, 드래곤 하트의 마나는 피가 통하는 관을 따라 움직이며 진기가 통하는 관에 유입된다는 것은 완전히 다른 기관이 아니라는 뜻이었다.

그런 생각에 로노와르는 자리에서 일어나 동굴 밖으로 나왔다.

산 뒤로 져가고 있는 달을 바라보며 천천히 마나를 끌어올린 로노와르는 그것을 다시 내공의 힘으로 교체하기 시작했다.

"하압!!"

자세를 잡으며 꽉 쥔 두 주먹으로 내공을 끌어올리기 시작했다.

로노와르가 사용하려는 무공은 소림의 무학 중 하나인 백보신권(百步神拳)이었다. 주먹으로 본연의 마나가 내공으로 승화되어 모여들었다고 생각한 로노와르는 한순간 감았던 눈을 크게 뜨며 눈앞에 보이는 숲을 향하여 오른발을 내디딤과 동시에 내공이 담겨 있는 오른 주먹을 앞으로 질렀다.

"백보신권!"

그 순간 찬란한 무지갯빛의 내력이 그녀의 주먹에서 발현되며 엄청난 기세로 숲을 향해 뻗어 나가기 시작했다.

쿠구구궁!

백보신권의 엄청난 위력은 순식간에 수십 그루의 나무를 날려 버리며 숲을 가로질러 나가니, 그 기세는 태산이라도 무너뜨릴 것 같은 모습이었다.

"무슨 일입니까?!"

"흑살문의 자객?"

잠을 자고 있던 여인들은 이 소란스러움에 놀라 일어나서는 병기를 들고 동굴 밖으로 뛰어나왔는데, 그 순간 로노와르의 모습과 숲의 망가진 모습을 보고는 큰 탄성을 내지를 수밖에 없었다.

그들의 앞에 존재하는 숲은 일 장 정도의 큰 홈이 파여 수십 장 이상이 파괴되어 있었기 때문이다. 권강을 날릴 수 있는 무인이라고 해도 나무가 울창한 숲을 일 장 너비로 수십 장을 파괴하는 것은 불가능하다고 할 수 있었기에 여인들은 모두 크게 놀랄 수밖에 없었다.

자신의 백보신권이 만들어놓은 위력을 천천히 둘러보면서 로노와르는 두 발을 모으고 서서히 진기를 단전으로 되돌리기 시작했다.

"휴, 역시 생각대로인가……?"

자신의 마나가 이계의 무공과 결합하면 더욱 뛰어난 위력을 가져올 것이라 생각한 로노와르는 자신의 생각이 증명되자 크게 기쁠 수밖에 없었다.

"신녀님!"

로노와르가 진기를 단전으로 되돌려 안정시키는 것을 보며 도연랑은 그녀에게 뛰어갔는데, 그런 그녀의 모습을 보며 로노와르는 손을 올리며 말했다.

"별것 아니다. 암흑검제와의 싸움 이후 어떠한 깨달음이 있어 잠시 시험을 해봤을 뿐이다."

"아!"

그 말에 도연랑은 탄식하지 않을 수 없었다. 어제 보았던 암흑검제와의 싸움으로도 로노와르의 무공은 상상도 못할 정도였는데, 그런 엄청난 실력에서 다시 깨달음을 얻었다고 했기 때문이다.

무공을 하는 무인들이 한 번의 깨달음을 얻는다는 것은 수만 금을 얻는 것보다 더 가치있는 일이었다. 이러한 깨달음은 수십 번을 겪기도 하지만 평생 단 한 번의 깨달음도 얻지 못하고 죽는 이들도 태반인 것이다.

"경하드립니다, 신녀님."

도연랑이 깨달음을 얻었다는 로노와르를 보며 축하의 인사를 올리니 다른 여인들 역시 축하의 인사를 올리기 시작했다. 암흑검제를 쓰러뜨림으로 해서 로노와르는 당금 무림 서열 십위에 올랐다고 할 수 있었는데, 그 후에 다시금 깨달음을 얻게 됐다는 것은 이제 천하제일고수의 좌를 다툴 수 있는 자격을 얻었다는 것이다.

도연랑은 여인곡에서 처음으로 천하제일의 고수가 나오는 걸 상상하며 자신의 주군인 로노와르에게 더욱 충성하기로 결심했다.

로노와르가 크게 깨달음을 얻은 시간, 한 남자가 우연이 얻게 된 책을 통하여 하늘의 별을 보며 점을 치고 있었다. 그런데 그때 북극성의 오른쪽에 있는 별이 크게 빛을 발하는 것을 볼 수 있었다.

"헉! 저건?"

불길한 생각이 들어 급히 들고 있던 책을 뒤져 보며 별의 정체를 찾기 시작한 그는 한참 후에야 그 별의 이름을 알 수 있었다.

"이런 일이……!"

별의 이름은 혈운성(血暈星)이었다.

보통 때는 북극성의 옆에서 희미한 빛만을 가지는 그 별은 중원에 큰 변이 닥칠 때 붉은빛으로 발광을 하는 별이었다.

아직은 핏빛이 아닌 은빛을 뿌리고 있었지만 그 빛은 시간이 지나면서 점점 붉은 핏빛으로 변해간다고 하니 무림의 앞날이 걱정될 수밖에 없었다.

"아! 이 일을 어찌한단 말인가……."

남자는 길게 늘어진 자신의 초록색 머리를 쓰다듬으며 탄식을 하고 있었으니, 바로 창조주의 명령으로 이 세계로 내려온 루드웨어였던 것이다.

자신이 할 일은 이 세계로 잠입해 들어온 다섯 명의 파업 노동자들을 일터로 보내야 하는 것이지만, 조금 천천히 즐기면서 하려고 했는데 혈운성까지 빛을 발하고 있으니 놀고 있을 때가 아니었다.

"하루빨리 무림맹으로 가 정보를 수집해야겠군."

이제 그에게 더 이상의 휴식 시간은 존재하지 않았던 것이다. 무엇인가 알 수 없는 엄청난 기운이 눈을 뜬 이상 그것을 처리하지 않는다면 이 세계의 붕괴는 더욱 빨리 이루어지리라.

다음날 하오문에 훔쳐 온 보물들을 맡겨 그것들을 초민들에게 나눠 주라고 말한 루드웨어는 자신의 말을 듣지 않았을 때의 본보기로 하오문 건물의 반 이상을 헬파이어 마법으로 날려 버린 후 하남의 무림맹으로 향했다.

진천명은 갑자기 루드웨어가 크게 서두르는 모양을 보며 이상한 생각이 들어 물어보지 않을 수 없었다.

"루드웨어님, 무슨 일이라도 있으신지?"

"음… 자네들에게만 말해 주겠네. 어제 하늘에 별을 보고 점을 치고 있었는데 혈운성이 크게 빛을 내고 있는 것을 볼 수 있었네."

"혈운성이라면……!"

여사랑은 어느 정도 별에 대해서 알고 있었기에 혈운성이란 이름이 나오자 크게 놀라며 소리쳤다.

"혈운성은 중원에 큰 겁난에 있을 때 빛나는 별. 아직까지는 단순히 빛을 발하는 것에 지나지 않지만, 그 별이 핏빛을 발하게 된다면 강호엔 큰 겁난이 일어날 것일세."

"그렇다면 서둘러야겠군요."

보통 사람이 별을 보고 치는 점이었다면 진천명은 우습게 여기며 그냥 지나쳤겠지만 루드웨어의 능력을 아는지라 그것이 진실이라 믿고 하남으로의 길을 재촉했다.

"끄어억!"

"꺄아악!"

물론 이러한 거친 스피드에 마차에 타고 있던 두 사람은 단 한 시진 만에 엉덩이가 시퍼렇게 변하는 수모를 당하게 되었지만 말이나.

흑유림의 점소이 출신인 만종은 사방으로 요동 치는 마차를 이미 예상하고 있었던지 엉덩이 밑으로 몇 겹의 방석을 깔아놓고는 생각에 잠겼다.

'혈운성까지 빛나고 있다니… 아무래도 강호에 큰 혈풍이… 큭!'

이런 저런 생각으로 마차 안에서 한참을 고심하고 있을 때 갑작스러운 통증으로 눈을 뜬 만종은 깔고 앉아 있던 방석을 여사랑이 뺏자 인상을 찌푸리며 소리치려고 했지만 루드웨어와 여사랑의 모습에 고개를 가로저으며 포기하는 것을 택하게 되었다.

"까아악! 어떻게 그러실 수가 있어요! 당당한 강호의 대장부라면 숙녀에게 양보하세요!"

"젠장할! 엉덩이에 피멍이 드는 판에 숙녀고 대장부고 따질 때야! 넌 어미 아비도 없냐!"

"흥! 당신 같은 부모님이라면 차라리 없는 게 낫네요!"

엉덩이를 보호하고자 자신이 앉고 있던 방석을 빼앗아서는 소유권 쟁탈을 하는 두 사람을 보며 어쩌면 강호의 혈풍은 이 두 사람에 의해서 불어오는 것이 아닐까란 가능성있는 추리를 하는 만종이었다.

어쨌든 이런저런 소동 끝에 일행들은 하남에 있는 정파의 연합체인 무림맹에 도착할 수 있었다. 마차가 멈추어 섰을 때 두 사람의 눈에는 각자 지울 수 없는 아픔의 상처인 피멍이 들어 있었다.

"어라?"

마부석에서 말을 몰던 진천명이었는지라 이 두 사람의 눈에 난 멍의 원인을 알 수 없는 것은 당연한 일이었다.

어쨌든 대충 상황을 정리한 루드웨어 일행은 무림맹의 정문으로 천천히 걸어갔는데 그곳에는 다섯 명의 무인들이 입구를 지키고 있었다.

일행들이 다가서자 무인 중 한 명이 앞으로 나와서는 손바닥을 내밀며 말했다.

"이곳은 무림맹입니다. 소속 문파와 성명을 밝히고 병장기를 맡겨주시기 바랍니다."

무인의 말에 진천명은 허리에 차고 있던 두 자루의 검을 풀어서 앞에 내려놓고는 자신의 출신을 말했다.

"난 하북의 무선표국에서 온 진천명이라 하오."

"아! 강호오룡 중 한 분이신 진천명 대협이시군요!"

진천명의 말에 무인은 그가 정파의 다섯 후기지수 중의 한 사람인 진천명이라는 것을 알고 크게 놀라며 포권을 하며 말했다.

"뒤에 계시는 두 분은?"

"제 옆에 있는 소저는 정혼자인 여화(余花) 소저이고, 이분은 본인이 서역에서 모시고 온 녹발대제라는 분입니다."

"음."

무림맹의 정문을 지키던 경비 무사는 여화라 이름을 속인 여사랑은 그럭저럭 넘어갈 수 있었지만 서장에서 온 녹발대제란 사람을 들여보내야 하나 고민했다. 하지만 일단 강호오룡의 일인인 진천명이 데리고 온 만큼 어느 정도 신용하기로 결심했다.

"옆에 계신 또 한 분은?"

경비 무사는 진천명이 소개하지 않은 한 사람을 보며 물어보니, 그는 바로 흑유림의 만종이었다.

진천명으로선 흑유림의 인물이라는 것을 말해도 되는지 몰라 그를 소개하지 못하고 있었던 것이다.

경비 무사의 말에 만종은 말없이 품에서 동패 하나를 꺼내어 그에게 보여주었다. 동패의 앞면에는 유(儒)라는 글자가 적혀 있었다.

"아!"

동패를 알아보는지 그는 조금 놀란 표정을 짓고는 고개를 끄덕이며 말했다.

"알겠습니다. 세 분 다 몸에 지니신 모든 무기를 저에게 건네주시기 바랍니다."

"음."

그의 말에 여화는 한 자루의 유엽도와 함께 몇 가지 암기 주머니를 그에게 건네주었는데, 루드웨어는 한참을 고민하다가 그 무인을 보며 말했다.

"실례지만 본인의 무기가 조금 많은데, 보관상에는 문제가 없겠소이까?"

"하하하, 걱정 마십시오. 무림맹에선 만약의 경우를 위해 삼천 명 이상의 대규모 인원이 찾아와도 무기를 안전하게 보관할 수 있도록 설계되어 있는 방이 있습니다."

그 말에 루드웨어는 안심을 하고 자신의 무기를 건네주기 시작했다.

"헉!"

경비 무사는 루드웨어가 무기를 꺼내주는 모습에 당황할 수밖에 없었다.

작은 주머니에서 마치 마술과 같이 들어갈 것 같지도 않은 철룡언월도를 비롯하여 수많은 병기가 끊이지 않고 나오고 있었기 때문이다.

무기를 쌓아두는 책상은 한순간 큰 소리와 함께 무게를 견디지 못하고 주저앉아 버렸다. 그 후로 약 반 시진가량을 더 주머니에서 무기를 꺼내서야 모든 절차가 끝이 날 수 있었다.

"잘 부탁하오."

그 말과 함께 루드웨어는 일행들과 함께 무림맹의 건물 안으로 들어갔다.

"루드웨어님, 그 무기들은……?"

진천명으로선 루드웨어가 꺼내어놓은 산더미 같은 병기를 보더니 황당한 표정을 지으며 물어보았다.

"하하하, 걱정 말게. 전에 들렀던 하오문의 병기고 안의 무기들이니까."

"예?"

루드웨어는 자신의 주머니를 하오문 병기고의 차원과 일치시켜 놓고 필요할 때는 편히 무기를 꺼내어 쓸 수 있게 만들어놓았던 것이다.

원래는 이런 소동을 일으킬 생각은 없었지만, 경비를 서는 무인들이 자신의 명호를 듣고 조금 우습게 여기는 것 같은 느낌이 들자 고생 좀 하라는 생각으로 한꺼번에 하오문에 있던 병기들을 모조리 꺼내어 보관케 한 것이다.

8장 부맹주의 어여쁜 세 딸

 정문을 지키는 무사들에게 수많은 병기를 치워야 하는 고통을 선사한 루드웨어는 진천명을 따라 무림맹 탐험에 들어갔다.

 과연 중원 모든 정파들의 연합이라고 할 만큼 하남 무림맹의 성은 웅장하기 그지없었다.

 수만 명은 들어갈 수 있는 성과 함께 거대한 문을 들어서자마자 보이는 화려한 전각들, 군데군데의 연무장에선 한눈에 봐도 꽤 실력있는 무인들의 무공을 연마하고 있는 모습이 보였고, 어여쁜 시녀들도 도란도란 이야기를 나누며 시간을 보내는 모습까지 보이니 감격의 탄성을 내지를 수밖에 없었다.

 한편 사파 출신의 여고수인 여사랑의 경우에는 등줄기에 식은땀이 흘러내리고 있었는데, 만약 자신을 알아보는 정파의 사람이라도 한 명 있다면 그야말로 빼도 박도 못하고 목이 달아날 상황이기 때문이었다.

루드웨어가 몇 가지 술법으로 외모를 어느 정도 변화시켜 주긴 했지만 조금 못 미더운 사람이었기에 그리 신용할 수는 없었다.

만종은 전각 안으로 들어서자 루드웨어의 일행들을 보며 가볍게 포권을 하고는 말했다.

"전 이만 다른 곳으로 향해야 할 것 같습니다."

"알겠습니다. 시간이 된다면 언제 술이나 한잔하도록 하지요."

"그럼."

간단하게 다른 이들에게 인사를 한 만종은 자신의 임무를 수행하기 위해 걸음을 옮겼다.

'루드웨어라……'

한동안 같이 여행을 했던 세외의 인물 루드웨어를 생각하며 만종은 그가 언젠간 무슨 일을 저지를 것 같다는 예감이 들었다.

만종과 헤어진 일행이 무림맹 건물 안으로 한참을 들어서자 몇 명의 청의무사들이 진천명의 앞으로 와서는 포권지례를 하며 반갑게 맞아들였다.

"어서 오십시오, 진 형님."

"오랜만이네, 무 아우."

청의무사들 중 제일 앞에 있는 사람은 진천명과 꽤 친한 사이로 보였다.

무 아우라 불리운 청년은 현재 무림맹 팔 개 무사단의 하나인 청건단(靑巾團)에 소속되어 있는 백인조장 무수영(武秀榮)으로 구파일방 중 하나인 청성파의 속가제자였다.

강호오룡 정도의 무공을 가진 것은 아니지만 차대 무림을 이끌고 갈 기재의 한 사람으로 크게 인정받고 있는 청년이었다.

"그나저나 한동안 소식이 끊어져 많이 걱정했습니다."

"별거 아니네. 견식을 넓히느라 강호를 돌아다니며 시간을 좀 보냈을 뿐이네."

"역시 진 형님다우십니다."

무수영은 강호오룡이란 이름을 가질 정도로 뛰어난 그가 부족함을 느끼고 강호를 돌아 견식을 넓히고 왔다는 말에 과연이란 생각을 했다. 한데 문득 뒤를 보니 처음 보는 사람이 있었다.

"저 두 분은……?"

"아! 소개하도록 하지. 이분은 서역에서 오신 녹발대제 루드웨어란 분이시네."

"청건단 백인조장 무수영이라 합니다. 만나뵙게 되어 반갑습니다."

"나 역시 중원의 뛰어난 기재를 만나게 되어 반갑기 그지없네."

루드웨어를 소개해 준 진천명은 미소를 띠고는 여사랑을 가리키며 말했다.

"이쪽은 정혼자인 여화 소저라 한다."

"여화라 합니다."

그 순간 무수영을 비롯한 청건단의 무사들은 모두 크게 놀라는 표정을 지었다.

진천명은 수많은 명문가에서 사위로 삼기 위해 금은보화를 보내어도 눈 하나 깜짝하지 않은 사람이었다. 그런 그가 이름도 없는 여인을 정혼자라 소개했던 것이다.

"아! 형수님 되실 분이군요."

여사랑을 보며 무수영은 빛나는 눈으로 한참을 응시를 하다가 문득 무슨 생각이 들었는지 손가락으로 머리를 두어 번 치고는 말했다.

"아! 제가 정신이 없군요. 형님을 이런 곳에 세워두고 있다니 말입니다. 자, 안으로 드시지요."

무수영의 안내를 받아 간 곳은 청건단의 무사들이 머물고 있는 전각으로 청건진천(靑巾振天)이란 곳이었다.

"무림맹에는 모두 여덟 개의 무사단이 있는데 제가 속해 있는 청건단은 무림맹에서 두 번째로 강한 무사단입니다. 제가 청건단에서 맡고 있던 직위는 참모 겸 청건 3대의 대장이었는데, 오랜 시간 외부에 나와 있었으니 그 직위는 이미 다른 사람에게 넘어갔을 겁니다."

"음."

진천명의 설명을 들으며 전각의 안으로 들어서자 몇몇의 젊은 무사들의 검을 손질하고 있는 모습이 눈에 들어왔다. 그중 청색의 두건을 쓴 채 난간에 기대어 검을 다듬고 있는 곰보 자국의 무사가 루드웨어의 눈길을 끌었다. 루드웨어가 그 무사에게 관심을 보이자 진천명은 그 무사에 대해서 설명을 해주었다.

"저 사람은 제가 여행을 떠나기 전 청건단 2대의 대장을 맡고 있던 인물로 남해검문 출신입니다. 사제 세 명과 함께 청건단에 가입했는데 지금 그의 곁에 있는 자들이지요. 지금의 무공은 모르겠지만 입단했을 때의 무공은 저를 압도할 정도였습니다."

"강호오룡은 무공의 상하로 판가름되는 것이 아니었군."

"단순히 무공이라면 강호오룡의 제일인자인 청룡공자를 제외한 나머지 사룡을 꺾을 수 있는 사람은 많이 있다고 할 수 있지요."

"명성과 지략, 학문도 필요하다는 말인가?"

"예."

어느 정도 일리있는 말인지라 루드웨어는 고개를 끄덕였다.

어느덧 전각 안으로 들어선 일행들은 커다란 방 안으로 들어섰는데 그곳에서는 열두 명 정도의 젊은 무사들이 회의를 하고 있었다. 일행들이 안으로 들어서자 진천명의 얼굴을 본 그들은 크게 반가워하며 자리에서 일어났다.

"진 형님!"

"오래간만이네."

진천명의 앞으로 달려온 그들은 손을 잡고 반가움을 표시하기 시작했고, 진천명 역시 오랜만에 친한 친구들을 보자 크게 기뻐하는 듯했다. 친구들과 감격의 해후를 한 진천명은 그 자리에서 루드웨어와 여사랑의 소개를 한 후 청년 무사들을 보며 말했다.

"그런데 무슨 회의를 하고 있었는가?"

자신이 오기 전 심각한 표정으로 회의를 하고 있었던지라 그는 궁금한 표정을 하며 물었는데, 그 말에 도를 허리에 차고 있던 날카로운 검미의 미청년이 심각한 어조로 대답을 해주었다.

"진 형님, 장강 대혈전의 소문을 들으셨습니까?"

"대혈전?"

"예, 장강에서 파사신검을 둘러싸고 큰 혈투가 있었다고 합니다."

"파사신검!"

진천명은 그 말을 듣고는 크게 놀라지 않을 수 없었는데, 파사신검은 당금 황제가 가지고 있는 신병으로 모르는 자가 없을 정도로 유명한 신병이기 때문이었다.

"황제 폐하께서 남경의 연왕에게 파사신검을 보냈다 하는데, 그것을 둘러싸고 대사련과 관인, 장강수로십팔채, 여인곡 등 네 개의 세력들이 쟁탈전을 벌였다고 하더군요."

"음… 여인곡까지 그 쟁투에 참가했단 말인가?"

"예. 그런데 그 쟁투에서 승리한 세력이 어떤 곳인지 아십니까?"

그의 질문에 한참을 생각하던 진천명은 조심스럽게 말을 이었다.

"숫자가 월등히 많은 대사련이 아닌가?"

당연히 대사련이라 생각한 진천명이었는데 놀랍게도 미청년은 고개를 저으며 말했다.

"아닙니다. 모든 사람들의 예상을 깨고 혈투에서 승리한 자들은 바로 여인곡의 무사들이었습니다."

"여인곡!"

진천명으로선 여인곡을 어느 정도 인정하고 있기는 했지만 대사련과 장강수로십팔채와 같은 거대 세력을 누르고 파사신검을 쟁취했다는 것에 크게 놀라지 않을 수 없었다.

"불가능하네. 아무리 여인곡이라 해도 어찌 대사련을 누를 수 있단 말인가!"

진천명이 그의 말을 믿기 어려워하자 청년은 고개를 저으며 말했다.

"사실입니다. 대사련은 여인곡의 무사들에게 밀려 장강에 수백이 넘는 자의 피를 뿌렸다고 합니다. 하지만 그런 것보다 더 놀라운 것은 장강 대혈전을 치른 여인곡 무사들의 숫자가 열 명 정도에 지나지 않았다는 것입니다."

"열 명!"

"여인곡을 이끌고 있는 여인은 장강의 맹주라고 불리는 수상무적 장진천과 대사련의 고수인 우광자 요파산을 빗속에서 쓰러뜨렸다고 하여 현재 많은 자들의 입에서 새로운 무후의 등장이라는 소문이 돌고 있다

합니다."

"음."

자신이 잠시 자리를 비우는 사이에 무림에 엄청난 여고수가 나타났다는 것에 진천명은 잠시 생각에 잠길 수밖에 없었다.

"하지만 이것도 시작에 지나지 않습니다."

"또 무슨 일이 있었는데 그러는가?"

"확실한 소문이라 보기는 어렵지만 그 여인이 암흑검제를 쓰러뜨렸다 하더군요."

"암흑검제를!"

진천명은 경악한 표정을 감추지 못하고 자리에서 벌떡 일어나고 말았다.

중원최고의 검객이라 알려져 있는 암흑검제를 쓰러뜨렸다는 것은 무림의 세력 판도에 큰 변화가 생겼다는 것을 의미하고 있었기 때문이다.

"도대체 여인곡에서 어떠한 수를 썼기에 암흑검제를 쓰러뜨릴 수 있었단 말인가!"

"지금 저희들도 그 일로 이렇게 회의를 하고 있는 것입니다. 여인곡은 현재 정사의 어느 곳에서도 그 적을 두지 않고 있는 정사지간의 문파이기에 그들이 어느 곳으로 기우느냐에 따라 무림의 판도가 크게 달라질 것입니다."

"음, 가장 가능성이 있는 곳은?"

"현재까지 자세한 내용은 알 수 없지만 장강의 대표자라 할 수 있는 장강어옹이 여인곡의 여인들과 함께하고 있다고 하니 장강수로십팔채로 기울 확률이 높습니다."

"장강이라……."

만약 여인곡이 장강의 수적들에게 넘어간다면 이것은 모든 도적의 세력을 연합시킬 수 있는 것이 된다.

현재 대륙의 녹림은 거의 대부분이 대사련에 소속되어 있기는 하지만 호시탐탐 장강수로십팔채와 같이 대사련에서 분리되려 하는 움직임이 있었다.

이런 상황에서 대사련의 무사들 수백을 물리쳤다고 하는 여인곡이 장강수로십팔채로 붙는다면 녹림 역시 이득을 따라 그들에게 붙을 것은 당연할 일. 그렇게 되면 대사련의 힘은 줄어들 수 있겠지만 거의 모든 대륙의 교통로를 장악하고 있는 이들의 세력이 확장될 것은 뻔한 일이기에 정파의 세력이 움직이는 데 상당히 부담이 될 것은 자명했다.

녹림에 소속되어 있는 자들의 무공 수준이 낮다고는 하지만 그 숫자는 결코 경시할 수 없었다.

이들의 말을 듣고 있던 루드웨어는 무슨 일인지는 잘 모르겠지만 이 세계에 큰 이변을 일으키는 자들이 나타났다는 것은 알 수 있었다.

'여인곡의 무후라… 한번 조사해 봐야겠군.'

이들의 이야기 속에 나오는 여인이 자신의 아내인 로노와르라는 것을 모르고 있던 루드웨어는 자신이 찾고 있는 레리스라는 여인이 아닐까 생각했다.

그 후 약 반 시진 정도 이야기를 나눈 후 청건단에서 마련해 준 숙소에 몸을 맡길 수가 있었다.

다행이도 일은 잘 풀려서 진천명의 대장의 직위는 사라졌지만 단에서 그를 배려했기에 참모의 직위는 그대로 남아 있어 청건단 간부로서 무림맹주에게 루드웨어를 소개시켜 줄 수 있게 되어 다음날 무림맹의 주요 인사를 만나기로 했다.

그날 밤 도저히 잠을 못 이루던 루드웨어는 달 구경이나 할 겸 밖으로 나왔다. 머무르고 있는 장소가 장소인만큼 숙소 근처에도 상당수의 무사들이 경비를 서고 있었지만 대마도사인 그는 투명 마법을 사용하여 편안히 산책을 즐기고 있었다. 그때 우연히 무림맹의 정원에서 부스럭거리는 소리가 들리며 두 명의 젊은 남녀가 밀회를 즐기고 있는 모습을 볼 수 있었다.

'저 사람은?

여자는 모르겠지만 남자는 이곳에 들어오면서 보았던 사람으로 남해검문에서 왔다고 하는 곰보 자국의 무사였다.

남자의 외모와는 달리 그와 함께 있는 여인은 상당한 미인이었기에 두 연인에 대한 호기심을 느낀 루드웨어는 그들 곁으로 다가가 대화를 엿듣기 시작했다.

"문 가가… 이제 더 이상 만나지 말았으면 해요."

"그게 무슨 말이오?"

여자의 말에 그는 크게 놀라는 표정을 지으며 말했다.

어이없게도 두 남녀의 이별 순간을 포착하게 된 루드웨어는 아깝다는 듯한 표정을 지었지만 그것도 나름대로 재밌을 것 같다는 생각에 가만히 앉아 귀를 기울였다.

"흑흑흑, 하지만 아버지의 말씀을 거역할 수가 없어요."

"……."

그녀의 아버지가 누구인지는 모르겠지만 문씨 청년은 도저히 참을 수 없는 듯 주먹을 부르르 떨고 있었다.

"내 다시 한 번 이야기를 해보겠소."

"흑흑흑… 문 가가, 그렇게 된다면 다시는 무림맹에 들어올 수 없게 될지도 몰라요. 가가께선 남해검문을 다시 대문파로 만들어야 하는 사명이 있잖아요."

"하지만… 하지만 당신이 다른 이에게 가버린다면 난 아무것도 할 수 없을 것이오. 지금의 난 사문의 재건보다 당신이 더 소중하단 말이오."

"문 가가… 흑흑흑."

무슨 이유인지는 모르지만 여자의 아버지가 문씨 청년에게 딸을 주려 하지 않는다는 것을 짐작할 수 있었다. 루드웨어는 생각해 보니 그 역시 로노와르와 결혼할 때 그녀의 할머니인 프로란스의 방해로 고생을 했던 터라 남의 일 같지 않게 생각되어 도와주고 싶었다.

하지만 현재의 그는 공공연히 나설 수 있는 입장이 아닌지라 안타까울 뿐이었는데, 그때 두 연인이 있는 곳으로 누군가가 모습을 드러내었다.

"헉!"

두 사람은 자신들의 앞에 나타난 사람을 보고는 크게 놀라는 표정을 지었다. 노기를 가득 띤 표정을 지은 그는 여인의 팔을 잡아 끌어당긴 후 문씨 청년을 향해 소리쳤다.

"문진우(文眞友)! 네 녀석이 감히 부맹주의 명령을 거역하고 내 여동생을 만나다니!"

"사 형님…….""

어쨌든 문씨 청년의 이름이 진우라는 것을 알게 된 루드웨어는 여인의 오빠라 생각되는 청년의 얼굴을 보았다. 아직 나이가 어린 젊은이였지만 몸에서 흘러나오는 기도를 보아 꽤 명망있는 집안의 젊은이라는 것을 알 수 있었다.

문진우가 자신의 말에 고개를 숙이자 사씨 청년은 검을 뽑으며 소리쳤다.

"내 오늘 네 녀석의 목을 베어버리고 말리라!"

"오빠, 그러시면 안 돼요! 흑흑."

검을 뽑아 드는 청년을 가로막으며 여인이 팔에 매달리자 매정하게도 자신의 동생을 뿌리친 사씨 청년은 문진우를 향해 검을 겨누고는 몸을 날렸다.

"그리스!"

자신을 죽이려고 함에도 피하지 않고 고개를 숙이고 있는 문진우를 보며 보다 못한 루드웨어가 잽싸게 마법을 사용했고, 그 순간 사씨 청년은 바닥에 미끄러져서는 앞으로 처박히고 말았다.

"끄억!"

"오빠!"

"형님!"

사씨 청년이 앞으로 고꾸라지자 여인은 크게 놀랄 수밖에 없었다.

"이놈!"

잠시 후 자리에서 일어난 사씨 청년은 자신의 이마에서 피가 흐르자 잠시 문진우를 죽일 듯이 노려보았다. 하지만 자신의 꼴사나운 모습에 부끄러운 모양인지 씩씩거리는 모습을 보이다가 여동생의 손을 잡아끌고는 정원을 빠져나갔다.

"문 가가… 흑흑."

오빠의 손에 끌려가던 여인이 사랑하는 남자를 보며 눈물을 흘리자 문진우는 그녀의 뒷모습을 말없이 쳐다보다가 하늘을 올려다보았다.

"아… 사도혜(史燾慧), 어찌하여 당신은 사씨 가문에서 태어나 나의 가슴을 찢어지게 만드는 것입니까. 흑흑흑……."

문진우는 여인의 이름을 부르며 눈물을 흘렸다. 그가 가문 때문에 사랑을 이루지 못하고 있다는 것을 깨달은 루드웨어는 도대체 남해검문과 사씨 가문에 무슨 일이 있기에 저 연인들이 이루어지지 못하는지 궁금해졌다.

그런 생각에 잽싸게 숙소로 들어온 루드웨어는 곤히 자고 있는 진천명을 흔들어 깨우기 시작했다.

"아우… 루드웨어님, 무슨 일이십니까?"

한참 단잠을 자고 있는 것을 깨운 터라 조금 짜증이 나기는 했지만 상대가 루드웨어인지라 화를 참을 수밖에 없었다.

"궁금한 것이 있는데, 무림맹에 사씨 성을 가진 사람이 있는가?"

"예? 사씨 성이요? 꽤 된다고 생각하는데……."

"그중에서 직급이 높은 사람으로는 누가 있는가?"

난데없는 질문에 한참을 생각하던 진천명은 피곤한 듯 하품을 몇 번 하고는 말했다.

"음… 무슨 일인지는 모르겠지만 현재 무림맹 총감을 맡고 있는 사명옥님과 부맹주인 사능군님이 사씨로는 가장 높은 직위에 있습니다."

"음, 그럼 두 사람 중에서 어여쁜 딸이 있는 사람이 있는가?"

두 번째 질문을 받은 진천명은 그제야 루드웨어가 노리고 있는 것을 알았다는 듯 미소를 지으며 말했다.

"나참, 무슨 일인가 했더니 역시나 부맹주님의 세 딸 중 한 사람에게 반하신 모양이군요?"

"응?"

"뭐, 무림맹에 들어온 건전한 남자라면 누구나 다 관심있는 일이니 말씀드리지요. 도대체 어떤 분을 보신 겁니까?"

조금 진천명이 오해를 하고 있기는 했지만 별로 문제될 것은 없기에 그녀의 이름에 대해서 말해 주었다.

"듣자 하니 사도혜라고 하던데?"

"아! 둘째 소저를 말씀하시는군요. 꽤 보는 눈이 있으신데요? 첫째 사문란의 경우엔 조금 도도한 여인이라고 소문이 났고, 셋째 사문희의 경우에는 말괄량이란 소문이 있지만 사도혜의 경우에는 조숙하고 정숙한 몸가짐을 가진 여인이라 알려져 있습니다."

"음… 그건 그렇고 남해검문과 부맹주와의 사이는 어떤가?"

"예? 남해검문이오?"

"그래, 듣자 하니 별로 사이가 안 좋은 것 같아 물어보는 거네."

그 말에 잠시 한숨을 쉰 진천명은 피곤한 눈을 비비며 이야기해 주었다.

"그러니까 한 오십 년 정도 전에는 사가장과 남해검문 사이가 꽤 절친했다고 하더군요. 사가장의 선조가 남해검문에서 떨어져 나왔다는 말이 있었을 정도니까요. 그런데 무슨 일인지 사가장의 쾌풍검(快風劍) 사군명과 남해검문의 소문주 문성 사이에 큰 다툼이 있었다는군요. 뭐, 들리는 소문에는 여자 문제라던가, 비보를 둘러싼 싸움이었다는 등의 여러 소문이 있었는데 당사자가 아니니 확실한 것은 모르겠습니다."

"음, 그러니까 오십 년 전부터 두 집안이 사이가 안 좋았다는 말이군."

"예. 그렇다고 직접적으로 사가장과 남해검문이 맞붙은 적은 없지만 강호에 나가면 서로를 비방하고 다닌다고 하더군요. 이십 년 전만 해도 남해검문의 사람들이 무림맹의 요직에도 많이 앉아 있었다고 하는데 무량도에 근거지를 삼고 있는 해적들과 크게 다툼을 벌이다가 거의 대부분의 고수들이 죽임을 당한 후에는 그 위치가 바뀌고 말았지요. 그래서 지금은 사가장에선 사능군님이 부맹주, 팔촌 동생이라는 사명옥님이 무림맹 총관의 직위에 있으나 남해검문은 그 청년뿐이지요."

"그렇군."

그렇게 생각한다면 오랜 시간 남해검문에게 크게 무시를 당했던 사가장으로선 지금의 성세를 빌미로 남해검문을 찍어누르려 함이 당연한 것이었다. 이십 년 전이라면 사씨 가문의 두 사람이 한창 젊었을 나이, 그 혈기 왕성했을 때 문파의 힘이 약해 당한 수모를 어찌 잊을 수 있겠는가.

이렇게 된다면 두 사람이 이루어지기에는 조금 힘들겠다는 생각에 루드웨어는 다른 방법을 생각해 볼 수밖에 없었는데, 고민하는 그를 보던 진천명이 어깨를 두드리며 말했다.

"너무 실망하지 마십시오. 아마 사도혜 소저가 무당파의 속가제자인 장인형과 혼약이 돼 있다는 것을 아셨는가 보군요?"

"응? 정혼자가 장인형이라는 자였는가?"

"에? 모르셨습니까?"

"음, 무당이라… 그럼 어찌해 볼 만하겠군."

강호의 양대산맥 중 하나인 무당의 속가제자라는 말에 루드웨어는 조금 자신감이 생겼다. 자신이 창조주의 세계에 있을 때 중점적으로 익힌 것이 바로 무당의 무공이었기 때문이다.

"들리는 소문에 의하면 셋째 딸인 사문희가 성질이 더럽다고는 하지만 가장 이쁘답니다. 그쪽으로 방향을 바꾸는 것이······."

"슬립."

"······."

헛소리하는 진천명을 슬립 마법으로 잠재운 루드웨어는 사도혜 빼돌리기 작전을 짜기 위해 머리를 굴렸다.

다음날 하루 종일 머리를 쓰느라 피곤에 지친 루드웨어는 슬슬 감기는 눈을 강제로 고정시키며 무림맹 산책에 나섰다. 다행히 진천명이 생각 외로 이름이 있는지라 부맹주인 사능군을 직접 만날 수 있는 기회가 생겼다.

안내를 받으며 부맹주가 있는 전각으로 향하던 루드웨어는 어제 구경했던 정원에서 한 여인이 꽃을 가꾸고 있는 모습을 보았다. 어제의 여인과 비슷하게 생긴 그 여인은 삼십 대 후반 정도의 중년 미인이었다.

"저분은 누구신가?"

옆에 있던 진천명의 옆구리를 치며 루드웨어가 묻자 한번 흘깃 얼굴을 본 그는 한숨을 쉬며 말했다.

"저분은 절대 안 됩니다."

"젠장할! 넘겨짚지 말고 누군지나 이야기하라니까!"

"부맹주님의 부인이신 금소련(金小蓮)이란 분입니다."

"오오!"

그녀가 사도혜의 어머니라는 것을 안 그는 탄성을 한번 내지르고는 금소련에게 다가갔다.

"루드웨어님!"

진천명은 그를 막으려고 했지만 애석하게도 이미 재빠른 루드웨어에게 마혈을 짚인 상태여서 눈물만 흘릴 뿐이었다.

"아름다운 꽃이로군요. 이름을 알 수 있을까요?"

천천히 그녀의 곁으로 다가선 루드웨어는 미소를 지으며 그녀가 손질을 하고 있는 꽃에 대해서 물었다.

"호호호, 꽃에 관심을 가지는 무사 분은 처음이군요. 금단화라 한답니다."

"금단화라… 음……."

한참 꽃을 바라보고 있던 루드웨어는 무슨 생각이 들었는지 천천히 손을 들어서는 마법의 주문을 시전했다.

그 순간 뿌연 물방울이 그의 손에서 만들어져서는 금단화의 주위로 뿌려졌다.

"어머?"

금소련은 그 모습에 크게 놀라서는 잠시 뒤로 물러섰는데, 어느 정도의 시간이 지나자 물방울은 점점 사라져 가고 금단화의 꽃 위로 아름다운 무지개가 형성되기 시작했다.

"아, 아름다워요!"

금소련이 무지개를 보고 크게 탄성을 지르며 기뻐하자 루드웨어는 정중하게 말했다.

"부인께서 기뻐하시니 다행입니다. 그럼 이만."

가볍게 인사를 하고 물러선 루드웨어가 진천명의 마혈을 풀어주고 다시 가던 길을 가니 여인은 신비한 그의 모습을 말없이 쳐다만 볼 뿐이었다.

[대체 뭐 하는 짓입니까! 부맹주님의 부인을 유혹하다니요!]

루드웨어의 행동에 진천명은 전음을 사용하여 그를 다그쳤다.

"그리 신경 쓸 것은 없다고. 대사(大事)를 위해 조금 준비를 한 것뿐이니까."

"음……."

진천명으로선 그 대사가 무엇인지 엄청 불안하기는 했지만 일단은 감시를 철저히 하기로 결심하고 부맹주를 만나기 위해 걸음을 재촉했다.

"여기가 무림맹의 부맹주께서 거처하시는 곳인가?"

"예. 아직 루드웨어님의 신분을 확실히 믿을 수 없으니 공적인 자리가 아니라 사적인 자리에서 만나는 것이죠. 부맹주께선 신분보다는 능력에 중점을 두는 분이시니 아마 루드웨어님을 끌어들이려 할 것입니다."

진천명의 말을 들어보면 사능군이란 사람이 그렇게 꽉 막힌 사람은 아니라는 것을 알 수 있었다. 중원에 있는 사람들이 오랑캐들을 경시하는 것을 잘 알고 있었기 때문이다.

이런저런 생각을 하고 있을 때 접대실의 문이 열리며 미녀 한 명이 조심스럽게 차를 들고 나왔다.

'음… 사도혜와 많이 닮은 것 같군.'

[저분이 바로 부맹주님의 첫째 따님인 사문란님이십니다. 현재 나이는 방년 19세로 혼기가 꽉 찬 나이입니다.]

[과연 아름답긴 하군.]

금소련이라는 어여쁜 여인에게서 나온 아이들이라면 저 정도의 미모는 당연하다 생각되었다.

한참을 무엇인가 생각하던 그는 사문란을 보곤 미소를 지으며 말했다.

"아름다운 분이시군요. 소저를 보고 있자니 설빙화란 꽃이 생각나는군요."

사문란은 갑작스런 그의 말에 다소 놀라는 표정을 지었는데 조금 도도한 표정을 지으며 말했다.

"과찬의 말씀이십니다. 그런데 설빙화라니, 그런 꽃은 처음 들어보는군요."

그 말에 루드웨어는 입가에 미소를 짓더니 그녀의 앞에 손바닥을 펴서는 조심스럽게 주문을 외우기 시작했다. 그리고 잠시 후 그의 손 위로 하나의 영상이 서리기 시작했다.

눈 덮인 설산의 모습이 점점 커져 가며 그 꼭대기에는 아름다운 꽃한 송이가 보였고, 루드웨어는 그 꽃을 감싸는 듯한 모습을 보이며 이야기를 시작했다.

"중원이 어느 모르는 곳. 그곳에는 수만 년 동안 녹지 않은 만년설이 자리 잡고 있는 산이 있습니다. 그 산엔 어떠한 이도 접근하지 못하는 곳이 있는데, 그곳엔 세상 어느 것보다 아름다운 꽃 설빙화가 있다고 합니다."

"아!"

환상같이 아름다운 영상을 보며 사문란은 크게 감탄했다.

"어느 날 설빙화의 아름다운 소문을 듣고 한 청년이 자신의 약혼자에게 꽃을 선물하기 위해 만년설이 덮인 산을 올라갔지만 애석하게도 그곳은 사람이 설 수 없는 곳. 그는 설빙화를 눈앞에 두고 그만 쓰러지고 말았답니다."

"아!"

"태어난 후 수만 년 동안 인간의 모습을 본 적이 없던 설빙화는 눈앞에 쓰러진 청년을 보며 그것이 인간이란 것을 알 수 있었습니다. 사랑하는 여인의 이름을 부르짖으며 죽어가는 청년, 그의 숭고한 사랑의 마음을 읽은 설빙화는 어느덧 그 청년을 사랑하게 되었고, 그를 구하고자 깊게 박힌 자신의 뿌리를 자르고는 청년을 안고 산으로 내려갔습니다. 얼마의 시간이 지난 후 청년은 자신이 산 밑에 누워 있다는 것을 알고 의아해했지만, 자신의 손에 세상에서 가장 아름다운 꽃인 설빙화가 있다는 것을 알고는 사랑하는 여인에게 그것을 줄 수 있다며 크게 기뻐했습니다.”

루드웨어는 설빙화에 관한 이야기를 하면서 마법을 통해 영상으로 그것을 투영해 주고 있었기에 사문란은 크게 감탄하며 빠져들 수밖에 없었다.

“사랑하는 사람과 함께하기 위해 산을 내려왔던 설빙화는 청년이 사랑하는 여인의 머리에서 그를 볼 수 있었습니다. 하지만 그의 입에서 나오는 달콤한 사랑의 언어가 자신을 향한 것이 아님을 아는 설빙화는 슬픔에 젖을 수밖에 없었고, 그런 슬픔이 계속되자 서서히 아름다움은 사라져 버렸습니다. 청년을 구하기 위해 스스로 생명줄인 뿌리를 잘라 버렸기 때문이지요. 시간은 점점 지나 그 아름다웠던 모습의 설빙화가 시들고 초라해지자 청년은 더 이상 그 꽃을 돌아보지 않게 되었답니다.”

“그런…….”

“뿌리가 잘려 죽어가던 설빙화는 자신의 고향인 만년설이 쌓인 산을 돌아보았습니다. 그리고 보았습니다. 자신이 사라지자 외로움과 슬픔에 울부짖고 있는 산을 말입니다. 그 순간 설빙화는 깨달았지요. 수만 년의 세월 동안 자신은 언제나 외롭고 혼자라 여겼는데, 그런 자신을 말없이 지켜본 산이 있었다는 것을 말입니다. 하지만 뿌리가 잘려져 나가고 시들어 버린 설빙화는 다시 산으로 돌아가지 못했고, 슬픔으로 인하여 만년설은 녹아내려 대지를 적시고 온 세상을 눈물로 잠기게 하고 말았답니다."

루드웨어의 이야기에 사문란을 물론이요 진천명까지 흠뻑 빠져들어 접대실에는 루드웨어의 낭랑한 목소리만이 흐르고 있었다.

"그리곤 어떻게 되었나요?"

더 이상 이야기를 하지 않는 루드웨어를 보며 사문란이 궁금한 표정으로 묻자 루드웨어는 미소를 지으며 손바닥의 마법을 끝내고는 말했다.

"글쎄요. 뒷이야기는 소저와의 또 다른 만남이 있을 때 계속하도록 하지요"

"어머!"

루드웨어의 말에 사문란이 얼굴을 붉히며 도망을 가버리자 바람둥이 루드웨어를 보는 진천명은 한숨을 쉴 수밖에 없었다.

"루드웨어님, 제발 자중해 주십시오. 전 무림맹에서 쫓겨나고 싶은 생각이 없습니다."

"하하하! 알겠네."

하지만 루드웨어의 답변에도 점점 불안해지고 있는 진천명이었다.

사문란이 가지고 온 용정차를 음미하며 루드웨어는 무림맹 부맹주의 연봉을 계산하고 있었는데, 문이 열리면서 오십 대 정도로 보이는 남자가 접대실 안으로 들어왔다.

그의 모습을 확인한 진천명은 자리에서 일어나 포권지례를 하며 인사했다.

"부맹주께 인사올립니다."

"오! 진 소협, 참으로 오랜만에 보게 되는군."

부맹주인 사능군이라는 것을 눈치 챈 루드웨어 역시 정중히 포권지례하며 자신의 소개를 했다.

"무림맹 부맹주님을 뵙게 돼서 영광입니다. 서역에서 온 루드웨어라고 합니다."

"아! 녹발대제란 명호를 가지고 계시다던 루드웨어 대협이군요. 본인은 사능군이라 합니다."

간단한 인사를 마친 세 사람은 자리에 앉았다.

사능군은 루드웨어에게 상당한 관심을 가지고 있는 것 같았다.

"들리는 말에 의하면 서역에서 진 소협이 구명지은을 입었다고 하던데?"

"우연한 일이었을 뿐입니다. 저로선 진 소협 같은 친우를 얻었다는 것에 감사할 일이지요."

"하하하하!"

사능군은 루드웨어의 말을 듣고는 꽤 마음에 드는지 크게 웃음을 터뜨렸다.

"그런데 무림맹을 통해 사람을 찾고자 하신다고 들었는데?"

"예, 서장의 저의 사문에 큰 죄를 짓고 나온 이들이 중원으로 도망을 쳤습니다. 저로서는 중원 땅에서 그들을 찾는다는 것이 암담하기만 했는데, 진 소협께서 무림맹에 소개를 해주신다고 해서 이렇게 오게 되었습니다."

"진 소협의 은인이시라면 무림맹의 은인이기도 합니다. 최선을 다해 돕도록 지시를 내리겠습니다."

"감사합니다."

세 사람이 이런저런 이야기를 나누는 도중 사능군은 언뜻 어떤 생각이 떠올라 루드웨어에게 물었다.

"혹시 서역에서 도망친 자 중에 여인이 있지 않습니까?"

"예?"

"들리는 말에 의하면 여인곡에서 파견된 여인 중에 서역에서 온 여인이 있다는 말을 들었는데, 관련이 있지 않을까 해서 말씀드리는 것입니다."

"무후를 말씀하시는 것이군요?"

"무후의 사건을 알고 계셨군요."

"예, 청건단의 사람들에게 들은 것이 있습니다."

루드웨어는 부맹주에게 간단히 알고 있다고 말하고는 자세한 정보를 얻기 위해 무후에 대해서 물었다.

"그녀의 생김새를 알 수 있겠습니까?"

"아직까지 자세한 외모는 알 수는 없지만 개방의 취개 어르신께서 그녀와 한동안 같이 있었다 하니 일주일 정도만 지나면 무림맹으로 그녀의 초상화가 도착하리라 생각합니다."

"음… 일단은 초상화가 도착해야 알 수 있겠군요."

생각보다 쉽게 찾게 되었다는 생각에 루드웨어는 다행이라는 생각이 들었지만 무언가 안 좋은 예감이 들기도 했다.

'혹시 함정이 아닐까?'

하지만 곧 고개를 저었으니, 아직 자신이 이곳에 왔다는 사실을 그들이 알 리가 없었기 때문이다.

루드웨어는 그 외에도 강호에 대해 몇 가지 이야기를 한 시진 정도 나누고는 부맹주의 방에서 나올 수 있었다.

무림맹에서 그리 많은 정보를 얻을 순 없었지만 자유 생명체의 소식이 아니더라도 강호의 상황에 대해서 파악할 필요가 있다는 생각이 들었다.

이런저런 생각으로 머리가 복잡한 그때 갑자기 하늘에서 청의를 입은 인영이 떨어져 내려왔다. 그리곤 난데없이 루드웨어의 목에 검을 겨누며 소리쳤다.

"서역의 오랑캐 놈이 감히 무림맹에 무슨 이유로 왔느냐?"

"엥?"

그의 말에 황당함을 느낀 루드웨어는 생각하던 것을 멈추고 고개를 들었고, 자신에게 검을 겨눈 이가 묘령의 소녀라는 것을 알 수 있었다.

[부맹주님의 셋째 딸인 사문희란 소저입니다.]

"음……."

이렇게 해서 부맹주의 세 여식을 모두 만나게 된 루드웨어였는데, 자신의 눈앞에 있는 여인의 눈에서 살기가 넘쳐흐르자 이상한 생각이 들어 물었다.

[이상하게 나를 싫어하는 것 같은데 무슨 연유가 있는가?]

[어느 정도 예상은 했지만 아무래도 과거의 기억을 잊지 못하는 듯합니다.]

[과거의 기억?]

[예. 들리는 소문에 의하면 사문희님이 어릴 때 연모하던 분이 계셨는데, 그분이 서장에서 온 라마에게 죽임을 당한 후에 오랑캐라면 무조건 목을 베어버린다 하더이다.]

"음."

예상치도 못한 상황에 빠져 버린 루드웨어였지만 이내 미소를 지으며 말했다.

"무슨 연유이신지 모르지만 본인은 진 소협의 소개로 무림맹에 정식으로 들어온 사람입니다. 이런 행동은 실례가 아닐까 생각됩니다만?"

"흥! 오랑캐에게는 중원의 법도가 필요없다!"

그 말과 함께 앞으로 찔러오는 검을 루드웨어는 가볍게 몸을 날려 목이 꿰뚫리는 것을 면할 수 있었다.

"오호라! 한 수의 재간은 있어 본녀를 농락하려 하는구나!"

죽기 싫어 피했더니 한 수 재간이 있어 여인은 농락한 것이 된 루드웨어는 억지를 부리는 사문희란 계집에게 짜증이 났다.

하지만 장소가 무림맹이며 상대가 부맹주의 딸이니만큼 함부로 상대할 수 없는지라 검을 피할 수밖에 없었는데, 그녀의 무공이 꽤 훌륭한 편에 속하는지라 피하기가 쉽지는 않았다.

진천명은 루드웨어가 부맹주의 얼굴을 보고 참는 것임을 알고는 앞으로 나와 검을 뽑아 들고 그녀의 검을 쳐내며 말했다.

"더 이상 실례를 범한다면 제가 가만히 있지 않겠습니다."

"흥! 네까짓 게 감히 나를 상대할 수 있다 생각하느냐!"

진천명마저 무시한 채 그녀가 계속해서 두 사람을 공격하자 어릴 적부터 귀하게만 자라 겁이 없다고밖에 생각할 도리가 없었다.

한참을 그렇게 사문희의 검을 피하던 루드웨어는 더 이상 참지 못하고 얼굴을 일그러뜨리며 말했다.

"부맹주님의 얼굴을 봐서 참았다만 네년의 경박함을 보니 더 이상 봐줄 필요가 없겠구나!"

"이 더러운 오랑캐 녀석이!"

루드웨어에게 욕을 들은 사문희는 얼굴이 시뻘게져 노기를 터뜨리며 자신의 내공을 모두 돋우어 검을 내뻗었다.

"하압!"

그녀가 가볍게 손목을 흔들자 수십 개의 검영이 루드웨어를 향해 밀려갔다. 하지만 흩어진 검영을 뚫어지게 쳐다보던 루드웨어는 가볍게 손가락을 뻗어서는 그녀의 검을 막아 나갔다.

"헉!"

사문희는 십성이 넘는 내공이 실린 검을 루드웨어가 손가락 하나로 막아내자 크게 놀라지 않을 수 없었는데, 그 탓에 잠시 그녀의 공격이 흐트러졌다. 루드웨어는 곧바로 그녀의 마혈을 향해 지풍을 날렸다.

"합!"

"꺅!!"

한순간의 방심으로 지풍에 의해 마혈을 찍힌 사문희의 몸이 굳어지자 루드웨어는 옷매무새를 정리하고는 그녀를 보며 말했다.

"메롱~"

"이……!"

마혈이 짚여 움직이지도 못하는 여인을 보며 약 올리는 루드웨어의 행동에 진천명은 고개를 내저으며 한숨을 쉬었다.

그녀는 황당함과 억울함에 얼굴이 시뻘겋게 변하고 있었는데, 그 모습이 재밌던지 루드웨어는 미소를 지으며 말했다.

"크크크. 어린 꼬마야, 다음부터는 상대를 잘 보고 덤비도록 하거라."

"더러운 자식! 당장 마혈을 풀지 못하겠느냐!"

"음… 아직 정신을 못 차렸나 보네?"

음흉한 웃음을 지으며 루드웨어가 사문희에게 다가가자 불안해진 것은 진천명이었다.

"루드웨어님, 안 됩니다."

"뭐가?"

"아무리 여자에 굶주렸다고 해도 벌건 대낮에, 그것도 무림맹 부맹주님의 저택 앞마당에서 그런 짓을 한다는 것은……."

"엥?"

전혀 그런(?) 짓을 할 생각이 없었던 루드웨어는 진천명이 말에 황당함을 느낄 수밖에 없었다.

"청건단 창고라도 빌려드릴 테니 제발 이곳에선 자제해 주십시오."

"……."

의외였다. 보통 사람이라면 멀쩡한 아낙을 욕보이려 하는 것을 막는 것이 당연지사인데, 놀랍게도 진천명은 장소가 안 좋다는 이유로 루드웨어를 막고 있었던 것이다.

"진천명, 이 나쁜 자식아! 도대체 무슨 말을 하는 거야!!"

사문희조차 황당함에 진천명을 욕하자 진천명은 별것 아니라는 듯이 손을 내저으며 말했다.

"어차피 시집은 가셔야 하지 않습니까? 뭐, 루드웨어님이 서역에서 오신 분이라고는 하지만 인물 좋겠다, 무공도 뛰어나겠다, 뭐 일 한번 저지르고 뒷감당만 한다면 별문제가 없는 것이지요."

"뒷감당……."

"잠시만 기다리십시오. 멍석이라도 깔아드릴 테니까요."

"도대체 네 녀석은 나를 뭘로 보는 게냐! 죽어라, 이 자식아!"

루드웨어는 잠시 진천명을 질근질근 밟아준 후 기절해 버린 그를 끌고 나가면서 사문희를 보며 말했다.

"본좌가 이 정도로 끝내는 것을 고맙게 여겨라."

루드웨어가 사라지자 한 남자가 천천히 모습을 드러냈다. 부맹주인 사능군이었다.

"아깝다! 조금만 더 했으면 막내딸을 보낼 수 있었는데."

"아빠!"

"휴~ 남들은 신랑감 고르느라 골치가 아픈데… 난 딸을 던져 줘도 거부당하니…….."

한숨을 쉬며 힘없이 어깨를 늘어뜨린 사능군은 천천히 건물 안으로 걸어갔다.

과연 무슨 이유일까? 무림맹 부맹주의 직위를 가진 부친에 아름다운 세 명의 딸, 이 정도면 수많은 명문가에게 청혼을 해도 이상하지 않을 가문임에도 그는 왜 딸을 시집보내지 못하고 있는 것일까?

루드웨어 역시 한쪽에 숨어 있던 사능군을 눈치 채고 있었다. 그 정도의 소란이 일어났는데 부맹주의 좌에 있는 고수가 눈치 못 챌 리가 없었기 때문이다.

"이상하군. 어째서 사능군이 가만히 있었던 것이지?"

숙소에 도착한 루드웨어는 자신이 느꼈던 의문을 진천명에게 물어보았다.

"그거야 당연하지 않습니까?"

"당연하다니?"

"사 부맹주님도 루드웨어님의 비범함을 간파했기에 딸을 시집보내려 했던 것이지요."

"음, 그건 좀 억지가 아닌가? 이방인에게 딸을 시집보내려 한다니 말이야."

"뭐랄까… 현재 사 부맹주님의 세 딸에게는 오랑캐고 아니고를 떠나 딸을 지켜줄 수만 있다면 나이가 맞는 남자에겐 다 시집보내려 할 것입니다."

"응?"

진천명의 말에 루드웨어는 되물을 수밖에 없었고, 그는 부맹주와 세 딸에게 얽힌 사연에 대해서 이야기를 해주었다.

지금으로부터 5년 전 부맹주의 세 딸은 복주에 있는 친척 집으로 길을 떠난 적이 있었는데 그곳에서 한 남자를 만나게 되었다고 한다.

첫째인 사문란의 아름다움에 빠진 그 남자는 여행 내내 이 세 자매를 따라다니며 귀찮게 했으나 도도한 사문란은 돌아보지도 않았고, 그러던 어느 날 한 객잔에서 남자는 사문란에게 미혼향을 사용하여 자신의 여자로 만들려고 했다.

다행히 이 파렴치한 계획은 어린 사문희가 알아채서 미연에 방지할 수 있었지만 사문희는 녀석을 처리할 때 남자의 가장 중요한 부분에 상처를 입혔고, 그것으로 인해 그는 고자 신세가 되었다고 한다.

그걸로 문제는 일단락된 것 같았지만 애석하게도 그 남자는 사파의 연합체인 대사련 부련주의 외동아들이었으니… 자신의 아들이 고자가 됨으로써 대가 끊기자 크게 분노하게 된 것이다.

"그러니까 부맹주의 여식과 성혼하려는 자들은 대사련의 공격을 받게 된다는 것인가?"

"예. 딸의 일에 무림맹의 힘을 빌릴 수는 없는지라 그들의 행위를 막을 수가 없는 것이지요. 상대인 대사련의 부련주인 주문진(周聞眞)

은 대사련에서 가장 큰 문파라는 나왕문(羅王門)을 가지고 있고, 첫째 형이 패도문의 문주, 둘째 형이 빙혼문의 문주, 밑의 동생이 영사파의 문주, 밑의 밑의 동생이 비형마문의 문주… 고종 사촌의 외숙부가 암형문의 문주, 고종 사촌의 외숙부의 누님이 음녀당의 당주… 의 세력을 지니고 있으니까 아무래도 한 무가의 힘으론 상대할 도리가 없지요"

"잠깐, 도대체 언제까지 이어지는 거야?"

"앞으로 한 이십 개 문파 정도가 남아 있는데, 뭐 대충 여기서 끝내기로 하죠. 아무튼 주문진은 실력이 떨어지는 무인임에도 불구하고 그의 친척들의 세력이 대사련 주력의 반 정도를 차지하고 있기 때문에 혈족의 힘을 얻어 부련주의 직위에 오른 사람이죠. 그가 마음만 먹는다면 한 번에 움직일 수 있는 무사들의 숫자는 일만을 넘어서니 아무리 무림맹의 부맹주라고 하더라도 역부족이랄까요."

"음……."

"이런 이유로 주문진이 감히 넘볼 수 없는 문파, 즉 구파일방의 무사들에게 딸을 보내려고 하지만 그들 역시 대사련을 상대로 위험한 일을 하고 싶은 마음은 없기에 부맹주의 여식을 며느리로 삼는 것을 꺼려하고 있는 상태지요."

그의 말에 현 부맹주가 얼마나 심각한 상황에 봉착해 있는지 알 수 있게 된 루드웨어는 사문희의 히스테리도 동정하게 되었다.

"하긴, 그 나이에 혼삿길이 막혔으니 성질이 더러워질 수밖에 없겠군. 쯧쯧."

다음에 만나면 위로라도 해주어야겠다고 생각한 루드웨어는 천천히 무림맹 공동 식당으로 향했다.

청건당의 공동 식당에는 이미 많은 무사들이 점심을 들고 있었는데, 그곳에 남해검문의 문진우와 그의 사제들의 모습을 볼 수 있었다.

진천명, 여사랑과 함께 음식을 먹으면서 곁눈질로 문진우의 표정을 살피고 있었는데, 아나나 다를까 어젯밤의 일로 상당히 풀이 죽어 있는 모습이었다. 자리에 일어선 루드웨어는 소홍주를 한 병 들고 그들이 앉아 있는 탁자로 향했다.

"무슨 일이오?"

문진우의 사제 한 명이 루드웨어를 보며 차가운 목소리로 물었지만 그는 그것을 무시하며 문진우 앞에 있는 찻잔을 들어 찻물을 바닥에 버린 후 그곳에 술을 한 잔 따라주며 말했다.

"자네의 얼굴에 근심이 싸여 있는데 무슨 고민이라도 있는가?"

"알 것 없소."

루드웨어의 물음에 문진우는 상대하기도 싫다는 듯이 말하고는 말 없이 음식을 들었다. 그때 루드웨어가 술이 담긴 찻잔을 손가락으로 가볍게 치자 그곳에서 한 여인의 모습이 그려지기 시작했다.

"헉!"

찻잔 속에서 그려지고 있는 여인은 바로 사도혜였기에 문진우는 숨 넘어가는 소리와 함께 자리에서 벌떡 일어나 뒤를 돌아보았지만 애석 하게도 그녀의 모습은 보이지 않았다.

"도대체 무슨 사술이냐!"

그제야 그는 그녀가 뒤에 있는 것이 아니라 자신의 앞에 있는 초록 색 머리의 이방인이 수작을 부렸다는 것을 알고는 크게 노한 목소리로 검을 뽑아 들려고 했다. 그때 그의 뒤에서 차가운 기운이 느껴졌다.

"응?"

"문 소협, 함부로 검을 뽑으면 되겠습니까?"

"진천명!"

언제 다가왔는지 진천명이 작은 소검을 들어 그의 목에 갖다 대고 있었기에 문진우는 검을 내려놓을 수밖에 없었다.

진천명이 그를 제압하자 루드웨어가 가볍게 손을 내저었고 멀리 있던 의자가 격공섭물의 수법으로 날아와서는 그의 뒤에 놓여졌다.

이 일련의 행동이 상당히 자연스러웠던지라 문진우는 크게 놀라지 않을 수 없었다.

'격공섭물을 저렇게 자연스럽게 펼치다니! 상당한 고수다!'

그제야 만만치 않은 상대라는 것을 깨달은 문진우는 이마에서 식은 땀을 흘려내고 있었다. 자리에 앉은 루드웨어는 진천명에게 손짓하여 물러서게 한 후 말했다.

"본좌는 서장에서 온 녹발대제라 하오."

"본인에게 다가온 이유가 무엇이오이까!"

"본좌는 서장에서 온 지 얼마 되지 않는지라 중원에서 믿고 의지할 사람이 없소이다. 그런 이유로 문 소협의 고민을 해결해 주는 대가로 잠시간 남해검문의 힘을 얻고자 하는데, 어떻소이까?"

"고민?"

"그렇소이다. 찻잔에 서린 여인의 형상, 그것이 바로 문 소협의 고민이 아니오이까?"

"……."

루드웨어의 말에 문진우는 조금 당황할 수밖에 없었다.

자신의 사제도 모르는 사도혜에 관한 일을 서장에서 온 정체도 모르는 자가 알고 있었기 때문이다.

"본좌가 생각하기에는 서로 간에 손해가 없는 거래라고 생각하는데……."

"음……."

격공섭물의 솜씨로 봐서 만만치 않은 고수인데다가 자신에게 접근한 것으로 보아서는 해결책이 있다는 생각이 들었기에 문진우로서도 구미가 당길 수밖에 없었다.

하지만 이내 고개를 젓고 말았는데, 자신의 상대가 되는 이는 무당파에서도 상당히 명망있는 인물인 장인형이었기에 외지에서 온 이방인이 해결한다는 것은 조금 무리가 있다는 생각이 들었기 때문이다.

또 정파의 한 문파인 남해검문의 일인으로 이방의 오랑캐에게 도움을 받는다는 것도 조금 꺼려지는 일이었다.

"거절하겠소."

"거절이라……."

"남해검문의 일인으로서 정체도 알 수 없는 이방인에게 도움을 받을 순 없소."

"음… 역시 자네도 고리타분한 정사의 관념에 묻혀 있는 소인배에 지나지 않구려."

"말씀이 지나치십니다!"

루드웨어의 소인배란 말에 문진우는 화를 내며 소리쳤다.

"내 말이 틀렸소이까? 지금 당신의 입장을 한번 되돌아보시오. 자신은 한 적도 없는 선대의 원한에 끼어 사랑하는 연인과도 이어지지 못한 당신의 입장과 단순히 이방의 오랑캐라는 것만으로 어떠한 일인지도 모른 채 거절당하는 나와 무엇이 다르단 말이오? 본좌는 고리타분한 원한의 관계에 얽매여 고민하는 소협을 보고 당신이라면 충분히 본

좌의 입장을 헤아릴 수 있다 생각했는데, 역시나 당신도 다른 이들과 마찬가지로 소인배에 지나지 않구려."

"……."

루드웨어의 말에 문진우는 할 말이 없었다.

사문과 사가장의 오랜 원한 관계에 희생되어 아무것도 못하는 자신은 얼마나 그런 자들을 원망했는가? 하지만 자신이 그런 관계의 주인공이 되어 있을 때는 다른 이들과 똑같은 자세를 취하고 있었다는 생각이 들었기 때문이다.

루드웨어가 아무 말도 못하는 문진우를 보며 코웃음을 치며 사라지자, 진천명 역시 가소롭다는 눈으로 잠시 남해검문의 제자들을 응시한 채 한마디를 남기고 사라졌다.

"좁은 하늘이 전부인 줄 아는 우물 안의 개구리들이라… 하하하하하!"

"크으윽!"

남해검문의 제자들은 진천명의 말에 노기가 치솟을 수밖에 없었지만 상대가 청건단에서 상당한 인맥이 있는 상대이다 보니 검에는 손만 댈 뿐 뽑지는 못하고 노기로 몸을 떨고 있을 뿐이었다.

"루드웨어님, 남해검문의 제자들을 끌어들일 생각이십니까?"

진천명은 그가 문진우에게 크게 관심을 가지는 것을 보며 물었다.

"젊은이들이라고는 하지만 다른 청건단의 무사들과는 다른 기개가 느껴지고 있네. 중원에 세력이 없는 나로선 그들을 끌어들여 어느 정도의 세력을 만드는 것도 나쁘지는 않겠지."

"음, 그렇군요."

어차피 무림맹이야 잠시 들르는 것에 지나지 않은 세력이니만큼 서장에서 온 루드웨어에겐 그 나름대로의 세력이 필요하다는 것을 깨달은 진천명이었다.

자신과 여사랑이 무공이 크게 늘었다고는 해도 역시나 질보다는 양이 크게 우선시되는 것이 바로 강호였기 때문이다.

"과연 문진우가 걸려들까요?"

"물론. 필요한 자에게 필요한 것을 제시하는 것이 상 행위의 기본 아니겠는가?"

"그렇군요."

두 사람이 이런저런 이야기를 나누고 있을 때 밖에선 여사랑이 고민에 잠겨 있었다.

'어쩌지… 교로 돌아가야 하나? 돌아가면 문책을 받은 것은 뻔한 일인데……'

지금은 서로 사랑하는 사이라고 하지만 원래는 서로를 죽여야 하는 사이였기 때문이다.

여사랑은 무림맹과는 정반대라고도 할 수 있는 조직에 속한 몸, 이대로 그의 곁에 머물러 있을 수는 없는 일이었다. 하지만 그렇다고 진천명을 죽이고 교의 임무를 완수한 후 돌아간다는 것도 할 수가 없는 일이었다.

그냥 돌아간다면 교의 무서운 형벌을 받을 것은 당연한 일. 차라리 이대로 루드웨어에게 빌붙는 것이 가장 좋은 방법이기는 했는데, 애석하게도 그녀에겐 그렇게 할 수 없는 이유가 있었다.

여사랑의 얼굴에서 크게 고민하는 모습이 서려 있자 청건단의 일을 마치고 온 진천명이 그녀를 보고는 다가와 심각한 표정을 확인하곤 궁금한 얼굴로 물었다.

"아랑, 무슨 고민이 있소?"

"아니에요, 진 가가."

자신의 불안한 표정을 보자 걱정스러운 얼굴로 물어보는 진천명을 보며 크게 감동한 여사랑은 미소 지으며 고개를 저을 뿐이었다.

"여 소저."

"예."

"자네의 고민은 우리의 고민이나 마찬가지이네. 무슨 일인지는 모르지만 말해 줄 수 없겠는가?"

루드웨어는 자애로운 미소를 지으며 여사랑에게 말했고 옆에 있던 진천명도 고개를 끄덕였다. 그녀는 그 모습에서 따뜻한 마음을 느꼈다. 하지만 함부로 말할 수는 없었다.

이렇게 좋은 사람들을 자신의 교의 잔인한 손속에 희생시키고 싶지 않았기 때문이다.

"아무것도 아니에요."

하지만 그녀의 눈에는 짙은 어둠이 가득했기에 두 사람은 맘이 편치가 않았다.

간단히 식사를 마치고 돌아가려고 할 때 그들의 앞으로 한 사람이 나타났다. 바로 남해검문의 제자인 문진우였다.

"할 말이 있소이다."

"우리에게 힘을 빌려주겠는가?"

"한 가지만 묻겠소이다. 당신이 하려는 일, 그것이 사문에 피해가 가는 일은 아니겠지요?"

"물론이오."

"그렇다면 남해검문의 힘을 당신에게 빌려주겠소이다."

"옳은 결정이오."

고개를 끄덕이며 만족해하는 루드웨어는 천천히 앞으로 걸어가 그의 옆을 지나치면서 말했다.

"근시일 안에 자네의 소원을 이뤄주겠네."

"헉!"

문진우는 자신이 몇 년 동안 고민을 해도 이룰 수 없었던 일을 그가 이뤄준다고 말하자 크게 놀라지 않을 수 없었다.

거처에 도착한 루드웨어는 진천명을 보며 물었다.

"무당의 속가제자라는 장인형에 대해서 알 수 있겠는가?"

"음… 일단은 무당의 제자입니다. 현 무당의 장로 중 한 사람인 현허 진인의 속가제자로 검술에 뛰어난 인물이지요. 현 나이는 스물두 살, 형북의 큰 대상인 장만길의 둘째 아들이며 그의 소유로 있는 재산만 해도 엄청나다고 알려져 있지요."

"음, 사도혜와의 사이는?"

"일단은 사능군 부맹주님의 암수에 걸린 사이라고나 할까요? 부맹주님은 딸을 시집보낼 남자를 찾기 위해 고민하다가 우연히 무림맹에 찾아온 장인형을 보게 되었고, 그가 무당의 현허 진인에게 크게 사랑받는다는 것을 알고는 자신에게 불러들여 취할 정도로 술을 마시게 한 것이지요."

"그런 식으로 취하게 한 후 잠자리에 사도혜를 보냈다는 거로군."

"예. 원래는 첫째인 사문란이 나서야 하는 일이었지만 도도한 그녀는 그것을 거부했기에 마음이 여린 사도혜가 방으로 찾아가게 되었던 것이지요."

"알겠네."

진천명의 말을 들은 루드웨어는 한참을 생각에 잠길 수밖에 없었다.

일단은 무슨 이유로 사도혜가 장인형에게 마음을 돌렸는지 아는 만큼 약간의 힘만을 쓴다면 그녀를 다시 문진우에게 끌어들일 수 있다는 생각이 들었기 때문이다.

다음날, 날이 밝자 루드웨어는 진천명에게 지시하여 멋들어진 옷을 마련한 후 섭선을 들고 부맹주의 저택으로 찾아갔다.

부맹주의 저택 화원에는 역시나 부인인 금소련이 꽃을 가꾸고 있는 모습을 볼 수 있었다. 루드웨어는 미소를 지으며 천천히 그녀에게 접근해 갔다.

"아! 저번에 오셨던 루드웨어 대협이시군요."

"부인께 인사드립니다."

재밌는 것을 보여준 적이 있었던지라 금소련은 루드웨어에 대한 인상이 좋은 듯했다. 잠시 후 정원 한 켠에 있는 작은 정자에서 그와 마주 앉은 그녀는 하녀에게 지시하여 차를 내오게 했다.

"참 아름다운 정원이군요."

"제가 꽃을 좋아하기 때문에 남편께서 사람들을 통해 갖가지 꽃씨를 구해주셨답니다."

"그렇군요. 하지만 꽃이라고 하는 것이 기후를 많이 타는지라 이곳에서 볼 수 있는 꽃은 크게 한정될 수밖에 없겠군요."

"네. 저도 아쉽기는 하지만 이곳을 떠날 수가 없는지라 이 정도에 만족하고 있답니다."

그 말에 한참을 생각에 잠겨 있던 루드웨어는 무엇인가를 생각했는지 섭선을 접어 손바닥을 한번 쳤다.

"저에게 이곳의 기후에서 살 수 없는 꽃도 키울 수 있는 방법이 생각났는데 한번 해보시겠습니까?"

"예? 그런 방법이 있나요?"

역사나 꽃에 관심이 많은 금소련이 크게 반가워하자 루드웨어는 마음속으로 일 단계 성공을 외쳤다.

"공간을 만드는 것에 약간의 시간이 필요하니 기다려 주십시오."

"부탁드리겠습니다."

간단히 대화를 마치고 나온 루드웨어는 작업에 들어갔다.

다행히 무림맹인만큼 하나의 마을이나 마찬가지로 모든 시설이 맹의 건물 안에 있었기에 준비를 하는 데는 별 무리가 없었다.

루드웨어가 만들려고 하는 것은 바로 유리로 만든 하우스였다.

빛을 통과시키는 유리라면 이곳에서 살 수 없는 고온다습한 곳의 식물들도 키울 수 있을 것이라고 생각한 것이다.

칠인회의 총회주인 루드웨어인만큼 유리 같은 물질을 제조하는 것은 식은 죽 먹기라고 할 수 있었고, 작업은 부맹주 부인이 원조를 하는만큼 빠른 속도로 이루어지고 있었다.

루드웨어는 어느 정도 하우스의 초안을 잡은 후 완전한 유리판을 제조하여 작업에 들어갔다.

다행히 목조 기술만큼은 중원이 루드웨어의 세계보다 크게 발달되어 있었기에 유리를 지탱할 골조를 만드는 것은 그리 어렵지 않았다.

"아!"

모든 작업이 끝난 것은 그로부터 이틀이 지난 후였다.

부맹주 저택의 정원 한 켠에 자리 잡은 유리의 집은 아름답기 그지없었다. 아침 햇살에 반사되는 빛과 함께 투명한 내부에 자리 잡고 있는 여러 가지 장식품들은 그녀를 감동시키기에 충분했다.

"아름다워요."

"하하하, 이 정도는 부인의 아름다움에 비하면 조족지혈일 뿐입니다."

"호호호, 별말씀을 다하세요, 루드웨어님."

"루드웨어님이라니요, 그냥 루 동생이라 불러주십시오."

"호호호, 알겠어요, 루 동생."

이렇게 해서 루드웨어는 금소련의 호감을 사는 데 큰 성공을 거두었다.

무릇 가정의 대들보라 할 수 있는 사람을 남편이라 생각하는 이가 많을지 모르지만, 애석하게도 진정한 가정의 대들보는 안살림을 장악하고 있는 부인이다.

힘 좋은 남편이 아무리 애를 써봤자 집안의 이모저모를 파악하는 것은 바깥일을 하는 남편으로선 불가능하기 때문이다.

사도혜를 문진우에게 넘겨주기 위해서 가장 중요한 것은 안살림을 장악한 실권자에게 호감을 사는 것이 당연하다고 생각하는 루드웨어였다.

일단 금소련의 동생(?)이 된 루드웨어는 부맹주의 저택으로의 출입이 자유스러워졌다.

그동안의 노력의 보답인지 부맹주의 막내딸을 제외한 나머지 두 딸 사문란과 사도혜와도 어느 정도 안면을 틀 수 있었다. 어느새 루드웨어는 당당히 집 안에서 차를 즐길 수 있는 특권을 부여받은 것이다.

"루 대협, 그때의 이야기를 계속해 주세요. 네?"

"설빙화에 관한 이야기 말인가?"

"네."

그동안 이야기를 첫째인 사문란에게 들었는지 사도혜와 멀리서 이를 갈고 있는 사문희도 크게 관심을 가지는 듯한 표정을 짓자 기회라 생각한 루드웨어는 드디어 작업에 들어가기 시작했다.

"쟁반과 물을 가져오지 않겠는가?"

"네."

　사문란은 루드웨어의 말에 따라 쟁반과 물이 든 주전자를 가져왔는데, 그것을 받아 든 루드웨어는 쟁반에 물을 따르기 시작했다.

"이미지."

　루드웨어의 마법이 시전되자 쟁반 위로 수증기가 피어 오르더니 하나의 형상이 되어가기 시작했다.

　쟁반 위에 떠오른 것은 눈물을 흘리고 있는 한 미녀의 형상이었는데, 사실적으로 움직이고 있는 영상에 부맹주의 딸들은 크게 놀라는 표정을 지었다.

"아!"

　사문란은 물론이고 그때 들어온 금소련까지 감탄하는 표정을 짓고 있었다. 그때 쟁반 위의 영상의 여인이 움직이기 시작했다.

　그녀의 눈은 멀리 희미하게 어려져 있는 사랑에 빠진 두 연인을 쳐다보고 있었으니, 그녀의 애처로운 표정에 사람들은 모두 눈물을 흘리고 말았다.

"설빙화와 그녀를 수천 년 동안 지켜만 보았던 설산을 보며 불쌍히 여긴 천신은 두 존재를 인간의 몸으로 만들었지만 청년을 잊지 못한 설빙화는 설산을 따라나서지 못했답니다."

　사랑하는 사람에게 버려진 설빙화였지만 그 사랑을 잊지 못하고 있었던 것이다.

잔잔히 흐르는 슬픈 통소 소리에 눈을 뜬 사도혜는 크게 놀랐다. 상당히 뛰어난 솜씨로 루드웨어가 통소를 불고 있었기 때문이다.

"아!"

잔잔한 통소 소리와 함께 연인을 보며 눈물을 흘리는 여인의 뒤에 하나의 영상이 서리기 시작했는데, 백발의 남자였다. 사람들은 그가 설산의 령이라는 것을 알 수 있었다.

사랑하는 여인을 생각하는 슬픔은 수만 년의 세월 동안 쌓여 있던 눈을 녹이며 그 흐름에 몸을 맡겨 그녀의 곁으로 간신히 다가가 설산의 령은 슬픈 목소리로 물었다.

"설빙화, 당신의 사람은 당신을 버렸거늘 왜 다시 돌아오지 않습니까?"

"처음부터 전 그 사람에게 사랑을 받을 수 없는 운명이었는걸요. 저만의 간절한 소망이이었던 것을……."

설빙화의 말에 설산의 령은 그녀에게 다가가서는 손을 내밀며 말했다.

"돌아갑시다. 당신이 기다리고 있는 것은 꿈일 뿐이랍니다."

"단지 꿈일지라도 그것을 바라볼 수 있는 것만으로 전 행복하답니다."

하지만 그녀의 눈에 보이는 눈물은 결코 행복함을 증명하지 못하고 있었다.

한없는 그리움으로 가득한 여인의 눈물, 설산은 더 이상 그녀에게 무어라 말하지 못한 채 돌아갈 수밖에 없었다.

루드웨어의 이야기는 여기에서 끝이 나는 듯 쟁반 위의 서려 있던 영상은 서서히 사라져 가기 시작했고 여인들은 그제야 정신을 차릴 수 있었다.

"다음 이야기는 스스로 만들어가야 할 것입니다."

"스스로 만들어가다니요?"

루드웨어의 말에 그녀들은 이해하지 못하고 있었는데, 그는 조용히 사도혜에게 고개를 돌리더니 말했다.

"당신은 사랑하는 사람을 지켜보는 것만으로 만족할 수 있습니까?"

"······."

"소저, 연인을 그리워하며 만날 수 없음은 아픔이지만 연인에게 잊혀짐은 훨씬 더 큰 아픔일 수밖에 없습니다."

루드웨어의 말을 듣는 순간 사도혜는 문진우 생각이 났고, 그의 기억에서 자신이 지워질 것이라는 생각이 들자 눈물을 그칠 수가 없었다.

사문란과 사문희는 그녀가 왜 눈물을 흘리고 있는지 알고 있어 안타까운 표정을 지으며 천천히 그녀를 안아주었다.

"루드웨어님, 이만 돌아가 주세요."

지금까지 자신을 반겨주던 사문란은 루드웨어에게 축객령을 내렸고 그는 할 수 없다는 듯이 자리에서 일어나 한숨을 내쉬며 말했다.

"그럼 이만······."

루드웨어는 그녀들에게 인사를 하고는 부맹주의 저택을 빠져나왔다. 그리고 대문을 나서자마자 뒤를 돌아보더니 조용히 말했다.

"문 소협, 이제 나오지 그러나."

루드웨어의 말에 문진우는 숨어 있던 나무에서 천천히 어수룩한 몸짓으로 내려와 옷을 털며 말했다.

"역시나 알고 계셨군요."

"물론. 자네의 기를 숨기는 실력은 형편없으니까."

"······."

멀리서 보이는 사도혜의 얼굴, 문진우는 루드웨어의 한마디에 눈물을 흘리는 그녀를 보며 과연 그가 무슨 이야기를 하는 것일까 궁금했지만 차마 그것을 물어볼 수가 없었다.

하지만 그들의 모습을 보며 무엇인가가 자신이 영혼을 끌어당기는 것 같은 느낌이 들었다.

'이 느낌은 무엇일까?'

강렬한 불길이 타오르는 느낌··· 불안감? 그런 것은 아니라고 생각했다.

시간이 지나면 지날수록 더 뜨거워지는 감정에 그는 몸을 주체할 수 없었는지 가슴을 끌어안으며 주저앉고 말았다.

"웬 생쇼냐?"

"예?"

"아니야, 그냥 한번 해본 말이다."

루드웨어가 아무런 말도 없이 그냥 가버렸기에 멀리 사라지는 그의 뒷모습만을 바라보는 문진우였다.

남해검문에 들어와서 자신이 선택한 것은 검. 지금 이 순간 몰락해 가는 문파를 생각한다면 멀리서 눈물 짓던 여인을 생각해서는 안 되는 것을 알고 있었다.

루드웨어는 자신에게 그 불안감을 해결해 준다고 말한 후 사도혜에게 조금씩 접근해 가고 있었다.

그가 다가감에 따라 가슴속에 불안감은 더욱 커지고 있었다.

'루드웨어를 두려워하는 것일까?'

자신은 다가가지 못했던 것에 너무나 쉽게 접근해 가는 사람이기 때문일까?

더 이상을 참지 못한 문진우는 천천히 부맹주의 저택으로 들어가고 있었다.

"멈추시오!"

부맹주의 저택을 지키고 있는 무사에 의해 문진우는 가로막혔다.

"사도혜 소저를 만나러 왔습니다."

"알고 있네. 하지만 부맹주님의 지시로 자네의 출입은 금지되어 있다는 것을 알고 있지 않은가?"

문진우와 이야기를 하고 있는 무사는 그와 어느 정도 면식이 있는 사이였기에 상황을 이해하고 조심스럽게 그를 막고 있었지만 문진우는 물러설 생각이 없었다.

"그녀를 보게 해주십시오."

"미안하네만 그것은 나로서도 불가능한 일이라는 것을 잘 알고 있지 않은가?"

참을 수 없는 노기가 치솟아오른 문진우는 자신도 모르게 검에 손을 가져갔다. 그때 자신의 손을 잡는 이가 있었다.

"멈추게."

"루드웨어님."

문진우의 표정이 이상하다고 생각한 루드웨어는 다시 돌아왔는데, 아니나 다를까 일을 크게 만들려고 하는 그를 보고 급히 달려와 막으며 말했다.

"기다리지 못하겠는가?"

"……."

루드웨어의 말에 문진우가 아무 말도 못하고 있을 때, 그들의 곁으로 한 여인의 모습이 보였다.

"사도혜……."

"잊어주세요."

"……."

그녀의 말에 문진우는 머리 속이 텅 비어버리는 듯한 느낌을 받았고 천천히 뒤로 돌아 부맹주의 저택을 벗어나는 자신을 발견했다.

들려오는 여인의 흐느낌 소리에도 그는 돌아설 수가 없었다.

한참을 그렇게 걸었을 때 문득 정신이 든 그는 주위를 돌아보았다. 사도혜와 처음 만났던 청건단 근처의 작은 정원이었다.

"으아아앙!"

그 순간 눈물이 치솟아오른 문진우는 나무를 부둥켜안고 울음을 터뜨리기 시작했다.

멀리서 실연을 당한 청년의 눈물을 지켜보고 있던 루드웨어는 한숨을 내쉴 수밖에 없었다.

"사 소저가 결정을 내린 모양이군."

자신을 찾아온 그에게 잊어달라 말한 것은 부친의 말에 따라 장인형과 결혼하기로 결심했다는 뜻이었기 때문이다.

자신이 그녀에게 한 말은 두 가지 선택을 강요하는 것이었기에 어느 것이 결정될지 모르고 있었는데, 역시나 이곳 세계의 법도는 부모와 자식 간의 끈이 연인의 끈보다 강할 수밖에 없었던 것이다.

"역시 강호는 무공뿐이란 건가?"

그런 생각을 한 루드웨어는 진천명이 말해 준 대로 특별 연무장으로 향했다.

특별 연무장은 각 단에 속해져 있지 않으나 어느 정도 실력이 인정되는 인재들에게 허락되어지는 연무장이었다. 이 연무장에 사도혜의 정혼자인 장인형이 무공을 수련하고 있었다.

연무장에 도착하자 십여 명의 젊은이들이 무공을 연성하고 있었다.

"오셨습니까?"

"찾아보았는가?"

"예, 저 젊은이가 장인형이라 하더군요."

이미 특별 연무장에서 기다리고 있었던 진천명은 루드웨어의 말에 한 젊은이를 가리켰다.

진천명이 손가락으로 가리킨 젊은이는 준수한 편에 속하는 얼굴에 단정한 청의를 입은 젊은이였다.

검에 조예가 있는 듯 그가 행하고 있는 검술에선 그다지 결점을 찾아볼 수가 없었기에 무당에서 그를 주시하고 있는 이유를 어느 정도 알 수 있었다.

"나에게 검을 빌려주게."

"예."

루드웨어의 말에 진천명은 허리에 차고 있던 검을 건네주었다.

검을 받은 그는 천천히 걸음을 옮기며 가볍게 검을 휘둘렀는데, 그 순간 강풍이 크게 일며 연무장을 휘몰아치기 시작했다.

검술을 연성하고 있던 무사들은 갑자기 들이닥친 검풍에 크게 놀라는 표정을 지으며 수련을 멈출 수밖에 없었다.

"자네가 무당의 장인형 소협인가?"

장인형은 갑자기 서장의 오랑캐가 자신을 보며 묻자 얼떨결에 포권지례를 하며 말했다.

"그렇습니다만."

"잠시 검을 겨루어보고 싶군."

"예?"

갑작스런 말에 장인형은 놀라지 않을 수 없었는데, 그때 루드웨어가 앞으로 가볍게 한 발을 내밀고는 검을 뺐었고 날카로운 검기가 그의 인중을 향해 날아갔다.

"무슨 짓입니까!"

장인형이 몸을 뒤로 젖혀 간신히 검기를 피하고는 노기를 터뜨리자 루드웨어는 아무렇지도 않은 모습으로 천천히 검을 들어서는 무당의 기수식을 취했다.

"헉!"

오랑캐가 사문의 기수식을 취하자 장인형은 크게 놀랄 수밖에 없었는데, 루드웨어는 그런 그를 보며 미소를 지으며 말했다.

"이유는 나중에 이야기해 줄 테니 검을 들도록 하게."

"예……."

무당과 크게 관련이 있는 사람이라고 생각한 장인형은 그의 말대로 검을 뽑아 자세를 취했다.

"내 선배로서 삼 초를 양보할 테니 공격하도록 하게."

"사양치 않겠습니다."

검풍이나 검기로 보아 자신보다 한 수 위의 인물이라는 것을 깨닫고 있던 장인형은 그의 말에 고개를 끄덕이고는 빠른 속도로 그의 앞으로 쇄도해 들어가며 검술을 펼쳤다.

그가 사용한 검술은 태청검법(太淸劍法)으로 소청검법의 다음으로 익히게 되는 무당의 검술이었다.

장인형의 태청검법은 상당한 수준에 이르러 있었기에 무당 특유의 부드러운 검선을 그리며 루드웨어를 공격해 가기 시작했다. 장인형의 검이 정면으로 쇄도해 들어옴에도 루드웨어는 피할 생각조차 안 하고 있었다. 잠시 후 놀랍게도 검이 루드웨어의 몸을 관통해 가는 듯했음에도 장인형은 검이 상대의 몸에 닿는 느낌을 가질 수 없었다.

공격에 대한 느낌이 없자 장인형은 크게 놀라며 유운신법(流雲身法)을 사용하여 급히 뒤로 물러섰는데, 놀랍게도 루드웨어는 자리에서 움직인 적도 없는 것처럼 그 자리에서 서 있었다.

"어떻게……?"

장인형으로선 루드웨어가 귀신처럼 느껴질 수밖에 없었다.

루드웨어는 천천히 앞으로 걸어나가면서 미소를 지었다.

"삼 초가 지났으니 본좌도 힘을 쓰도록 하겠네."

말이 끝남과 동시에 빠른 속도로 쇄도해 들어간 루드웨어는 장인형을 향해 검을 내질렀다.

"챳!"

엄청나게 빠른 신법에 놀란 장인형은 대경하여 급히 검을 휘둘러 자신을 향해 찔러오는 검을 피하곤 뒤로 몸을 날렸다.

"차앗!"

뒤로 몸을 날린 그는 땅을 박차며 다시 공격해 들어갔는데, 그 순간 루드웨어의 검이 원을 그리는 것을 볼 수 있었다.

"헉! 저 검술은……!!"

원을 그리는 검로를 보며 장인형은 크게 놀라지 않을 수 없었는데, 놀랍게도 루드웨어가 사용하는 검법은 무당의 상승무공의 하나인 태극혜검이었기 때문이다.

태극혜검을 익히고 있는 이는 극소수에 지나지 않았다. 게다가 익혔다고 해도 대부분이 칠성 이상을 익힌 자가 없다고 알려져 있는 난해한 무공이었다.

상대가 태극혜검을 시전하자 장인형으로선 크게 놀라기는 했지만 무당의 인물이 아닌 자가 태극혜검을 익혔다는 것을 들은 적이 없었던지라 눈속임이라 생각하고는 태청검법을 사용하여 그를 공격해 갔다.

"검파음양(劍破陰陽)!"

자신을 향해 수십 개의 검영을 날리는 장인형을 보며 루드웨어는 태극혜검의 일초식인 검파음양을 시전했고, 그 순간 그의 신형은 완전히 사라져 버렸다.

"허억!"

그의 눈에 보이는 것은 태극의 원리로 움직이고 있는 검기만이 드러나고 있었기에 장인형은 크게 당황하며 뒤로 물러설 수밖에 없었다. 두려움에 가득한 장인형의 앞으로 점점 다가오는 태극의 문양은 어느 순간 대지를 모두 삼켜 버릴 듯한 착각을 주고 있었기에 그는 자신도 모르게 검을 떨어뜨리고는 무릎을 꿇을 수밖에 없었다.

물론 지금의 장인형은 자신의 본래 힘의 반도 채 쓰지 않고 있는 상태였는데, 본 산의 상승무공을 본 것에 놀라 몸을 제대로 추스리지 못해 충격이 컸기 때문이다.

루드웨어는 천천히 검을 멈추었는데, 그의 모습이 다시 나타나자 장인형은 떨리는 목소리로 물었다.

"다, 당신은 누구십니까?"

"천의활검(天意活劍) 태청 진인(太淸眞人)님을 아는가?"

"천의활검이라 하심은……."

"본좌는 태청 진인님께서 서역에서 거두신 제자이네."

"헉! 태사숙조께 장인형 인사드립니다!!"

루드웨어의 말에 장인형은 크게 놀라 땅바닥에 얼굴을 박으며 절을 하니 그의 놀라움은 지금까지 무당의 검술을 그가 시전했을 때보다 더욱 크다 할 수 있었다.

천의활검 태청 진인은 무당이 낳은 최고고수 중의 한 사람이었다.

이백여 년 전 한 자루의 검으로 중원을 돌아다니며 사마의 무리를 정벌하고 무림제일인의 칭호를 얻었지만, 말년에 모든 것이 허무하다며 무림에서 은퇴하여 무당에서 사라져 버린 사람이었던 것이다.

그런 그가 서역에서 제자를 거두었고, 그 사람이 바로 자신의 눈앞에 있는 사람이라니 어찌 장인형이 제정신을 차릴 수 있겠는가?

사실 루드웨어의 신분은 창조주의 세계에서부터 생각하고 있던 신분이었다. 말년에 세상의 여기저기를 돌아다니며 진정한 천의를 알기 위해 노력한 태청 진인은 심산에서 은거하며 도를 쌓아 신선이 되었던 것이다.

창조주는 신선이 된 그를 자신의 세계로 초청하여 신들을 가르치는 사부로 삼았는데, 그런 이유로 루드웨어는 그에게서 무공을 익힐 수 있었던 것이다.

천의활검 태청 진인은 무의 세계에서 그에게 검술을 가르쳐 준 스승이었기에 이곳에서 그 이름을 써먹는 것도 나쁘지 않다고 생각했다.

물론 장삼봉이란 전대 무공 교두가 있었기는 했지만 그는 워낙 뛰어난 인물이었던지라 교두의 신분을 벗어나 현재에는 다른 곳의 일급 신이 되어 있었기에 무림의 시조인 장삼봉의 제자가 되지 못했던 루드웨어였다.

"지나친 예의일세."

루드웨어는 그의 모습에 미소를 지으며 손을 내저으니 고개를 박고 있던 장인형의 몸은 가볍게 떠올랐다.

"아!"

장인형은 격공섭물의 힘으로 자신을 일으키려는 것을 알고는 태사숙조의 능력을 알아볼 겸 내공을 돋우고 있었는데, 놀랍게도 손을 한번 휘두르자 자신의 힘이 덧없이 사라져 버리고는 일으켜져 태사숙조의 신기에 크게 놀라지 않을 수 없었다.

루드웨어가 장인형에게 다가가서 무어라 말하자 그 말에 크게 놀란 그는 고개를 젓고 말았다.

진천명으로선 도대체 무슨 이야기를 하고 있는지 궁금할 수밖에 없었지만 꾹 참을 수밖에 없었다.

한참을 그렇게 이야기하던 루드웨어는 그에게 책을 한 권 건네주었는데, 그 순간 장인형의 입은 찢어질 듯이 벌어져 다시 몸을 숙여 루드웨어에게 절을 하기 시작했다.

잠시 후 장인형이 자리를 떠나자 루드웨어는 만족한 미소를 지으며 진천명에게 검을 건네주었다.

"자네의 검 잘 썼네."

"예. 그나저나 무슨 이야기를 했길래 장 소협이 그렇게나 좋아하는 것입니까?"

"별것 아니네. 이런 일을 예상하고 내가 알고 있는 무공 중 하나를 책으로 정리해 둔 것이 있었는데, 그것을 주었더니 저렇듯 좋아하더군."

"도대체 그 무공이……?"

"구궁영검(九宮影劍)이라 하네."

"예? 구궁영검이라면 무당에서 실전되었다던 검법이 아닙니까!"

"그랬던가?"

루드웨어는 진천명의 놀람에 아무것도 아니라는 듯이 이야기를 하며 걸어가자 진천명으로선 또 한 번 그에 대한 혼란에 사로잡힐 수밖에 없었다.

실전된 무당의 검법마저 알고 있는 인물… 과연 저자의 진정한 정체는 무엇일까?

다음날 무림맹에선 엄청난 소문이 퍼졌다. 부맹주의 둘째 여식인 사도혜에게 정혼자인 무당의 속가제자 장인형이 일방적으로 파혼을 선언하고는 급히 무당으로 돌아갔다는 것이다.

이 일을 장인형의 사제에게 들어 알게 된 부맹주는 급히 그를 찾아갔지만 이미 그는 새벽녘에 무당으로 떠난 후였다.

갖은 고생 끝에 딸에게 안 좋은 소문이 나는 것도 감수하며 일을 만들어놓은 것이 이렇듯 허무하게 끝이 나자 부맹주는 크게 낙담을 해서는 정무실에 출석조차 안 하니 무림맹 사가의 저택은 암울한 분위기가 돌 수밖에 없었다.

"어제 이야기하셨던 것이……?"

"별것 아니었네. 장인형에게 구궁검법과 사도혜 둘 중 하나를 고르라고 했는데 그는 무공을 고르더군."

"……."

그제야 어제 무슨 얘기를 했던 건지 알 수 있는 진천명이었다.

'여 소저와 무공비급을 고르라면 난 어떻게 했을까?'

물론 과거라면 무공비급을 선택했겠지만 현재의 그라면 어떠한 무공보다도 한 명의 사랑스러운 여인을 선택할 것이다. 지금의 그에게 여사랑은 무림제일인의 좌에 오르는 것보다 더 큰 비중을 차지하고 있었기 때문이다.

하지만 옆에 있는 연인의 얼굴은 그리 안색이 좋지 못하였으니 진천명으로선 걱정으로 가슴이 아플 수밖에 없었다.

'도대체 무슨 고민이오? 나에게 말해 줄 순 없겠소' 라며 말하고 싶은 진천명이었지만 차마 그 말이 입에서 떨어지지 않고 있었다.

한편 무림맹에선 진천명에 의해 한 가지 소문이 떠돌고 있었는데, 그것은 바로 사도혜에 관한 내용이었다. 무당의 장인형이 일방적인 파혼을 선언하고 떠난 것은 사도혜가 다른 남자를 만나고 있기 때문이고, 그 남자는 바로 남해검문의 문진우다라는 소문이었다.

실제로 사도혜가 문진우와 몇 번의 밀회를 한 것이 사실이며, 서로가 사랑하는 사이라는 것은 어느 정도 알려진 일이었기에 소문은 사실처럼 굳어질 수밖에 없었다.

"사형! 큰일 났습니다!"

"무슨 일인가?"

문진우가 조용히 명상에 잠겨 있는데 자신의 사제가 화급하게 달려오자 조용히 물어보았다.

"부, 부맹주님께서 백 명의 무사와 함께 청건단으로 오신다고 합니다!"

"부맹주께서?"

"예."

문진우로선 어제의 충격으로 식사도 하지 않은 채 운기조식과 명상만을 되풀이하고 있었기에 무림맹에서 떠도는 소문은 들은 바가 없었던 것이다. 이런 이유로 그는 부맹주가 무사를 이끌고 찾아오는 이유를 알 수 없었다. 그 순간 청건단의 대문을 박차며 무사들이 밀려오기 시작했다.

"남해검문의 파렴치한 개자식 문진우는 어디 있느냐!"

문을 박차고 들어와 소리친 인물은 부맹주의 아들인 사씨 청년이었다.

사씨 청년이 호랑이 같은 눈으로 내공을 돋우어 소리치자 크게 놀란 청건단의 무사들은 적이 쳐들어왔다고 생각하고는 병기를 들고 몰려가기 시작했다.

"사 소협 아니십니까?"

진천명은 이미 그들의 출현을 알고 있었기에 기다리고 있었다는 듯 앞으로 나와 의아한 얼굴로 물어보았다.

"진 소협, 오랜만에 뵙는군요."

사씨 청년은 진천명에 대해 어느 정도 알고 있었던지라 다른 청건단의 무사들처럼 무시하지 못하고 정중하게 예를 갖출 수밖에 없었다.

"그런데 무슨 일로?"

"크… 남해검문의 문진우란 자를 불러주십시오."

"오! 혹시 그 소문 때문이십니까?"

문진우를 불러달라는 말에 진천명은 넌지시 그를 떠보았다.

사씨 청년은 진천명 역시 그 소문을 들었다는 것을 깨닫고는 노기를 터뜨리며 소릴 질렀다.

"진 소협도 그 소문을 들었다면 녀석이 무슨 짓을 했다는 것쯤은 알 것 아닙니까! 당장 그 호로자식을 불러주십시오!"

"거절하겠습니다."

"무슨……!"

진천명의 단호한 거절에 사씨 청년은 크게 놀라 말을 이을 수가 없었다.

"이곳은 무림맹의 청건단입니다. 확실하지도 않은 소문을 듣고 무사들을 끌고 온 당신에게 청건단의 일원을 내드릴 수 없는 것은 당연하지 않습니까?"

진천명의 말은 하나도 틀린 것이 없는지라 사씨 청년은 이를 갈 수밖에 없었다. 그때 사가장에서 나온 무사들 틈에서 한 중년의 남자가 진천명을 향해 걸어왔다.

"부맹주님께 인사드립니다."

자신의 앞으로 온 중년인이 무림맹의 부맹주인 사능군이라는 것을 안 진천명이 정중히 포권지례를 하며 인사했지만 그는 인사받을 생각도 없는지 인상을 찌푸리며 말했다.

"남해검문의 문진우를 불러주시오."

"아까도 말한 바와 같이 그것은……."

"정 불러주시지 않겠다면 힘으로라도 그자를 끌어내겠소이다!"

사능군은 진천명이 무어라 말하기도 전에 강압적으로 말을 내뱉으니 청건단의 무사들은 긴장하지 않을 수 없었다.

"부맹주께서 정 그러하시다면 어쩔 수 없지요."

진천명은 한숨을 내쉬며 말하고는 뒤로 물러섰다.

사능군으로선 그가 자신의 말에 남해검문의 문진우를 끌고올 것이라 생각했는데, 놀랍게도 십 보 정도를 물러선 진천명은 허리에 찬 검을 뽑아 들고는 사람들을 향해 소리쳤다.

"청건단의 무사들은 모두 병장기를 들고 부맹주님의 월권 행위를 막도록 하라!"

"예!"

진천명의 외침이 떨어지자 멍하니 두 사람의 모습을 지켜보고 있던 청건당의 무사들은 병기를 뽑아 들었다. 사능군으로선 황당할 수밖에 없었다.

"무슨 짓인가!"

"부맹주님이 직권을 이용하여 청건단에서 불의를 저지르려 하시니 저희로선 당연히 해야 할 일을 할 뿐입니다."

"이……!"

진천명의 말에 노기가 치솟아오른 사능군이 검을 뽑아 들자 그와 함께 온 무사들도 병장기를 곧추세우곤 청건단의 무사들과 대치하기 시작했다.

"이게 무슨 짓들인가!!"

"단주님!"

한참을 대치하고 있을 때 건물에서 삼십 대 초반의 무사가 걸어나왔다. 그가 바로 청건단의 단주로 있는 뇌벽검(雷霹劍) 소중(蘇中)이었다.

소중은 천천히 부맹주의 앞으로 걸어가서는 포권지례를 하며 말했다.

"부맹주께서 무슨 일로 이렇듯 본단까지 어려운 발걸음을 하셨습니까?"

"헛된 소문을 퍼뜨려 딸아이의 혼사를 방해한 남해검문의 문진우란 자를 처벌하기 위해 왔네."

"헛된 소문이오?"

부맹주의 말에 알 수 없다는 표정을 지은 소중은 뒤쪽에 있는 진천명를 돌아보며 말했다.

"그 소문이 무엇인지 말해 보도록 하게."

"예."

진천명은 소중의 말에 공손히 무림맹에서 들리는 소문과 함께 지금까지 있었던 일을 모두 이야기해 주었고, 모든 이야기를 다 들은 소중은 고개를 끄덕이고는 부맹주를 보며 말했다.

"부맹주께서는 집법당을 거치셨는지요?"

"윽!"

집법당은 무림맹에서 죄를 지었을 경우 감찰하는 당으로 맹 내의 어느 곳에서도 사사로운 싸움이 있어서는 안 되기 때문에 그 죄를 가리기 위해선 반드시 집법당에 보고를 해야 했다.

하지만 실제로는 이런 귀찮은 절차 때문에 개인적으로 해결하는 것이 보통이어서 집법당은 무림맹 외의 일만을 맡는 것이 일반적인 관례였다. 그런데 청건단주인 소중이 집법당을 들고 나오자 부맹주로선 할 말이 없었다.

물론 관례를 따지면 되지만 무림맹의 부맹주로서 어찌 맹 내의 법규가 있는데 관례를 따질 수 있겠는가?

사능군으로선 미소를 지으며 자신에게 이야기를 하고 있는 소중이 얄미울 따름이었지만 어쩔 수 없이 물러설 수밖에 없었다.

"오늘은 이만 물러가겠소이다."

"저로서는 부맹주님의 배려에 감사드릴 뿐입니다."

부맹주는 이를 갈며 뒤로 물러섰다. 과연 소중은 단주 직을 맡을 만한 사람이라고 할 수 있었다.

"진 아우, 도대체 무슨 일을 꾸미고 있는 것인가?"

"……"

눈치 빠른 소중은 진천명이 이번 일에 앞으로 나선 것을 보며 그가 관련이 있다는 것을 눈치 채고 있었던 것이다.

"그것이……"

강호오룡의 일인인 진천명이라 해도 소중의 명성과 직위를 알고 있는지라 함부로 거짓을 말할 수 없었기에 입을 열지 못하고 있었는데, 그때 한 사람이 앞으로 나서며 말했다.

"이 일은 본좌가 계획한 것이오."

"루드웨어 대협?"

청건단의 손님이기도 한 루드웨어가 계획했다는 말을 들은 소중은 나직이 한숨을 내쉴 수밖에 없었다.

그가 이곳에 손님으로 있는 이유는 바로 자신의 허락이 있었기 때문이다. 만약 집법당에서 자신이 허락한 손님에게서 이런 일이 벌어졌다는 것을 알게 되면 청건단의 명성이 떨어짐은 물론 루드웨어 역시 해를 당할 것을 알기 때문에 어쩔 수 없다는 듯이 고개를 젓고 말았다.

"대협, 잠시 이야기를 나눌 수 있겠습니까?"

"예."

"진천명은 문진우를 데리고 내 방으로 오도록 해라."

"알겠습니다."

잠시 후 소중의 방에는 이번 일과 관계된 이들이 모두 모이게 되었다.

문진우는 부맹주가 청건단으로 무사들을 몰고 온 것을 알고 있었기에 아무 말도 못한 채 고개를 숙이고 있을 뿐이었다.

"루드웨어 대협, 도대체 무슨 생각으로 이런 일을 꾸미신 겁니까?"

"부맹주의 여식과 문 소협을 연결시켜 주기 위해서입니다."

자신의 말에 아무 여과 없이 결론을 말하는 루드웨어를 보며 소중은 황당하지 않을 수 없었다. 보통은 이런 이야기를 하는 가운데 당사자가 있다고 하면 조금 돌려서 이야기하는 것이었기 때문이다.

서역의 사람인지라 중원의 예의가 서툴러서 그렇다는 생각에 작은 한숨을 쉰 소중은 진천명을 보며 물었다.

"이제부터 어찌할 생각인가?"

"글쎄요, 원래 아까 그 자리에서 끝낼 생각이었는데……."

"그 자리에서?"

"예, 부맹주님이 화가 나서서 검을 뽑으면 그때 루드웨어님이 나서서 부맹주님을 구석으로 몰아넣고, 부맹주님을 구하러 문 소협이 나서게 되면… 철썩 두 사람이 성혼을 한다는 계획이었습니다."

진천명의 말에 문진우와 소중은 황당할 수밖에 없었다.

부맹주의 무공은 무림맹 서열 7위의 고수인 것은 둘째 치고 이런 서툰 연극에 넘어갈 정도로 바보가 아니었기 때문이다.

"가능하다 생각됐는가?"

"글쎄요. 실패하면 다른 생각을 해볼 작정이었지요."

"…정말 자네가… 청건단의 참모를 맡았던 진 아우인지 의심이 드는군."

소중은 진천명을 보며 한마디를 해준 뒤 루드웨어에게 말했다.

"집법당에서 사람이 올 것입니다. 그때까지 조용히 있어주십시오."

"그렇게 하도록 하지요."

"그럼."

소중은 조용히 뒤로 돌아서니 무언의 축객령을 받은 세 사람은 그의 방에서 나올 수밖에 없었다.

밖으로 나온 문진우는 시뻘게진 얼굴로 루드웨어를 보며 말했다.

"도대체 무슨 생각이십니까!"

"무슨 생각이라니, 자네를 사도혜 소저와 연결시키려 하는 것이 아닌가?"

"제발 그만 하십시오! 이제 이런 소란은 사양하겠습니다!"

단단히 화가 났는지 문진우가 루드웨어에게 소리를 지르고 물러나니 죄도 뉘우칠 생각을 하지 않는 루드웨어는 미소만 지을 뿐이었다.

"루드웨어님, 이젠 어떻게 하시려는지……?"

"어떡하긴 뭘 어떡해, 부맹주의 집으로 가야지."

"……."

단주인 소중의 말은 전혀 들을 생각을 하지 않는 루드웨어였다.

부맹주의 저택에선 부맹주와 그의 아들 사씨 청년이 노기를 참지 못한 채 씩씩거리고 있었으니, 아낙네들은 두 사람의 모습에 아무 말도 못할 뿐이었다.

"내 이 사식을 죽여 버리고 말겠다!!"

사씨 청년은 수치를 참을 수 없는 듯 이마에 핏발까지 세워져 있었는데, 그때 사능군의 부인인 금소련이 조용히 입을 열었다.

"여보."

"왜 그러시오."

"둘째를 문 청년과 맺어주는 것은 어떤가요?"

"그게 무슨 말이오! 남해검문의 개자식과 내 딸을 연결시키라니!"

사능군은 아내의 말에 노발대발하니 금소련으로선 한숨만 내쉴 뿐이었다. 그때 하인이 그들에게 와서는 말했다.

"주인마님, 서장에서 오신 루드웨어란 분이 잠시 뵙고자 합니다."

"오늘은 부득이한 사정으로 만날 수 없다 전하게."

"하하하, 부득이한 사정이 무엇인지는 모르겠지만 너무하십니다."

하인이 무어라 말하기 전에 이미 한 사람이 그들의 곁으로 와 있었다. 바로 루드웨어였다.

"무슨 짓인가!"

허락도 없이 남의 집 안으로 들어온 루드웨어를 보자 사능군은 노기를 터뜨리며 소리를 질렀다. 그의 말에도 미소를 거두지 않은 루드웨어는 조용히 서신 하나 건네며 말했다.

"저와 거래를 하시지 않겠습니까?"

"거래?"

루드웨어가 하는 말에 조금 당황한 사능군이었다.

갑자기 난데없이 그가 자신에게 거래를 하고자 했기 때문이었다.

"도대체 무슨 거래를 하자는 말인가?"

무림맹의 부맹주인 자신에게 헛소리를 할 리는 없다고 생각했기에 의문이 가득한 얼굴로 물어볼 수밖에 없었다.

"저로선 부맹주님께 닥친 문제에 대해서 생각해 보고 결정한 것입니다."

"내 고민?"

"예, 대사련의 부련주인 주문진 그자가 부맹주께 가장 큰 문젯거리가 아닙니까?"

그 말에 크게 놀란 사능군은 앞에 있던 탁자를 내려치며 소리쳤다.

"그게 무슨 소린가!"

"무당의 장인형 소협을 끝까지 잡으려고 했던 것도 다 주문진에서 딸을 보호할 수 있는 방법을 찾기 위한 방책이 아니었습니까?"

이미 루드웨어가 모든 것을 알고 있다는 것을 안 사능군은 목소리가 작아질 수밖에 없었다.

"음……"

"원하신다면 제가 그 문제를 말끔히 처리해 보도록 하지요."

루드웨어가 자신있게 사능군에게 그렇게 말하자 사능군은 크게 대소를 터뜨리며 말했다.

"하하하! 네 오래 살다 보니 별 희한한 소릴 다 듣는군. 말도 안 되는 소리! 자네가 얼마나 강한 무공을 가지고 있는지는 모르겠네만, 상대는 대사련의 부련주로 본좌도 함부로 하지 못할 세력을 지닌 자인데 어찌 변변찮은 세력 하나 없는 자네가 그를 처리하겠다는 말인가!"

사능군이 말도 안 된다는 얼굴로 소리쳤지만 그 말에도 루드웨어는 미소를 잃지 않고 손가락으로 서신을 가리키며 말했다.

"한번 읽어보시겠습니까?"

"……"

루드웨어의 행동에 사능군은 천천히 서신을 받아 꺼내 읽기 시작했다. 한 글자 한 글자 읽어 나갈 때마다 그의 얼굴 표정은 크게 변해갔고, 모든 내용을 읽었을 땐 떨리는 손을 주체할 수가 없을 정도였다.

"이, 이 서신이 진짜인가?"

"물론입니다. 서신을 쓴 사람이 바로 무당의 장 소협입니다. 부맹주께서도 그의 글씨체를 보신 적이 있지 않습니까?"

"그, 그렇긴 하네만······."

"말이 듣기 거북하군요. 부맹주이긴 하지만 무림의 배분으로 치면 어느 정도 되는지는 아시지 않습니까?"

"그렇습니다······."

자신도 모르게 자리에 일어서서는 공손히 손을 모으는 사능군이었다.

이 모습을 지켜보는 사람들은 모두 크게 놀라지 않을 수 없었다.

무림맹에서 두 번째로 높은 직위에 있는 사능군이 서장에서 온 정체 모를 오랑캐에게 공손히 예를 취하고 있었기 때문이다.

"선배님께서 도움을 주신다면 저로선 크게 감사할 뿐입니다."

"하하하, 도움이라뇨. 저 역시 하나의 조건이 있습니다."

"조건이라면······."

"부맹주님의 둘째 따님을 저에게 맡겨주시지 않겠습니까?"

"헉!"

그 말에 다른 이들도 크게 놀라고 말았다. 난데없이 루드웨어가 사도혜를 요구하니 어찌 놀라지 않을 수 있겠는가?

이 말도 안 되는 요구에 사람들은 모두 황당한 표정을 지을 수밖에 없었는데, 루드웨어는 그런 것을 아는지 모르는지 연신 미소를 지으면서 말을 이었다.

"대를 위해 소를 희생하는 것은 당연한 일. 나머지 두 아이의 미래를 생각하시는 것이 어떻습니까?"

"으······."

금소련은 이 말도 안 되는 요구를 자신의 남편이 거절할 것이라 생각하고는 그의 얼굴을 쳐다보았는데 그 순간 크게 놀라지 않을 수 없었다.

사능군의 얼굴은 단호한 거절이 아니라 그의 요구를 생각해 보는 얼굴이었기 때문이다.

오랜 시간 부부로 같이 지내온 사이인지라 남편의 표정이 의미하고 있는 바를 잘 알고 있는 금소련이었다.

"그건 말도 안 돼요! 여보, 제발 후회할 일은 하지 마세요."

금소련은 사능군에게 달려가서는 그의 어깨를 흔들며 말했는데, 사능군은 그녀의 얼굴을 한참 쳐다보다가 결정을 내리고는 루드웨어를 보며 말했다.

"…선배님의 말씀을 따르도록 하겠습니다."

"여보!"

"진정하시오. 어차피 남해검문의 문가란 녀석 때문에 혼삿길이 막힌 아이가 아니었소. 루드웨어님께선 둘째 아이를 내주는 대신 첫째와 셋째가 녀석들의 손에 해가 가지 않도록 해준다고 약속하셨소이다."

"하지만……."

사능군의 말을 모르는 것은 아니었지만 어머니의 입장으로선 어찌 자식 중 하나가 잘못되는데 가슴이 아프지 않을 수 있단 말인가. 하지만 남편의 결정에 따라야 하는 것이 여인의 길인지라 금소련의 눈에선 눈물이 하염없이 흘러내릴 뿐이었다.

"흑흑흑."

"여보."

흐느끼고 있는 부인을 안아주는 사능군이었다.

그런 두 사람의 신파극을 보면서도 루드웨어는 입가에 미소를 잃지 않고 있었는데, 그 폼이 완전히 악당과 같았던지라 사씨 청년은 검을 빼어 녀석을 베고 싶은 마음을 간신히 누르고 있었다.

한참을 눈물짓던 금소련은 천천히 루드웨어의 앞으로 가서는 말했다.

"제, 제발 우리 아이를 해, 행복하게 해주세요."

"하하하!"

그녀의 말에 확실한 대답을 하지 않고 웃음으로 끝낸 루드웨어는 다시 품에서 준비되어 있던 계약서를 꺼냈다. 그리곤 붓을 들어 자신의 이름을 적고는 그것을 사능군에게 건네주며 말했다.

"무림의 명가에게 여아는 타 가문과의 정략적인 존재일 수밖에 없는 것이라는 것을 부맹주께선 잘 아시리라 믿습니다. 부맹주의 따님을 감사히 받도록 하지요."

"……."

루드웨어의 말에 그는 아무 말도 할 수가 없이 그냥 종이를 받았는데, 그때 방문이 열리며 한 여인이 화가 난 얼굴로 루드웨어에게 다가오고 있었다.

"사문란 소저?"

사능군의 첫째 딸인 사문란이었다. 그녀는 루드웨어에게 다가가더니 손을 들어 그의 뺨을 후려쳤다.

짝!

난데없이 한 방 맞은 루드웨어였지만 별것 아니라는 표정을 지으며 그녀의 볼에 손을 가져다 대며 말했다.

"표독스러움이 가득하니 사랑스러운 여인으론 조금 부족한 듯하군요."

"흑흑… 당신, 그렇게 보지 않았는데……."

그 말과 함께 사문란이 다시 방에서 뛰쳐나가자 루드웨어는 아픈 뺨을 문질렀다.

"대충 이야기는 끝난 것 같으니 사도혜 소저를 불러주시지 않겠습니까?"

"잠시만 기다려 주시오."

부맹주는 힘없이 말한 후 옆에 있는 금소련의 손을 잡았고, 그녀는 말없이 고개를 끄덕이고는 천천히 방을 나갔다.

이렇게 부맹주와의 모든 이야기는 끝이 났고 루드웨어는 한 시진 정도 후에 두 명의 자매를 위해 팔린(?) 사도혜를 데리고 청건단으로 향했다.

그 일이 있은 보름 후 사능군은 사도혜와 서장에서 온 루드웨어란 자의 혼인식이 있다는 서신을 받을 수 있었다.

말없이 자신의 탁자 위에 놓인 서신을 보고 있는 사능군은 한숨을 내쉴 수밖에 없었다.

얌전하고 심성이 고운 딸은 그래도 좋은 곳에 보내고 싶었지만 조금은 불한당 같은 자에게 자신의 딸을 보냈기에 그곳에 가야 하나 말아야 하나 고민할 수밖에 없었는데, 그때 하인 한 명이 와서는 말했다.

"청건단의 진천명 대협께서 사람을 보내셨습니다."

"음."

갈까 말까를 고심하는 사능군이었지만, 일단 자신의 딸이었기에 고개를 끄덕이고는 자리에서 일어나며 말했다.

"아이들에게 준비하라 말하게."

"예."

얼마 후 준비를 마친 부맹주의 가족들은 루드웨어가 마련해 준 마차와 가마에 타고는 딸의 혼례식이 이루어지는 곳으로 향했다.

부맹주의 둘째 딸과 서장에서 온 무인과의 혼인은 무림맹에 큰 소문이 나 있었는지라 이미 많은 사람들이 청건단의 전각에 모여 있었다.

"부맹주, 어서 오시구려."

"맹주님!"

청건단의 한쪽에는 무림맹에서 직위가 높은 사람들을 위한 자리가 마련되어 있었는데, 놀랍게도 그곳에는 맹주인 구양천(九陽天)의 모습도 있었기에 포권지례로 인사를 하고는 천천히 그의 옆 자리에 앉았다.

"부맹주, 축하하네."

"감사합니다……."

서장의 오랑캐에게 자신의 딸을 줄 수밖에 없었다는 것을 알면서도 축하의 인사를 하는 맹주가 얄미워 보이는 사능군이었다.

"내가 재임하는 동안 사가장과 남해검문의 오랜 다툼이 끝나니 이 어찌 기쁜 일이 아니겠는가? 자네의 결정에 본인은 크게 감탄할 따름일세. 과연 부맹주는 대인이네, 대인!"

"예? 그게 무슨 말씀이십니까?"

자신의 딸은 단지 루드웨어란 자에게 보냈을 뿐인데 맹주가 이런 말을 하자 당황하는 사능군이었다. 그때 한 남자가 그의 앞으로 걸어와서는 포권지례를 하며 말했다.

"부맹주님께 축하의 인사를 드립니다."

"아… 루드웨어 대협!"

놀랍게도 자신의 앞에 축하의 인사를 올린 것은 다름 아닌 이번 혼인의 신랑이라고 생각했던 루드웨어였기에 크게 놀란 사능군이었다.

"도, 도대체 이게 무슨 일인가!"

하지만 루드웨어는 미소를 지으며 물러설 뿐이니 황당할 수밖에 없었다. 그때 남해검문의 제자들이 와서 맹주에게 인사를 하고 다시 부맹주를 보며 무릎을 꿇고는 큰절을 하며 소리쳤다.

"부맹주님께 대사형을 대신해 큰절을 올리겠습니다!"

"아니, 이게 무슨……."

"부맹주께서 저희 사문과의 원한을 가슴에 담고 두 사람을 혼인시켜 주신다는 말을 듣고 그동안 저희들은 부맹주님께 큰 죄를 지었다는 것을 알았기에 이렇게 사죄를 청합니다."

이해할 수 없는 일련의 사태를 보며 황당할 수밖에 없는 사능군이었다. 그때 멀리서 자신을 보며 웃음을 참지 못하고 있는 아내 금소련의 모습과 옆에 있는 두 딸과 이야기를 나누고 있는 루드웨어의 모습이 보였다.

'허허허, 이거 내가 당했단 말인가…….'

자신도 모르게 허무한 웃음을 짓는 사능군이었다.

그가 들었던 것과는 달리 이번 혼인식의 당사자는 루드웨어가 아니라 바로 문진우라는 남해검문의 제자였던 것이다.

사실 사능군 역시 남해검문의 문진우란 청년이 나쁜 녀석이 아니라는 것은 알고 있었다.

하지만 그와 둘째 딸을 이어줄 수 없었던 것은 바로 오랜 시간 남해검문에게 모욕을 당해온 자신의 아버지 때문이다.

그런 사연(?)이 있던 자의 자손에게 자신의 딸을 넘긴다는 것은 그의 자존심은 둘째 치고 돌아가신 부친을 대하기에도 죄송스러웠기에 강경하게 반대하고 나섰던 것인데, 이제 일은 자신의 손을 완전히 떠나서 이루어지고 있었던 것이다.

'괜찮겠지. 자질도 그 정도면 뛰어난 편에 속하니… 충분히 혜아를 행복하게 해줄 테니까…….'

그런 생각을 한 사능군은 다시 눈을 들어 멀리서 딸들과 이야기를 나누고 있는 루드웨어란 자를 보았다.

무림 양대산맥이라는 무당에서 제일 높은 배분의 인물인데다가 자신을 속인 것은 괘씸하나 그 머리 쓰는 것도 뛰어난 인재였다.

맨 처음 보았을 때 자신이 받은 느낌이 틀림없다는 것을 알게 된 사능군은 조금 나이가 많은 인물이라고는 하지만 그가 자신의 사위가 됐으면 좋겠다는 생각을 할 수밖에 없었다.

9장 남편 찾아 삼 만리

"그게 정말인가!"

"그렇습죠."

장강을 따라 내려온 로노와르가 있는 곳은 바로 최종 목적지인 항주의 하오문 본단이었다.

로노와르의 주위는 심하게 파손된 모습이 역력하게 드러나 있었는데, 자신들을 무시한 하오문의 잡배들에게 약간의 힘을 보여준 결과였다. 또한 그녀 앞에 있는 하오문 부문주 두경(斗慶)의 안면이 시퍼렇게 멍들어 있는 것으로 보아 약간의 손속을 당했다는 것을 알 수 있었다.

두경은 로노와르의 앞에서 비굴한 모습으로 손을 비비고 있었다. 몇 대 맞은 후 그녀의 정체에 대해 눈치 챘기 때문이다.

강호에서 새롭게 떠오르고 있는 무후 로노와르는 하류잡배들의 모임인 하오문이 상대할 만한 인물이 아니었던 것이다.

로노와르가 그에게 루드웨어가 있는 곳을 묻자 지하에서 움직이는 정보 조직인만큼 무림맹에서 식객으로 머물고 있는 이방인은 그들에게 쉽게 포착될 수 있었다.

뭐, 두 사람 다 초록의 머리 색을 가지고 있는 만큼 이미 하오문에선 무림맹에 머물고 있는 정체를 알 수 없는 고수와 무후가 어느 정도 관련이 있지 않을까라며 조사를 하고 있던 터에 지금의 상황을 미루어보아 절대로 큰 관계가 있다는 것을 알 수 있었다.

'그나저나 무림맹에서 들어온 소식에 따르면 무당과도 관련이 있다고 하는데… 난데없이 이런 연놈들이 어디서 튀어나온 거지?'

이방(異邦)에 대한 정보는 얻기가 힘든 까닭에 하오문으로서도 단편적인 지식만을 가지고 있었다. 그러니 무림에 출현한 두 사람의 진실한 정체는 오리무중이라 할 수 있었다.

"신녀님, 축하드립니다."

도연랑의 말에 로노와르는 미소를 잠시 지어 보이고는 두경을 보며 말했다.

"너는 앞으로 나에게 그에 대한 정보를 소상히 알려야 할 것이다. 만약 그 일에 실수가 있다면 항주에서 다시는 하오문의 모습을 볼 수 없을 테니 말이다."

"여부가 있겠습니까!"

"너무 억울해하지는 말아라. 무림의 하류집단인 너희들에게는 나라는 배경이 생긴 것이니까. 만약 너희 조직이 위험에 닥치면 나에게 말하라, 도움을 줄 터이니."

"아이고, 감사합니다."

무후라는 거대한 뒷배경이 생긴다면 나쁠 것은 없는지라 두경으로선 연신 고개를 숙이며 감사의 인사를 했다.

하오문의 본단에서 나온 루드웨어는 도연랑을 보며 물었다.

"그나저나 무림맹이란 곳이 어떤 곳이지?"

"무림맹은 정파의 문파들이 사파와 마교에 대항하기 위해서 하나로 뭉친 집단입니다. 그 주축은 구파일방이 이루고 있지만 현재는 단순히 맹의 협력자 정도에 지나지 않고 실제적인 맹의 핵심은 맹주인 구양천을 중심으로 하는 여섯 무가가 장악하고 있는 곳입니다."

"여섯 무가?"

"예. 구양세가를 중심으로 하는 무가인데, 그들의 가문을 합친 힘은 현재 구파일방 전체로 보면 약하지만 하나하나를 비교한다면 결코 뒤지지 않습니다. 때문에 구파일방이 타 문의 무림맹 권력 쟁취를 방해하고 있는 시점이기에 계속 그들 여섯 가문의 중심 인물이 무림맹의 맹주 직을 이을 것이라 생각됩니다."

"꽤 복잡한 곳이네?"

"정파에 속한 인간들이니까요."

도연랑은 정파의 인물들을 꽤 싫어하고 있었다. 그도 그럴 것이 여인곡은 정파에게는 배척받고 있는 문파일 뿐만 아니라 도연랑 개인적으로도 정파의 인물과 원한 관계가 있었기 때문이다.

"우리가 가면 꽤 싫어하겠네?"

"그럴 테지요."

대사련과도 마찰이 있었고 무림맹 자체는 여인곡과 사이가 나쁜 만큼 두 거대 집단 사이에 끼어버렸다고밖에 생각할 수 없는 로노와르였다. 하지만 무림에는 정과 사의 존재만이 있는 것이 아니었기에 장강수로십팔채와 조금 사이를 돈독하게 하면서 다른 문파들을 끌어들이는 것도 괜찮을 것이란 생각이 드는 그녀였다.

"일단은 하남 무림맹으로 가보도록 하자꾸나."

"예."

항주에서 하남까지의 거리는 상당했기 때문에 로노와르는 하오문을 통해 계속적인 정보를 얻는 것이 중요하다고 생각하고는 다시 한 번 협박을 한 뒤 무림맹을 향해 길을 떠나기 위해 항주에 있는 만화당의 분단에 들렀다.

항주에 있는 만화당에 속한 기루는 모두 열두 개. 색향의 도시인만큼 다른 곳에 비해 많은 수의 기루가 있는 것이다. 이 기루들을 모두 통합 관리하고 있는 곳은 항주 월인각(月人閣)이었고, 각주는 현재 나이 삼십칠 세의 중년 여인인 이화(梨花)였다.

일단은 만화신녀인만큼 항주 분단의 서류를 검토하여 부정을 적발하는 작업을 할 수밖에 없는 로노와르였지만, 워낙 이런 작업에는 서투르다 보니 도연랑을 비롯한 다른 사람에게 맡기고 월인각에 있는 정자에 앉아 달 구경을 즐기는 그녀였다.

"아름다운 달이군요."

하지만 장소가 장소인만큼 항주에 들른 풍류객이 없을 리가 없으니 아름다운 그녀에게 한 남자가 섭선을 접으며 접근을 했다. 값비싼 비단으로 만든 청의장삼을 입고 있는 그는 부잣집 아들내미라는 것을 역력히 드러내고 있었다.

"별로요."

"……."

그의 말에 시큰둥하게 대답한 로노와르는 앞에 놓인 여아홍이 담긴 잔을 들어서 한숨에 들이키고는 만족스러운 표정을 지었는데, 이 겁도 없는 녀석이 미련을 버리지 못하고 그녀에게 다가오기 시작했다.

"본인은 유진영(柳眞永)이라 하오만 소저의 성함을 알 수 있겠소이까?"

"……."

한 방 먹여주고 싶은 마음이 굴뚝같은 로노와르였지만, 이곳이 여인곡의 분단이라는 생각에 꾹 참을 수밖에 없었다.

로노와르가 계속 자신의 말을 무시하자 유진영은 조금 화가 났다. 기루에 있는 여인이라면 분명 기녀일 것이 분명한데 너무나 도도하게 굴고 있었기 때문이다. 기루에서도 특급 손님에 속하는 자신이 이렇게 무시당할 수는 없다고 생각했지만, 일단은 이것도 하나의 풍류라고 생각한 유진영은 품에서 단적을 빼어 들고는 조심스럽게 입에 가져갔다.

삐리리…….

달밤에 피리 소리가 은은하게 울리니 한순간에 정자는 술 먹기 딱 좋은 곳이 되어버렸다.

단적 소리에 기루의 기생들이 하나둘씩 그곳으로 모여드니 유진영의 솜씨가 뛰어남을 말해 주고 있었지만, 이미 만화전에서 악성의 경지에 오른 로노와르에 비할쏜가?

유진영을 보며 콧방귀를 뀐 로노와르는 도언랑이 가져다 놓은 칠현금을 들어서는 유려한 손가락을 놀리기 시작했다.

땅따당… 땅땅…….

유진영의 부는 단적 소리와 함께 칠현금의 맑은 음향이 울려 퍼지니 사람들은 두 개의 악기 소리에 심취하여 도저히 눈을 뜰 수가 없는 지경에 이르렀고, 기루에서 술을 마시던 많은 풍류객들이 모두 귀를 기울이며 천상의 옥음과도 같은 음에 모든 손을 놓아버릴 수밖에 없었다.

두 식경 정도가 지난 후 두 사람은 연주하던 악기를 내려놓으며 상대방을 쳐다보았다. 이는 어느 정도 상대방을 인정하고 있었기 때문이다.

"꽤 괜찮은 솜씨군요."

멍청한 부잣집 아들내미는 아니라는 생각에 로노와르는 여아홍이 든 단지를 들어서 여분으로 남는 잔에 따라 그에게 건네주었고, 유진영은 만족한 얼굴로 그녀가 내민 잔을 단숨에 들이키고는 말했다.

"본인도 소저의 금 솜씨에 크게 탄복하는 바입니다."

"로노와르라고 합니다."

"아!"

유진영은 그녀가 자신의 이름을 가르쳐 주자 크게 탄성을 내질렀는데, 중원의 이름이 아닌 이방의 이름이었기 때문이다.

자세히 들여다보자 머리 색도 검은색이 아닌 초록색이란 것을 알 수 있었는데, 그녀의 칠현금 솜씨에 크게 탄복한지라 오랑캐의 여인이라 해도 무시하지 않는 그였다.

도연랑에게서 중원인이 아닌 사람들이 받는 무시를 어느 정도 들었기 때문에 그 역시 다르지 않을 것이라 생각했는데, 예상외로 유진영이란 남자가 고리타분한 남자가 아님을 알고는 조금 마음에 들기 시작했다.

"자리에 앉으시지요."

"감사하오."

로노와르가 권해주는 자리에 앉은 유진영은 다시 섭선을 들고 풍류적인 모습을 취했다.

"보아하니 이곳의 기생은 아닌 듯하군요."

"단지 이곳에 일이 있어 들렀을 뿐이지요."

"그렇군요."

로노와르는 조심스럽게 그의 모습을 살펴보았는데, 태양혈이 돌출되지 않은 것으로 보아 무공을 익힌 무인은 아니라는 것을 알 수 있었다. 하지만 단아한 몸가짐과 함께 어딘가 모르게 위엄마저 서려 있었기에 보통 신분의 남자는 아니라는 것을 알 수 있었다.

무림인이 아니라면 별문제가 없다고 생각한 로노와르는 이런저런 얘기를 나누며 그와 함께 밤을 지새웠다.

다음날 자신을 제외한 홍련칠화가 모든 감사를 마치게 되자 로노와르는 하남 무림맹을 향해 길을 떠나게 되었다.

월인각의 각주가 마련해 준 마차를 타고 길을 떠나려 할 때였다. 한 남자가 급하게 일행들을 보며 달려왔는데, 로노와르는 그가 어젯밤에 이야기를 나누었던 유진영이란 풍류객임을 알 수 있었다.

"소저!"

"유 선비님이셨군요."

"휴우… 아침 일찍 들러보니 소저가 떠나신다기에 이렇게 급하게 달려왔소이다."

"무슨 일로?"

로노와르가 조심스럽게 그를 보며 말하자 그는 쑥스러워하는 얼굴을 하고는 조심스럽게 품에서 하나의 서신을 꺼내어 그녀에게 전해주었다.

"소저를 위해 지은 시인지라 인연이 이어지지 못함을 알면서도 이렇게 드릴 수밖에 없구려."

"유 선비님의 선물 감사히 받겠습니다."

"……."

그가 내민 서신을 조심스럽게 받아 든 로노와르가 천천히 마차 안으로 들어서자 마차는 천천히 앞으로 나아가기 시작했다.

유진영이 멍하니 사라져 가는 마차를 보고 있을 때 사람들이 그에게 몰려오기 시작했는데, 그들이 입고 있는 옷으로 보아 관인이라는 것을 알 수 있었다.

"저하!"

유 선비의 모습을 확인한 그들은 그 자리에서 무릎을 꿇으며 극도의 예를 표했다. 놀랍게도 그들은 유진영을 저하라 부르고 있었다.

"그만들 일어나시게."

"저하, 어인 일로 이른 아침부터 이런 곳에……."

그의 곁으로 오십 대 정도의 관인이 못마땅한 얼굴로 다가서며 말했다.

"선녀를 볼 수 있을까 해서 왔네."

"선녀라 하심은?"

"…순부령."

"말씀하십시오, 저하."

"당장 길 떠날 채비를 하게."

"예?"

순부령이라 불리운 사람이 그의 말에 크게 놀라는 표정을 지었지만 유진영은 아무렇지도 않은 듯 말했다.

"저 여인과 같이 길을 떠나면 꽤 재밌는 여행이 될 것 같아."

"저하!"

그 말에 순부령은 안 된다는 간절한 소망이 담긴 목소리로 소리쳤지만 애석하게도 그의 마음을 되돌릴 수 없었다.

유진영. 놀랍게도 그는 바로 당금 황제의 셋째 황자로 진짜 이름은 주진영, 중원에선 천문황자라 불리는 사람이었다.

셋째 황자라고 하는 것이 태자와는 거리가 먼 일인지라 시간이 남을 수밖에 없어 잠시 황제의 윤허를 얻어 중원의 여러 곳을 돌아다니고 있었던 것이다. 그런 그가 색향의 도시인 항주에서 자신의 인생을 바꿀 여인을 만나게 된 것이다.

"유치해."

한편 마차 안에서 로노와르는 유진영이 건네준 시를 한번 읽어보고는 그 유치한 글귀에 눈물을 흘리며 웃고 있었다.

인간이 어찌 이렇게 유치한 글을 쓸 수 있을까란 생각을 하며 내뱉은 그 말에 도연랑은 그가 쓴 글귀를 받아 읽어 나갔다.

달 밝은 밤에 기러기들이
제 갈 길을 가려 하지 않으니
천상선녀의 목소리에 취해
갈 길을 잃어버린 때문이리라.

도연랑이 시를 읊자 초희는 로노와르를 보며 물었다.

"천상선녀는 누구래요?"

"나."

"기러기는?"

"자긴가 보지."

"푸하하하하!"

일단은 비유가 재밌는 관계로 웃음을 터뜨린 초희였지만 로노와르
로선 그런 초희의 모습에 조금 기분이 나쁠 수밖에 없었다.

"내가 천상선녀보다 못한 게 뭔데 웃는 건데?"

"성격이오."

초희가 자신의 말에 당연하다는 듯이 성격을 짚고 나가자 솔직히 성
격에 조금 문제가 있는 것은 인정하고 있었기에 조용히 입을 다물 수
밖에 없는 로노와르였다.

"그나저나 신녀님이 꽤 마음에 있었나 봐요."

"내가 조금 이쁘긴 하지. 호호호."

"그럼 뭐 해요, 유부녀인걸."

"……."

요즘 들어 조금씩 기어 올라오고 있는 안초희를 보며 눈을 부라릴
수밖에 없는 로노와르였다. 하지만 귀엽기도 한 초희였기에 머리를 쓰
다듬어 주는 것으로 넘어가려 했다. 그때 과묵한 백일취녀 매화가 조
용히 중얼거렸다.

"신녀님, 따라오고 있는 자들이 있습니다."

"따라오는 자?"

"말발굽의 숫자로 미루어보아 다섯 명 정도로 생각됩니다."

로노와르가 매화의 말에 이글아이를 사용하여 뒤를 쳐다보자, 아니
나 다를까 다섯 명의 무사들이 마차의 뒤를 쫓고 있는 모습을 볼 수 있
었다.

"정말이네? 그런데 어떻게 알았지?"

진짜라는 것을 확인한 로노와르는 자신보다 무공이 낮은 매화가 어떻게 알았는지 궁금할 수밖에 없었지만, 역시나 더 이상 말을 하려 하지 않는 매화였다.

마법을 사용하여 본 그들은 각자 다른 무기를 들고 있었기에 정파의 인물은 아니라는 것을 짐작할 수 있었다. 옷의 모양으로 보아 같은 조직에 속한 자들이라는 것은 알 수 있었는데, 정파의 인물은 같은 문파에 속해 있으면 거의 대부분이 똑같은 병기를 쓴다.

이것은 단순히 그 문파의 특성 때문일 수도 있지만, 무림의 문파마다 하나둘씩 단체가 싸울 수 있는 진법이란 것이 있는데 같은 무기를 사용하는 편이 진법을 사용하기에 훨씬 효과를 낼 수 있기 때문이다.

맨 앞에서 달리는 구레나룻의 남자는 큰 대도를 들고 있었다. 보통의 대도보다 약 다섯 치 정도 큰 칼이었다. 태양혈이 크게 두드러져 보이는 것이 반박귀진의 경지까지는 오르지 못했지만 그래도 어느 정도 실력이 있어 보였다.

그 뒤로는 쥐처럼 생긴 남자가 보였는데, 무기가 보이지 않는 것으로 보아 수공(手功)이나 암기를 사용하는 사람이라는 것을 알 수 있었다. 하지만 수공을 사용한다고 보기에는 마른 편에 속한 남자였기에 암기를 사용한다고 보는 편이 나았다.

일단 몸을 격하게 움직이는 것이 부공이지만, 암기술은 근력보다는 내공과 정확성이 더 중요한 무공이었기에 지나치게 근력을 키우는 것은 오히려 방해가 될 수도 있기 때문이다.

암기를 사용하는 남자의 옆을 달리고 있는 자는 옆구리에 칠절편을 들고 있는 장신의 남자였는데, 일단은 팔이 긴 데다 바람에 따라 간간이 드러나는 다리가 팔에 비해 두꺼운 것으로 보아 경공술이 장기인

서 간단한 음식을 시켰다.

조금 그렇게 앉아 있자 객잔의 문이 열리면서 다섯 명의 무사들이 안으로 들어섰다. 역시나 로노와르의 마차를 쫓고 있던 무사들이었다. 그들은 오랜 시간 말을 타고 왔는지 조금 피로한 기색이 보이고 있었다. 자리에 앉은 그들 중 거한 한 명이 호탕한 목소리로 음식을 주문했다.

"여기 통돼지 두 마리하고 죽엽청 세 항아리를 가져오너라!"

"예, 예."

그의 말에 점소이는 연신 고개를 끄덕이고는 물러갔다.

"우와!"

초희는 그들이 시킨 음식의 양을 보고는 크게 놀라고 있었다.

"몸 크기로 보면 초희, 너도 저 정도는 먹고 있는 거라고."

"치."

유란의 말에 초희는 삐친 얼굴을 하고는 앞에 놓인 차를 입으로 가져갔다.

로노와르는 일본도를 가지고 있는 무사의 기세를 읽고 있었는데, 역시나 고요한 호수를 보는 듯한 그런 기분이 들고 있었다.

'저 정도의 경지라면 상당한 수준의 무공을 익힌 건데 왜 이름이 알려져 있지 않지?'

도연랑에게 명령하여 저자의 이름과 무공 수준을 알아보게 한 적이 있었다. 무림의 인물첩에는 동영의 도를 가지고 있는 무사 중 뛰어난 자는 드물었고, 있다고 해도 자신들과 관련이 있는 사람은 찾아볼 수가 없었다.

일행들의 음식이 나왔을 때 다시 객잔의 문이 열리면서 사람들이 들어왔다. 한데 그 사람들의 얼굴을 본 순간 로노와르는 마시고 있던 차를 뿜어내고 말았다.

"아! 로노와르 소저, 또 만나게 됐군요!"

"유진영 공자?!"

월인각에서 시가 적힌 편지를 받은 것으로 더 이상의 만남이 없기를 바랐던 유진영의 모습이 객잔에 나타나자 황당할 수밖에 없었는데, 홍련칠화는 그의 출현을 보며 크게 재미있어하고 있었다.

"생각보다 끈질긴 남자네?"

"그만큼 신녀님에게 반했다는 게 아니겠어? 호호호."

"흠흠."

칠화들의 소곤거림에 헛기침을 터뜨린 로노와르는 그를 따라온 이들을 살펴보았다.

그 움직임이 절도가 있는 데다 보통 무림인들의 모습과는 조금 다른 분위기가 느껴지고 있었다.

'관에 속한 무인… 그것도 상당한 수준의 무인이로군.'

그들의 몸가짐으로 보아 보통 무사가 아닌 군에 속한 무장이라는 것을 안 로노와르는 왜 유진영의 곁에 무장이 있는지 이상하게 생각할 수밖에 없었다.

[아무래도 소문이 사실인 것 같습니다.]

[소문?]

도연랑의 전음을 통한 말에 로노와르는 궁금하다는 표정을 하며 물었다.

[들리는 소문에 황제 폐하의 셋째 황자인 천문황자가 항주에 들렀다고 합니다. 그런 이유로 항주의 기녀들은 조금 귀티가 나는 남자들을

보면 최대한 친절하게 굴고 있다 하더군요.]

[음… 그럼 저 유진영이란 자가 천문황자라는 거야?]

[일단 무장을 거느리고 다니는 것으로 보아 가능성은 높다고 할 수 있지요.]

눈썰미가 좋은 도연랑은 이미 그들이 무장이라는 것을 파악하고 있었던 것이다.

"로노와르 소저."

천문황자로 예상되는 유진영이 로노와르의 곁으로 다가오자 다른 칠화들은 키득거리며 하나둘씩 자리에 일어서기 시작했다.

"무슨 일이냐?"

"호호호, 조금 방해가 되는 것 같아서요."

"……."

자신을 놀리는 초희의 발언에 잠시 성질이 날 수밖에 없었지만 사람들의 이목도 있었기에 참았다.

유진영은 그녀들이 자리를 비켜서자 더욱 호기라 생각했다.

"하하하!"

웃음으로 때우면서 천천히 자리에 앉는 유진영을 보며 로노와르는 천문황자라는 사람이 조금 뻔뻔스러운 남자란 생각이 들었다. 그전에는 조금 똑똑해 보이기는 했는데, 지금 다시 보니 멍한 얼굴 하며 얼굴 가득히 미소를 짓고 있는 그의 모습은 얼빠져 보이기까지 했기에 마음에 들지 않는 로노와르였다. 하지만 사랑에 빠진 천문황자로선 로노와르의 얼굴만 보아도 기분이 좋아지니 어쩌란 말인가.

원래 사랑에 빠진 남자는 바보보다 더 바보 같거늘…….

천문황자가 로노와르의 얼굴을 보며 멍한 웃음을 짓고 있을 때 객잔 안으로 또 다른 무리의 무사들이 문을 열고 들어왔다.

뭔 놈의 무사들이 이렇게 많이 들이닥치는지 모를 일이었지만, 이번에 온 무사들은 무슨 목적이 있는 것이라는 생각이 들 정도로 비장한 얼굴을 하고 있었다.

적의를 입고 있는 그들의 등에 도가 하나씩 매달려 있는 것으로 보아 이들 모두가 한 집단에 속해 있다는 것을 암시하고 있었다.

천천히 객잔 안으로 들어선 무리들은 모두 침묵을 지킨 채 비어 있는 자리에 앉았는데, 그중 한 무사가 천천히 고개를 돌리더니 천문황자와 로노와르를 잠시 쳐다보고는 고개를 돌렸다.

'느낌이 이상하다.'

천문황자를 호위하고 있는 무사들 중 가장 무공이 높은 만병우(萬炳友)는 그들이 들이닥치자 이상한 생각이 들었다.

만병우는 천문황자를 호휘하고 있는 황실의 무장이었다. 현재 나이 삼십이 세로 십팔반무예에 모두 뛰어나지만 그중 가장 뛰어난 것은 도를 다루는 것이었다.

그런 이유로 도를 사용하고 있는 무사들에게는 크게 관심을 가지는 그였기에 지금 들이닥친 무사들의 모습이나 기도로 보아 사파의 인물이라는 것을 알 수 있었다.

하지만 이상한 것은 그들 모두의 자세에 긴장감이 서려 있다는 것이다.

싸움을 앞둔 사람이라면 어느 정도 긴장을 하기 마련이다.

그런 그가 보는 적의의 무사들은 두 사람을 제외하고는 모두 긴장을 풀지 않고 있었기에 만병우는 곁에 있는 다른 동료들을 쳐다보았다.

세 명의 다른 동료들은 그들을 경계하고는 있었지만 아직 그러한 이치를 알아채지 못하고 있는 듯했다.

'관의 무공과 무림 무공의 차이인가.'

아직 상승의 단계에 도달하지 못한 자신의 동료들은 이미 삼십 대 중반에 이르고 있었기에 앞으로 상승의 단계에 들어서는 것은 거의 불가능하다고 할 수 있었다. 무림의 무공에 비해 관의 무공은 상승 단계에 오르기 힘들기 때문이다.

동료에게 알린다면 적의의 무사들 중 두 사람에게 그 상태가 들킬 수 있었기 때문에 만약의 경우를 위해 만병우는 천문황자와 그들의 사이에 있는 자리에 앉았다.

만병우가 자리에 앉자 다른 무사들은 크게 이상하다는 표정을 지었다. 황자의 앞에서 호위 무사가 자리에 앉는다는 것은 있을 수 없는 일이었기 때문이다. 하지만 그중 호위대장의 직위에 있는 철정(鐵正)은 무슨 이유가 있을 것이란 생각이 들었다.

이전부터 다음 대 천문황자의 호위를 담당할 사람으로 만병우를 지목하고 있었던 그는 자신보다 그가 뛰어나다는 것을 알고 있었던 것이다.

철정이 천천히 만병우의 앞 자리에 가서 앉자 다른 호위 무사들도 차례차례 자리에 앉기 시작했다. 대장이 앉는 것으로 보아 황자의 명령이 있는 것이란 생각을 했기 때문이다.

만병우는 대장인 철정이 자신을 혼내지 않고 묵묵히 행동을 같이하자 고마움을 느끼고는 조심스럽게 고개를 숙여 인사했다.

한편 도연랑 역시 적의를 입은 무사들이 조금 수상하다는 것을 느끼고 있었기에 조심스럽게 로노와르에게 전음을 보냈다.

[신녀님, 적의를 입은 무사들이 조금 수상해 보입니다.]

[내 앞에 있는 얼빠진 녀석의 부하도 눈치 챈 듯하니 녀석들이 알아서 처리하게 내버려 둬.]

[예.]

로노와르는 적의를 입은 무사들의 실력이 그리 뛰어나지 않다는 것을 알고는 천문황자의 부하들이 처리하게 놔두기로 한 것이다.

잠시 후 점원이 로노와르 일행이 시켰던 음식을 들고는 자리로 오는 모습이 보였다.

음식이 도착하자 칠화들은 다시 자리로 돌아와서 음식에 손을 대려고 했다. 그때 당미가 음식 위로 손을 올리고는 말했다.

"잠깐."

"뭐야, 당미?"

초희는 당미가 음식을 못 먹게 막아서자 얼굴을 찌푸리고 말했는데, 그녀는 왼손에 들린 침을 그녀에게 보여주고는 말했다.

"독이다."

"응?"

당미의 손에 들린 것은 당삼랑이 장강에서 헤어질 때 준 은침으로 당가에서 특별히 제조한 약품이 묻어 있는 은침이었다. 해서 보통 은으로 감지할 수 없는 독도 알아낼 수 있었다.

로노와르가 무후의 명성까지 얻자 당미는 무림의 생리에 따라 음식을 먹는 것에도 주의를 기울이기 시작했기 때문에 이것을 알아내게 된 것이다.

초희는 독이 들어 있다는 말에 점원의 얼굴을 쳐다보았는데, 어린 나이의 점원은 도저히 영문을 알 수 없다는 표정을 짓고 있었다.

"독이라니요? 주방장 아저씨가 바로 가져오신 건데?"

그때 유란이 요대를 풀어 휘두르자 요대의 날카로운 선은 점원의 볼을 스치고는 다시 되돌아왔다.

"아!"

점원은 크게 놀란 얼굴을 하고는 얼굴을 가렸고, 초희가 고개를 끄덕이며 말했다.

"다른 이들은 다 속여도 난 어려워. 조금 전 점원과 너의 목소리의 떨림이 조금 다르더군. 선녀지음 안초희의 귀를 우습게 보지 말라고!"

그 말에 점원은 몸을 뒤로 날려서는 얼굴을 찢어발겼는데, 인피면구를 쓰고 있었다는 것을 알 수 있었다.

"과연 무후의 부하답구나. 본 만변귀랑(萬變鬼郞)의 역용술을 알아채다니 말이야."

"거참, 역용술은 눈치 못 챘다니까. 당신의 목소리가 달라서 알아낸 거란 말이야!"

초희가 그의 말이 틀렸다며 소리를 지르니 만변귀랑은 조금 황당할 수밖에 없었다.

만변귀랑은 무림의 유명한 살수 중의 한 사람으로 역용술과 함께 용독술에 뛰어나서 상당한 명성을 가지고 있는 살수였다.

"그거나 저거나. 후후후, 하지만 음식의 독을 알아내었다고 해도 네년들의 중독은 면한 것이 아니다."

이미 만변귀랑은 음식의 독이 들킨 것과 함께 암암리에 가루 독을 날렸기에 로노와르 일행이 중독됐을 것이란 걸 의심하지 않았다. 그때 로노와르가 고개를 내저으며 손가락을 그의 앞으로 팅겨냈다.

"크윽!"

로노와르가 손가락을 튕겨낸 순간 누런 먼지가 일더니 그의 콧속으로 빨려 들어갔는데, 만변귀랑은 그것이 어떠한 가루인지를 알았기에 급히 품에서 해독약을 꺼내서 삼키고는 황당한 얼굴로 말했다.

"어, 어떻게 독분을⋯⋯."

"바보 녀석, 그 정도의 용독술로 나를 상대하려 하다니. 그 정도의 분독은 흡기공만 안다면 별로 처리하기 어려운 독이 아니야."

로노와르는 아무것도 아니라는 듯이 이야기했는데, 그때 선무낭자 소심랑이 천천히 자리에서 일어나 두 손에 매화가 그려져 있는 두 개의 부채를 들고는 말했다.

"신녀님, 이자는 제가 상대하도록 하겠습니다."

"응?"

평소에는 조용하고 소심한 성격에 앞으로 나서지 않는 소심랑이 앞으로 나서서 만변귀랑을 처리하겠다고 하자 로노와르는 조금 이상하게 생각되었다. 하지만 그녀에게 무슨 연유가 있을 것이란 생각에 고개를 끄덕였다.

"마음대로."

"감사합니다."

소심랑이 앞으로 나서자 로노와르는 옆에 있던 도연랑을 보며 전음을 사용하여 물었다.

[도연랑, 소심랑과 만변귀랑이 무슨 관계가 있는 거야?]

[개인적인 사정은 저도 잘 모르겠지만, 그녀와 친한 유란의 이야기로는 부모님이 독으로 목숨을 잃으셨다고 하더군요.]

[만변귀랑의 짓이라 생각할 수 있겠군.]

[짐작일 뿐입니다.]

하지만 그 짐작이 맞는 듯 소심랑은 평상시와는 달리 두 부채에서 살기가 느껴지고 있었다.

평소에는 소심한 성격에 사람을 함부로 해하지 못하는 그녀가 살기까지 내뿜는 것을 보니 만변귀랑을 죽이고 싶을 정도로 증오하고 있다고 생각할 수밖에 없었다.

"애송이 계집년!"

만변귀랑은 품에서 하나의 갈고리를 꺼내어 들었는데, 그 끝이 시퍼렇게 윤기가 나는 것으로 보아 상당한 독이 묻어 있다는 것을 알 수 있었다.

순식간에 객잔 안은 소란스럽게 변하고 있었지만 이상하게도 다른 이들의 반응은 조용하기 그지없었다.

적의를 입은 무사들의 경우에는 두 사람의 싸움을 돌아보려 하지도 않을 뿐더러 일행들을 쫓아왔던 다섯 명의 무사들 역시 싸움에 관심이 없는 듯했다. 당사자인 나머지 홍련칠화 여인들도 조용히 앉아서 소심랑의 싸움을 지켜보고 있을 뿐이었다.

떠들고 있는 사람은 오직 한 명 만변귀랑뿐이었으니 그로선 이런 분위기가 조금 당황스러울 수밖에 없었다.

'젠장! 뭐 이런 녀석들이 다 있지?'

조금 소란스럽게 변했으면 소란을 틈타 도망갈 기회라도 생기련만… 괜히 주변 사람들이 미워지는 만변귀랑이었다.

하지만 지금 당장은 그런 것을 생각할 때가 아닌지라 갈고리를 쥔 오른손을 들어 자신을 노려보며 부채를 들고 있는 소심랑을 마주 노려볼 뿐이었다.

"하앗!"

처음 선공을 가한 것은 소심랑이었다.

평소의 그녀답지 않은 힘찬 기합과 함께 출발한 그녀는 화려한 몸짓으로 두 개의 부채를 연환하여 그어가니 부채가 한번 지나갈 때마다 들리는 날카로운 파공음에 만변귀랑은 그녀가 여자라고 얕볼 수가 없었다.

"영사횡격(靈蛇橫擊)!"

소심랑의 부채 공격을 몸을 눕히며 피한 그는 영사횡격의 초식을 사용하여 뱀처럼 몸을 틀어서는 그녀의 옆구리를 향해 찔러갔고, 소심랑은 왼손을 아래로 원을 그리며 내려 막고는 누워 있는 그를 향하여 부채를 집어 던졌다.

"헉!"

설마 부채를 던지리라곤 생각지도 못한 그는 급히 몸을 옆으로 굴려서 피할 수밖에 없었는데, 놀랍게도 그녀의 손에서 날아간 부채는 원을 그리며 다시 그녀의 손으로 되돌아갔다.

"회풍선영(回風扇影)!"

오른손의 부채가 돌아오자 그녀는 다시 왼손의 부채를 던지는 식으로 그를 공격해 가고 있었다. 상당한 내공이 깃들어져 있는 공격이었기에 파공음과 함께 부챗살에 부딪친 객잔의 식탁과 탁자들은 양단이 되어 잘려지고 있었다.

"헉!"

설마 어린 계집의 내공이 이 정도일 것이라고는 생각지도 못한 만변귀랑은 이 싸움이 득보다 실이 많으리라는 것을 깨닫고 급히 주위를 돌아보다 적의를 입은 무사들이 모여 앉아 있는 것을 볼 수 있었다.

"찻!"

급히 옆에 있던 의자를 집어 든 그는 적의의 무사들을 향해 의자를 던졌다. 내공이 깃든 의자는 빠른 속도로 한 무사의 뒤통수를 향해 날아갔다.

"합!"

쿠궁!

하지만 상당한 실력의 소유자인 무사는 자신의 뒤로 의자가 날아오자 급히 도를 빼서 횡소천군의 초식을 사용하여 베어 나갔다. 무엇인가 터지는 소리와 함께 객잔은 이내 연기로 뒤덮이고 말았다.

"연막탄이다! 녀석을 잡아라!"

로노와르는 만변귀랑이 연막탄을 사용해서 도망치려 하는 것을 눈치 채곤 크게 놀라 소리쳤다. 그와 동시에 홍련칠화가 자리에서 일어나 병장기를 들고는 뛰어나왔다.

하지만 바로 그것이 만변귀랑이 노리고 있는 것이었으니, 그 역시 객잔 안의 분위기를 파악하고 있었던지라 적의의 무사들이 좋은 생각으로 이곳에 온 것이 아니라는 것을 알고 있었다.

이런 분위기에서 녀석들 주위에 연막탄을 터뜨린다면 분명 시야가 가려진 이유로 병기를 뽑아 들 것은 뻔한 일, 자신이 그들의 사이로 몸을 숨기면 분명 자신을 쫓는 부채를 든 여인과 무후의 일행들이 그들과 마주치리라 생각한 것이다.

아니나 다를까 그의 생각은 정확히 맞아떨어졌으니, 홍련칠화는 그를 쫓으려 가다 갑작스러운 공격에 당황해서는 뒤로 물러설 수밖에 없었다.

"무슨 짓이냐!"

"그건 우리가 할 말이다."

"우린 만변귀랑이란 녀석을 잡으려 한 것뿐이라고!"

초희는 적의의 무사들이 자신들을 막아서자 화를 내며 소리쳤다. 하지만 대장인 듯한 자는 느끼한 미소를 지으며 말도 안 된다는 표정으로 말했다.

"병기를 들고 달려오는 자들을 경계하지 않을 무사가 어디 있겠는가!"

"칫!"

그의 말이 틀리지는 않았지만 자신들을 독살하려던 자를 놓쳤다는 생각에 입술을 깨물며 화를 삭이는 초희였다.

이미 그를 다시 잡을 기회를 놓쳐 버린지라 로노와르는 적의의 무사들과 대치하고 있는 홍련칠화를 보며 말했다.

"되었다. 그만 자리에 앉도록 하여라."

"예."

로노와르의 명령에 칠화들은 조용히 병기를 집어넣고는 자리에 앉았는데, 초희는 너무 억울한지 시퍼런 안색의 얼굴로 부르르 떨면서 분을 참지 못하는 모습이었다.

"잉~ 억울해!!"

"만변귀랑이란 녀석이 임기응변에 뛰어난 것뿐이다. 만변귀랑이라면 자신의 명예를 위해 반드시 재차 우리에게 손을 뻗어올 테니 때를 기다리도록 해라."

"알았어요……."

억울해하는 그녀를 보며 도연랑은 차분한 목소리로 말하고는 전음을 사용하여 로노와르에게 전달했다.

[아무래도 또다시 시끄러운 소란에 휩쓸린 것 같습니다.]

[그렇군. 적의의 무사들이 누구인지 짐작할 수 있겠는가?]

[아직 저들의 도법을 제대로 볼 수가 없었기에…….]

[알았다.]

문파나 소속을 상징하는 아무런 표식도 보이지 않는 자들이었기에 로노와르는 고개를 끄덕일 수밖에 없었다.

로노와르는 한바탕 소란을 일으킨 덕에 조금 배가 고파져 식탁에 차려진 음식을 집어 먹었는데, 그 순간 유진영이 크게 놀라는 표정을 짓고는 달려와서 그녀의 손을 덥석 잡으며 소리쳤다.

"소저, 그 음식엔 독이 들어 있지 않습니까!"

"응?"

"아!"

그의 말에 다른 이들 역시 크게 놀라는 표정을 지었는데, 한바탕 소란스러운 일을 벌였던 탓인지라 로노와르가 독이 든 음식을 먹고 있다는 것을 모두 눈치 채지 못하고 있었던 것이다.

"괜찮아. 난 백독불침이라고, 백독불침!"

드래곤이 폴리모프한 몸을 가지고 있는 데다가 독의 브레스를 뿜는 그린 드래곤이다 보니 독이란 것은 단순히 간식에 지나지 않았던 것이다.

백독의 불침이란 말에 크게 안심을 한 유진영이었지만 그래도 조금 불안이 남아 있는지 품에서 커다란 환단을 꺼내 그녀에게 넘겨주며 말했다.

"소림사에서 얻은 해독단이니 만전을 기하기 위해 이것을 들도록 하십시오."

"이걸……."

"예."

로노와르가 주위를 돌아보니 나머지 사람들도 먹으라고 하는 눈빛이 가득한지라 어쩔 수 없이 입으로 가져갈 수밖에 없었다. 유진영의 손에서 나온 환단의 크기는 보통 장정의 주먹 하나 정도 크기였기에 한숨이 나올 수밖에 없었다.

"휴……."

주방에서 묶여 있는 사람들을 풀어준 후 끼니를 간단하게 때운 로노와르는 다시 길을 떠나게 되었는데, 두 시진 정도 길을 가다 뒤를 돌아본 그녀는 크게 황당할 수밖에 없었다.

"도대체 이게 뭐야!"

로노와르의 마차 뒤로 족히 수백 명은 넘을 듯한 무사들이 따르고 있었던 것이다. 물론 그들 딴에는 안 들키게 조심하며 온다고는 하지만, 수백 명의 사람들이 뒤를 미행하는데 안 들킨다는 것이 말이나 되겠는가?

"무슨 연유가 있을 터인데 그 이유를 알 수가 없군요."

똑똑한 도연랑 역시 이런 상황에 크게 어리둥절해하기는 마찬가지였다.

이미 파사신검을 가지고 있다는 혐의는 연왕에게 검이 들어감으로써 풀린 지 오래인데 왜 그녀들의 뒤를 많은 무림인들이 따르고 있는 것일까?

수백 명의 사람들을 상대로 싸울 수는 없는 일인지라 계속 마차는 서북쪽을 향해 나아갔다. 이 거대한 행렬은 강남은 물론 강북에 산재해 있는 모든 문파들을 긴장시키기에 충분했다.

천문황자 일행은 그녀들의 뒤를 따라오는 무사들 때문에 황자의 안전을 위해 피하고 싶었지만, 그의 고집을 꺾지 못하여 어쩔 수 없이 마차에 신세를 지고 있었다.

"거참, 이유를 알 수 없구려."

그 역시 수백의 무인들이 자신들의 뒤를 쫓자 크게 이상하게 생각할 수밖에 없었다. 자신이 당금 황제의 셋째 황자라고는 하지만 그다지 힘도 없을 뿐더러 황제의 자리 역시 탐할 생각이 없었던지라 자신을 쫓는 무리는 아니라고 생각했다.

"저들 중 한 사람을 잡아 연유를 캐보는 것이 어떻겠습니까?"

도연랑은 자신의 생각을 조심스럽게 로노와르에게 밝혔고 그 생각이 별로 나쁘지는 않은지라 고개를 끄덕이며 말했다.

"좋은 생각이로구나. 그래, 누가 나서겠느냐?"

로노와르가 여인들을 돌아보며 묻자 매화가 자리에 일어나서는 조용히 말했다.

"제가 알아보도록 하겠습니다."

"음, 조심하도록 하여라."

"네."

로노와르에게 고개를 한번 숙인 후 매화가 마차를 빠져나갔다. 이미 로노와르에게서 많은 무공을 배운 홍련칠화는 내공은 물론 무공에 조예도 크게 높아진 상태였기에 수백 명 중 한 사람을 잡아오는 것은 그리 어렵지 않은 일이었다.

반 시진 정도의 시간이 흐르자 마차 안으로 한 남자가 줄에 묶여 끌려왔는데, 옷차림을 보아 사파 계통의 삼류무사로 보였다.

"사, 살려주십시오!"

난데없이 여인에 의해 혈을 짚어서는 자신들이 목표로 하고 있는 곳으로 끌려오자 그는 비굴한 목소리로 목숨을 구걸하기 시작했다. 초희가 앞으로 나서서는 그의 뺨을 후려갈기며 소리쳤다.

"네가 신녀님의 물음에 제대로 답한다면 목숨만은 살려주도록 하마!"

"아이고, 알겠습니다!"

그의 말에 로노와르는 잠시 뜸을 들이며 상대의 애간장을 태우고는 조용히 입을 열었다.

"너희들은 무슨 연유로 나의 뒤를 쫓고 있는 것이냐?"

로노와르의 물음에 그는 크게 망설이는 듯한 모습을 보였지만 도연랑이 가볍게 분근착골의 수법을 펼치자 크게 고통스러운 비명을 내지르고는 순순히 이유를 털어놓았다.

"흑흑, 오무황령(五武皇令)이 떨어졌습니다."

"오무황령?"

로노와르는 들어본 적이 없는지라 고개를 갸우뚱거리고 있었다.

"아!"

하지만 도연랑을 비롯한 다른 여인들은 오무황령에 대해서 알고 있는지 크게 놀라는 표정을 짓고 있었으니 그녀로선 물어보지 않을 수 없었다.

"도대체 오무황령이 뭐길래 그러는 거야?"

로노와르가 물어보자 도연랑은 시퍼렇게 질린 얼굴로 그것에 대해서 설명하기 시작했다.

"현재 무림은 정과 사, 그리고 마교, 세력은 작지만 정사지간 이렇게 네 개로 나눌 수 있습니다. 정은 무림맹이란 조직이, 사는 대사련이란 조직이 맡고 있는 것이지요."

"응, 나도 그렇게 알고 있는데."

"하지만 실제로 무림은 거대한 하나의 조직 밑에 네 개의 조직으로 나뉘어져 있다고 해야 맞는 것입니다."

"하나의 거대한 조직?"

"예. 무림에선 공공연한 비밀로 지켜져 오고 있었지만, 어느 정도 무림에 대해서 아는 이들은 그 조직의 이름을 입에 담는 것조차 두려워한다 합니다."

"그것이 오무황령인가?"

"예, 저 역시 오무황령의 출현을 나타내는 태산의 오무황기를 본 적은 없지만 중원무림에서 숱하게 비밀로 남아 있는 무림명가의 멸문 등은 거의 대부분이 오무황기와 관련이 있다는 말이 있을 정도로 그들은 두려운 존재들입니다."

자신의 실력을 아는 도연랑마저 크게 긴장하는 얼굴을 하며 설명하는 것을 보니 오무황령이란 자들이 상당히 무서운 자들이라는 것을 알 수 있었다.

'가만… 무의 세계에서 빠져나간 이들도 다섯 명인데… 음…….'

혹시 창조주의 세계에서 빠져나간 자들과 관련이 있을까 하는 생각에 로노와르는 도연랑에게 넌지시 물었다.

"그나저나 왜 오무황령이라 부르는 거지?"

"처음 오무황령이 출현했을 때 그들의 숫자는 다섯 명에 지나지 않았습니다. 하지만 그들 한 사람 한 사람이 인간은 상상치도 못할 엄청난 무공을 소유하고 있었던지라 사람들은 그들을 오무황이라 하며 그들이 만든 집단을 오무황령이라 부르고 있습니다."

"음……."

자신의 짐작이 틀림없다고 자신하는 로노와르였다.

만약 그들이 자신이 생각하고 있는 자들이 맞다면 오무황령을 통해 많은 무사들로 하여금 자신을 감시하게 하는 이유는 창조주가 보낸 사람을 경계하기 위함이 분명했다.

'설마 내가 소환자라고 생각하는 것은 아니겠지?'

하지만 가능성이 높았다.

루드웨어가 도통 중원으로 얼굴을 크게 드러내지 않는 이때에 장강 혈사로 엄청난 힘을 가진 이방인임을 드러냈으니 그들이 그녀를 소환자라 생각하는 것은 어쩌면 당연한 일이기 때문이다.

'된통 걸렸다.'

자신은 단지 남편을 찾아왔을 뿐인데 대사련에 이어 이제는 오무황이란 녀석들에게까지 견제를 당해야 하니… 앞날이 깜깜할 뿐이었다.

"이번 일에 끼어든 문파와 문도들의 수는?"

"자세히는 모르겠지만 적어도 하남으로 가는 길목의 중소문파들은 모두 오무황령의 명을 받을 것 같습니다. 그렇다면 이천 명 정도의 무사들이 더 모이겠지요."

"아……!"

자신들을 쫓고 있는 사람을 수천 명의 사람들로 하여금 지키게 하면 일단 자신들의 부하들을 보내지 않아도 종적을 알 수 있을 뿐더러 그 움직임까지 방해할 수 있기 때문에 오무황은 로노와르에게 많은 사람들을 모이게 한 것이다.

물론 상대가 조금 다르기는 하지만 말이다.

"도대체 그 많은 사람들을 모이게 하는 이유가 뭐지?"

"그건… 다음 지시를 받아야만 아는지라……."

"일단은 우리를 감시하라는 지시만 내려진 건가?"

"예."

녀석의 자백을 들으며 로노와르는 오무황이란 자들이 도대체 누굴까 궁금하지 않을 수 없었다.

'일단은 자유 생명체인 그들 중 한 명은 만화전주란 말이야. 이런 것을 미루어보아 그들은 모두 무림 각지에 흩어져 있을 확률이 높은데… 만화전주가 내가 소환자가 아니라는 것을 알고 있는 것을 미루어본다면 다섯 사람은 서로 떨어져 정보 교환이 어렵거나 지금은 다섯 사람의 연합이 깨졌다고 생각할 수도 있겠군.'

멋들어지게 지금의 상황을 해석하고 있던 로노와르는 앞으로 닥쳐 올 또 다른 시련보다는 지금 상황을 빠져나갈 방법을 생각할 수밖에 없었다.

"아~ 무림의 아낙네가 가는 길은 이렇게 험하단 말인가."

잠시 헛소리에 가까운 한탄을 한 로노와르는 유진영을 보며 음흉한 미소를 짓기 시작했다.

"로노와르 소저… 무슨 짓을 하려는 겁니까……?"

"별것 아닙니다. 잠시 저의 행세를 조금 해주셨으면 해서요."

"예?"

"잠시 마차 안으로 무장들을 불러주시겠습니까?"

"예."

무슨 이유인지는 모르지만 유진영은 마차의 근처에서 말을 몰아오는 무장들을 들어오게 했고, 얼마 지나지 않은 유진영은 그 무장들과 함께 말을 몰아 나와서는 다른 곳을 향해 떠나갔다.

이곳에 모인 군웅들은 오무황령에 의해 무후를 감시하라는 지시를 받았기 때문에 그들이 떠나가는 것을 아랑곳하지 않았다. 한데 바로 그것을 노려 움직인 것이니, 군웅의 사이를 지나 떠나간 이들은 로노와르와 홍련칠화였다.

"로노와르 소저, 너무해요! 흑흑!"

마차 안에는 변변찮은 옷도 없이 강제로 여자의 옷이 입혀진 유진영과 그의 부하들. 나름대로 명예가 있는 그들에게 그런 몰골로 밖으로 나간다는 것은 크게 창피한 일인지라 눈물만 흘릴 뿐이었다.

한참을 말을 몰아간 로노와르는 군웅들의 모습이 보이지 않자 홍련칠화를 보며 마법의 시동을 외쳤다.

"디스펠 폴리모프 아더!"

폴리모프가 풀려 다시 원상태로 돌아왔다. 뭇 여인들은 여인의 모습을 되찾자 크게 안심한 표정을 지었다.

"우와! 굉장해요. 변용술과는 완전히 달라서인지 우리를 지키고 있던 군웅들은 전혀 눈치도 못 채더라고요!"

초희는 로노와르의 기술에 크게 감탄해서는 쉴 새 없이 조잘댔다. 잠시 후 로노와르는 도연랑에게 물었다.

"하남 무림맹까지 얼마나 시일이 걸릴 것 같으냐?"

"글쎄요, 이렇게 놀면서 간다면 한 달 이상은 걸릴 것이란 생각이 듭니다만……."

"그래? 뭐 할 수 없네. 천천히 가야지."

"……."

어차피 드래곤이란 녀석들이 넉넉한 시간을 살아가는 놈들인지라 로노와르도 그렇게 급할 것은 없다는 생각에 도연랑을 보며 미소를 지었다.

처음에는 하루빨리 해츨링을 낳아야 한다는 생각에 여기저기를 돌아다녔지만, 이젠 여인들과 지내는 것이 조금 익숙해져서인지 그때와 같이 급한 모습은 보이지 않는 로노와르였다.

과연 로노와르는 해츨링 생산의 가장 중요한 열쇠인 루드웨어를 만날 수 있을는지…….

군웅들의 감시를 피해 여행을 다니던 로노와르 일행은 만약의 경우를 위해 몇 명은 남장을 시켜 남녀의 비율을 똑같게 했다.

로노와르와 도연랑, 안초희, 그리고 항주 월인각에서 나온 한인영은 남장을, 나머지 여인들은 보통의 무림 여인의 복장을 계속해 명문무가의 제자들이 강호를 여행하고 있는 것처럼 보이게 했다.

로노와르의 이런 생각은 적중하여 간간이 나타나는 산적들을 제외하고는 조용한 여행이 계속되었다. 하지만 군웅들과는 달리 그들의 정체를 정확히 알고 있는 사람이 한 명 있었으니 바로 동영도를 든 삿갓의 무사였다.

"신녀님, 저 사람한테 반한 것 같아요!"

안초희는 객잔에서 난데없이 삿갓의 남자를 손가락으로 가리키며 소리쳤다.

"응? 무슨 소리야?"

"세상에! 남자가 어떻게 저렇게 끈질길 수가 있지요? 저 사람을 따돌리기 위해 별수를 다 썼는데 아직도 붙어 있잖아요. 저 정도의 끈기면 이쁜 초희를 행복하게 해줄 수 있을 것 같아서……."

초희의 횡설수설에 도연랑은 근처에 있던 소심랑의 부채를 들어서는 머리를 후려갈겨 준 후 로노와르를 보며 말했다.

"도저히 저 남자가 무엇을 원하고 있는지 알 수가 없습니다."

"음… 나도 마찬가지야."

공격하는 것도 아니고, 그렇다고 비밀리에 감시하는 것도 아닌 것이 평상시 여행을 할 때는 전혀 보이지 않다가 객잔에 들어서면 한구석에서 술을 마시고 있는 그를 볼 수 있으니 로노와르로서도 조금 황당한 남자라고 생각할 수밖에 없었다.

마치 자신들의 여정을 정확하게 알고 있는 듯했다. 한번은 객잔에 도착하기 전에 약간의 협의를 한 후 일행들이 사방으로 흩어져 다음날 약속된 장소로 모이는 방법도 써보았지만, 놀랍게도 그는 약속된 장소에서 술을 마시고 있었다.

로노와르의 등에 붙은 귀신 같은 남자였지만 미운 얼굴도 자주 보니 요즘 들어서는 조금 정도 드는 듯했다.

'그나저나 낯설지 않은 느낌의 소유자란 말이야……'

삿갓무사의 얼굴을 제대로 본 적은 한 번도 없지만 몸에서 풍겨 나오는 기운이 어디서 느꼈던 것인지라 로노와르로선 이상하게 생각될 수밖에 없었다.

이러한 기운은 시간이 지나면서 점점 짙어져 가고 있었다.

자신의 몸에 스며 있는 마나가 그와 반응을 하고 있는 것 같다는 느낌이 들고 있었기에 쉽게 지울 수가 없었다.

'한번 이야기나 해봐야겠군.'

단단히 결심을 한 로노와르는 자리에서 일어나 일본도의 무사를 향해 발걸음을 옮겼고, 다른 이들은 모두 크게 놀라지 않을 수 없었다.

"신녀님, 너무해요~ 내가 찍은 남잔데~"

초희의 말에 잠시 그녀를 째려보며 걸음을 멈춘 로노와르는 그의 앞자리에 앉았다. 하지만 삿갓무사는 그녀가 다가왔음에도 한 치의 미동도 없었다.

"단도직입적으로 묻겠어요. 저를 본 적이 있으신가요?"

로노와르의 말에 삿갓무사는 천천히 고개를 들었는데, 그의 눈빛을 보는 순간 그녀는 조금 흠칫하지 않을 수 없었다. 암울한 기운이 흐르는 눈빛 밑으로 들여다보이는 얼굴, 그 우울한 눈빛이 눈에 익었기 때문이다.

로노와르의 말을 들은 그는 천천히 고개를 젓다 다시 고개를 숙이곤 무엇을 생각하는지 모르는 명상에 잠겼다. 그러자 그녀는 더 이상 말을 하지 못하고 뒤돌아설 수밖에 없었다.

"얘기해 보니 어때요?"

초희는 그 남자가 상당히 궁금한 듯 기대에 찬 얼굴로 물어보았지만 무어라 말해 줄 것이 없었다.

"글쎄, 너무 과묵하다랄까?"

"음……."

자리에 앉은 로노와르는 그 눈빛을 어디서 보았을까 하는 생각을 해보았다.

'루드웨어라도 있으면 물어보았을 텐데…….'

이상하게 루드웨어라면 한눈에 그가 누구인지 알아볼 수 있을 것이란 생각이 드는 그녀였다.

다음날도 역시 일행들은 무림맹을 향해 길을 떠났는데 로노와르는 놀랍게도 삿갓을 쓴 사람에게 동행을 제안했다.

"저희랑 같이 움직이겠어요?"

그녀의 말에 삿갓 쓴 사람은 조금 놀란 얼굴을 했지만, 잠시 후 다시 평정을 찾고는 고개를 끄덕이며 그녀와 같이 가는 것에 동의했다.

무엇 때문에 그가 자신들을 쫓고 있는지는 몰랐지만 적어도 자신들을 해하려고 하는 사람은 아니라는 느낌이 들었고, 루드웨어를 만난다면 그의 비밀을 알 수 있을 것이란 생각이 들었던 것이다.

삿갓 쓴 일본도 무사의 이름을 알고 싶기는 했지만 워낙 말이 없는 데다 가까이 다가가는 것도 조금 무서웠기 때문에 일행들은 그를 묵립(默笠)이라 부르기로 결정했다.

조용한 남자이기는 하지만 그래도 상당한 도움이 된 것은 그 특유의 분위기 덕분에 산적들이 접근하지 않는다는 것이었다. 여인들의 대도 적용 호신남(對盜賊用 護身男)으론 꽤 쓸모가 있는 남자였다.

하남 무림맹을 향해 가던 로노와르 일행은 어느 날 산속에서 길을 잃어 큰 난관에 봉착해 있었다.

"휴."

하남으로 가는 여정을 담당하고 있던 도연랑은 무엇이 잘못됐을까라는 생각에 한참을 고민하고 있었다.

"길을 아는 게 아니었어?"

"그것이 지도를 보고 가고 있었는데… 지름길이 있어서 그곳으로 갔거든요. 그런데…….."

그 말을 하는 순간 초희의 안색은 크게 변하고 말았으니 로노와르 역시 그녀의 변화를 눈치 챌 수 있었다.

"초희야."

"예……."

"솔직히 말하렴."

"흑흑… 언니, 미안해요."

그 말과 함께 안초희는 도연랑에게 달려들어서는 눈물을 터뜨리고 말았다.

"휴……."

이야기를 들어보니 천영살대 유란을 골리기 위해 잠시 지도에 장난을 친 것인데, 그것을 잊어먹고 있었기에 이런 일이 생겼다는 것이다. 일단 장난한 부분을 살펴보니 산속 깊숙이 들어온 것이 되는지라 도연랑은 한숨밖에 나오지 않았다. 날은 이미 저물어가고 있었으니 가까운 마을로 들어가기는 어렵다고 생각한 그녀는 야숙을 결심할 수밖에 없었는데, 그때 묵립이 그녀 앞으로 다가와서는 땅에다 글자를 적고 산 위로 걸어가기 시작했다.

"뭐야?"

로노와르는 그가 적은 글이 무엇일까 궁금해서 도연랑에게 다가가 물었다.

"산 위쪽에 산장이 하나 있다는데요."

"그래?"

일단은 머무를 곳도 없는지라 로노와르는 다른 이들에게 손짓을 해서는 묵립을 따라갔다.

한참을 산 위로 올라가자 그가 쓴 대로 하나의 산장이 나타났는데, 애석하게도 이미 사람이 살고 있지 않은 곳인지라 조금 실망할 수밖에 없었다. 하지만 밤이슬을 막기에는 그런대로 쓸모가 있다고 생각한 로노와르는 초희의 머리에 꿀밤을 한 대 먹이고는 말했다.

"오늘은 이곳에서 쉬도록 하자."

"예."

산장은 사람이 살지 않은 지 오래되었는지 지저분하기 그지없었고 여기저기 무너진 흔적 또한 보였다.

도연랑은 초희와 유란에게 저녁 준비를 시키고는 소심랑과 함께 산장의 주위를 살펴보기 위해 움직였다.

"선도산장(先導山莊)이라……."

산장의 입구 앞에는 큰 현판에 선도산장이란 글씨가 쓰여져 있었는데, 그 필체가 운치있고 힘이 서려 있는지라 이 산장의 주인이 서예에 상당히 조예가 깊다는 것을 알 수 있었다.

일행들이 머물고 있는 본관을 지나 도착한 곳은 작은 건물이 서 있었다. 안으로 들어서자 수많은 책이 있었던 흔적이 남아 있었다. 방 대부분을 서재가 차지하고 있었기 때문이다.

적어도 수만 권의 장서가 꽂혀 있었을 것이란 짐작을 할 수 있었기에 이곳이 유림에 있는 선비가 살고 있던 곳이라 짐작할 수 있었다.

서재의 한구석에 뜯어져서 반 정도 남은 책이 떨어져 있는 것을 볼 수 있었다.

"음… 역경(易經)이라……."

사서삼경의 하나인 역경이었다. 잠시 살펴보니 이 책의 주인이 꽤 많이 읽었는지 종이의 군데군데는 손때가 묻어 있었다. 훼손된 역경을 서재 위에 대충 올려놓은 도연랑은 밖으로 나가려고 했다. 그때 등 뒤에서 부스럭거리는 소리를 들려왔다.

"누구냐!"

사람의 인기척이라 생각한 도연랑이 뒤로 돌아서며 크게 소리치자 그 순간 땅을 박차는 소리와 함께 누군가가 창문 쪽으로 빠르게 도망가는 것을 알 수 있었다.

"소매, 가자!"

"예!'

도연랑은 급히 소심랑에게 소리치고는 도망간 사람을 쫓기 시작했다.

하지만 상당한 경공을 지니고 있었는지 그녀들이 창문을 통해 빠져나왔을 때는 이미 그 종적은 보이지 않고 있었다.

"음……."

창문을 뛰어넘은 후 다시 경공을 사용하여 도망간 듯한데 바닥에 흔적이 남아 있지 않은 것으로 보아 경공의 실력은 자신과 비슷하거나 그 위라는 것을 알 수 있었다.

"아무래도 신녀님 계신 곳으로 돌아가야겠다."

"예."

경공의 실력으로 보아 자신들 두 사람이면 조금 위험할 수도 있을 것이란 생각에 도연랑은 급히 본관 쪽으로 돌아갔다.

"너희들을 지켜보고 있었다고?"

"예."

"이곳으로 오기 전에는 그런 기운을 느낀 적이 없었으니 원래 이곳에서 살고 있었던 사람일 수도 있다. 일단은 모두 이곳에 모이게 하고 함부로 움직이지 말도록 지시하여라."

"예."

일단은 이곳에 살고 있었다면 자신들과 아무 상관이 없는 사람일 테지만 도연랑이 말하는 것을 감안한다면 상당한 경공술을 지닌 자인지라 충돌하면 귀찮은 일이 생길 것 같아 모르는 척 넘어가기로 결정한 로노와르였다.

간단한 음식이 만들어지자 일행들은 저녁을 해결한 후 순번을 정해 경비를 서며 잠을 청했다.

묵립은 그녀들이 머무르고 있는 방 한구석에서 고개를 숙인 채 있는 지라 잠을 자고 있는지 깨어 있는지 알 수 없는 모습이었다.

첫 번째 경비를 서고 있는 초희는 멍하니 그의 얼굴을 쳐다보았다.

음침하게 보이기는 하지만 듬직한 데다가 말이 없는 무뚝뚝함이 이상하게 그녀의 마음에 쏙 들고 있었다.

"이봐요, 자는 거예요?"

"……."

초희가 구석에 앉아 있는 묵립을 불러보았지만 역시나 아무 말도 없었기에 한숨을 쉬고는 주위를 훑어보았다.

그 순간 창문 쪽의 달빛으로 사람의 그림자를 볼 수 있었기에 크게 놀라서는 전음으로 유란을 깨웠다.

[유란! 유란!]

[뭐야?]

[창문 쪽에 도 언니가 말한 사람이 있어!]

잠에서 깬 유란은 그녀의 말에 자는 척하며 조심스럽게 몸을 틀어서 지켜보았는데, 아니나 다를까 달빛에 비친 검은 그림자가 보이고 있었다. 유란은 천천히 전음으로 다른 이들을 깨우기 시작했다.

검은 그림자는 창문을 넘어 서서히 그 모습을 드러내고 있었다.

어둠 속에선 명확하지 않았지만 기다란 막대기를 들고 있었기에 병장기라고 생각한 일행들은 모두 녀석의 행보를 주시하기 시작했다.

하지만 로노와르 일행과는 달리 움직이고 있는 사람이 있었으니 바로 묵립이었다.

언제 일어났는지 모르게 나타난 그는 어느 순간에 침입자의 등 뒤로 가서는 그에게 검을 들이대고 있었던 것이다.

"누구냐."

"까아악!"

묵립이 조용히 그의 곁으로 가서는 정체를 묻는 순간 초희가 끔찍한 비명을 지르고 있었으니, 모두의 시선은 그녀에게로 돌아갈 수밖에 없었다.

"초희야, 무슨 일이냐!"

비명에 놀라 옆에 놓아두었던 검을 뽑아 들고 초희에게 달려간 도연 랑은 초희의 얼굴을 보곤 무엇인가 큰 문제가 생겼다는 것을 알 수 있었다.

두 손을 양 볼에 가져가서는 도저히 못 참겠다는 듯 얼굴이 시뻘게 진 모습의 초희는 숙였던 고개를 천천히 들어 올리고는 모두를 경악시킬 단어를 내뱉고 말았다.

"목소리가 너무 멋있당~"

"……!"

사실 묵립의 목소리는 로노와르 일행들이 처음 들어보는 것이긴 했기 때문에 조금 이해가 가기는 했지만, 단 한 번의 목소리에 비명까지 지르며 좋아하는 초희를 보며 한숨이 나올 수밖에 없었다. 하지만 초희에겐 목소리를 들었다는 것이 중요한지 지필묵을 꺼내어서는 기록을 남기고 있었다.

"휴……."

초희에게 별일없다는 것을 안 로노와르 일행은 묵립이 잡고 있는 침입자를 살피기 위해 고개를 돌렸는데, 그사이에 어디로 사라졌는지 녀석은 보이지 않았고 구석에서 묵립은 또다시 잠을 청하고 있었다.

"묵립!"

도연랑을 묵립이 그자를 보내주었다는 것을 알고는 그의 이름을 크게 불렀다.

"도대체 우리를 노리고 온 사람을 그대로 보내주면 어떻게 하겠다는 거예요!"

도연랑은 멋대로 행동하는 그를 보며 화를 내고 있었지만 묵립은 아무것도 아니라는 듯이 그녀의 앞에 무엇인가를 던져 주었다. 살짝 드러나는 얼굴을 보니 볼이 조금 상기되어 있다는 것을 알 수 있었다.

"응?"

그가 건네준 것은 동으로 만든 하나의 패인데, 앞면에는 대나무의 그림이 파여져 있었고 뒤쪽에는 문삼(文三)이란 글자가 새겨져 있는 패였다.

"설마!"

그 패를 본 도연랑이 크게 놀라는 표정을 짓자 로노와르는 궁금함을 느끼며 물어보았다.

"그 패가 도대체 뭔데 그래?"

"이, 이건 흐, 흑유림의 문도임을 나타내는 패예요……."

"흑유림?"

"예. 정과 사 어느 곳에도 속하지 않은 조직으로 무림인에게 희생당하는 유림의 선비들을 보호하기 위한 조직이에요. 그 조직의 규모와 문도의 숫자는 강호의 어느 누구도 알지 못하는 비밀의 조직이지요."

"음… 뭔지는 모르겠지만 위험한 거야?"

"아니요."

도연랑은 심각하게 물어보는 로노와르에게 아무것도 아니라는 듯이 손을 내저어주고는 패를 다시 묵립에게 던져 주며 말했다.

"방금 말씀드렸듯이 유림의 선비들을 위한 조직이라서 건드리지만 않으면 별 위험은 없어요. 아마 이 산장이 그들의 소유인 것 같은데 하룻밤 묵어간다고 해서 별문제될 것은 없겠죠."

"…그런데 뭘 그렇게 심각하게 말하는데?"

"초희가 하는 짓이 재밌는 것 같아서 한번 해봤어요. 신녀님, 재밌지요?"

"……."

진지한 모습의 도연랑이 자신에게 장난을 치자 로노와르는 자신에 대한 존경심이 부족하다는 생각에 눈물을 흘릴 수밖에 없었다.

"흑흑… 난 넘 만만한 신녀야. 흑흑……."

한편 자리에 누운 로노와르를 보며 도연랑은 천천히 자리에 누워 생각에 잠기고 있었다.

'묵립.'

그가 자신에게 패를 던져 주었다고는 하지만 그것이 잡고 있던 자의 패라는 것은 확실하지 않고 잠깐 뒤돌아본 순간에 아무런 취조도 없이 그를 보내준 묵립의 저의가 의심스러울 수밖에 없었던 것이다. 무엇인가 감추고 있는 사실이 있다는 생각을 할 수밖에 없었다.

다음날 로노와르 일행은 선도산장을 떠나 다시 길을 갔다.

도연랑이 별을 보며 어느 정도 방위를 잡아놓았기 때문에 초희의 장난만 아니면 다시 길을 잃을 염려는 없을 듯 보였다. 그때 맨 뒤에서 초희가 무엇인가를 읽으며 크게 좋아하는 모습이 보였다. 궁금함을 느낀 유란이 천천히 초희의 곁으로 가서는 그녀가 보고 있는 것을 훔쳐보았는데, 거기에는 한 남자의 얼굴이 그려져 있었다.

"응? 묵립이네?"

"앗!"

남자의 얼굴이 묵립의 얼굴과 비슷한 것을 보고 유란은 자신도 모르게 말했고, 들켰다는 것을 깨달은 초희는 재빨리 족자를 말아서는 품속에 숨겼다.

"그거 어디서 난 거야!"

"……."

유란은 초희가 묵립의 초상화를 그릴 시간이 없었다는 것을 아는지라 그 그림의 출처가 궁금하지 않을 수 없었다.

"내, 내가 그렸어……."

"거짓말! 사군자는커녕 악필인 네가 어떻게 그런 그림을 그린다는 거야! 빨리 말해 봐!"

"내가 그렸다니까!"

두 사람의 말다툼에 도연랑은 그들을 말리기 위해서 그쪽으로 걸어갔는데, 유란에게서 묵립의 얼굴이 그려져 있는 초상화를 가진 족자가 초희에게 있다는 말을 들은 그녀는 손을 내밀며 말했다.

"잠시 그 초상화를 보도록 하자."

"…예."

도연랑의 말에 초희는 힘없이 고개를 떨구고는 초상화가 그려진 족자를 건네주었다.

족자를 펼쳐 보자 꽤 실력있는 화공이 그린 묵립의 얼굴이 보이는지라 도연랑은 초희를 보며 물었다.

"이 족자는 어디서 났느냐."

"그, 그게……."

"빨리 대답하지 못하겠느냐!"

"으아아앙~ 도 언니는 나만 미워해! 아앙~"

도연랑이 다그치자 초희는 그만 참지 못하고 울어버리니 일행들은 모두 멈춰 설 수밖에 없었다.

일행들이 초희에게 족자를 어디서 구했느냐 계속 다그치자 한참 눈물을 흘리던 그녀는 초상화를 구한 사연을 말해 주었다.

어젯밤 창문으로 몰래 들어온 남자는 묵립에게 잡혔는데, 그때 낭랑한 묵립의 목소리에 비명을 질러 사람들의 시선이 자신에게 쏠렸다는 것을 말했다. 하지만 로노와르 일행들 외에도 시선이 쏠린 사람이 있었으니, 그가 바로 묵립이었다.

갑작스러운 비명에 무뚝뚝한 그 역시 놀라지 않을 수 없었던 것이다. 그 순간 침입자가 기회를 틈타 몸을 날려 창문으로 날아가니 묵립이 재빨리 검을 휘둘렀다. 하지만 워낙 재빠른 경공술을 가진 자라 몸에 적중하지는 못하고 그의 옷만을 잘랐을 뿐인데 그때 동패가 흘러내렸다는 것이다.

묵립은 적을 놓쳤음에도 쫓아갈 생각을 하지 않았는데, 그때 초희는 침입자가 창문 밖으로 도망갈 때 무엇인가 하나를 더 떨어뜨린 것을 볼 수 있었다.

다음날 아침 일찍 일어나 창문 밖으로 가보니 종이에 묵립의 얼굴이 그려져 있는지라 짐에 넣어두었던 족자를 고쳐서는 묵립의 초상화를 붙여 간직하고 있었던 것이다.

"음······."

"무슨 생각을 하지?"

"어제 묵립이 왜 동패만을 던져 주었는지 그 이유는 알았는데, 더 이상의 말도 없었던 것으로 보아 아마도······."

"아마도?"

"초희의 비명에 자신조차 속았다는 것이 조금 창피했던 것이 아닐까요?"

"무슨 소리야?"

"어제 동패를 건네줄 때 얼굴이 조금 상기되어 있었거든요. 멋지게 침입자를 잡았는데 초희의 비명 때문에 녀석을 놓치자 면목이 없어져서 묵립은 그렇게 대충 넘어가려 했던 거라고 생각해요."

"음······."

도연랑의 생각이 그렇게 무리가 있는 것은 아닌지라 로노와르는 고개를 끄덕일 수밖에 없었는데, 만약 쪽팔려서 그런 것이라면 묵립이란 사내가 조금은 귀여운 녀석이 아닐까 하는 생각을 하는 로노와르였다.

아무튼 아무 일도 아니었기에 도연랑은 초희에게 족자를 건네주니 잃어버렸던 보물이라도 찾은 것마냥 기뻐하는 그녀였다.

하지만 왜 흑유림의 인물이 묵립의 초상화를 가지고 있는지의 의문은 풀리지 않았다.

묵립이 흑유림과 무슨 연관이 있다는 것은 알 수 있었지만 적어도 같은 편은 아닐 것이란 생각을 하는 도연랑이었다.

산을 겨우 내려갈 수 있었던 일행들은 얼마 지나지 않아 객잔이 나오자 그곳에서 잠시 쉬어가기로 결정했다.

"무림맹까지는 얼마나 더 가야 하지?"

"예상대로라면 이 주일 정도 후에 도착할 수 있으리라 생각됩니다."

로노와르는 이 주일 후면 루드웨어를 만날 수 있다는 생각에 가슴이 뛰었다.

그때 구석에 앉아 있던 묵립이 천천히 자리에서 일어나서는 밖으로 나가는 모습이 보였다. 도연랑은 묵립을 조금은 의심을 하고 있었기에 자리에 일어나 그 뒤를 따라갔다.

그녀가 자신을 따라오려 하자 묵립은 품에서 단검을 꺼내어 재빠르게 던졌다.

"찻!"

자신에게 날아온 단검을 두 손으로 받은 도연랑은 반격을 하려고 했는데, 그때 단검의 손잡이에 종이가 묶여 있는 것을 볼 수 있었다.

"이건……."

천천히 종이를 풀고 도연랑은 그 내용을 읽어 나갔다. 모든 것을 읽은 순간 얼굴이 시뻘게진 그녀는 묵립에게 미안한 듯이 고개를 숙이고는 다시 자리에 앉았다.

"도대체 뭐라고 쓰여 있는데 그래?"

로노와르가 그 종이에 무슨 말이 쓰여 있을까 궁금하여 물어보자 도연랑은 말없이 종이를 건네주었다.

"푸하하하하!"

로노와르는 그 종이에 쓰여진 글을 보고는 크게 대소를 터뜨릴 수밖에 없었으니, 종이에는 떨리는 손으로 쓴 글자인 듯 흔들리는 필치로 이렇게 쓰여 있었다.

제발 측간 좀 갑시다.

무림인들은 체내의 분비물을 최소한으로 만들어 며칠을 버틸 수 있기는 하지만 그것을 전부 없앨 수는 없었으니, 그동안 그의 고생이 얼마나 심했는가를 알 수 있는 글이었다.

10장 회하대전(淮河大戰)

로노와르가 루드웨어와 만나기 위해 하남 무림맹이 있는 북서쪽으로 행진하고 있을 때 무림맹은 새로운 정보로 인하여 바쁘게 움직이고 있었다.

청건단의 식객으로 머물고 있던 루드웨어는 갑작스런 맹주의 부름을 받고 진천명과 함께 무림맹주가 머무르고 있는 천룡각으로 갔다.

천룡각은 정파의 구심점이라고 할 수 있는 무림맹의 맹주가 거처하고 있는 곳인만큼 상당히 웅장한 건물이었기에 루드웨어는 감탄한 표정을 감추지 못했다.

안으로 들어서자 넓은 대청의 상좌에는 성혼식에서 본 적이 있던 맹주 구양천의 모습이 보였고, 그 옆으로 부맹주인 사능군과 그 외에 잡다한 사람들의 모습이 보였다.

루드웨어는 진천명과 함께 그의 앞으로 가서는 포권지례를 취했다.

"맹주께 인사드립니다."

"어서 오십시오, 루드웨어 대협. 자, 자리에 앉으시지요."

구양천은 사능군에게서 루드웨어의 숨겨진 배분에 대해 들어 알고 있었기 때문에 그를 밑에 사람 취급하지 못하여 자리를 권했고, 루드웨어는 자리에 앉아 맹주를 보며 물었다.

"그런데 무슨 일로 저를 찾으셨는지요?"

"확실하지는 않지만 대협께서 찾고자 하시는 사람의 정보가 들어왔습니다."

"찾고자 하는 사람이라면?"

"예, 서역에서 도망친 자들이 아닐까 생각되는 자들이지요."

그 말에 루드웨어는 크게 놀라는 표정을 지으며 말했다.

"맹주께서 이렇게 신경 써주시다니 몸 둘 바를 모르겠군요."

"당연히 도와드려야 할 일이지요."

"자세한 이야기를 들을 수 있겠습니까?"

루드웨어의 말에 맹주는 고개를 끄덕이고는 말을 이어갔다.

"이 주일 전 본 맹에서 십 년 전부터 쫓고 있던 혈류검(血流劍) 심형도(沈瑩道)란 자를 발견해 은밀히 추적하고 있었는데, 그가 한 무리와 합류를 했다 하더군요. 그런 이유로 흑유림 측에게 도움을 청해 그들을 조사했는데, 여인들 중에 서역에서 온 여인이 있다고 하더군요."

루드웨어는 맹주의 말에 레리스란 여인이 아닐까란 생각을 해보았지만 아직 확실히 알려진 것이 없기 때문에 계속 그의 말을 경청하기로 했다.

"그자의 말에 따르면 여인들을 이끌고 있는 서역의 여인은 마치 서

시가 환생한 것처럼 아름다운 여인이라 하고, 그녀들과 같이 있는 여인들 모두 하나같이 절정의 무공을 익힌 여고수들이라 하더군요."

그 말에 루드웨어는 그녀가 레리스가 확실하다는 생각을 하면서 자리에서 일어나 맹주에게 포권지례를 하며 말했다.

"아무래도 제가 찾고 있는 여인인 것 같군요."

루드웨어가 서둘러 그녀를 찾아가려고 하자 맹주는 손을 들어 그에게 말했다.

"부탁드릴 것이 있는데 들어주시겠습니까?"

"부탁이오?"

"예. 사실 저희로선 서역의 여인보다 그녀와 함께 동행하는 혈류검 심형도에게 크게 관심을 두고 있는데, 그자 역시 상당한 무공의 소유자인지라 잡기가 만만치 않기 때문입니다."

"음… 좋습니다. 다른 곳에 있는 자라면 모를까 제가 찾고 있는 사람과 동행하고 있으니 힘을 보태도록 하겠습니다."

"감사합니다. 이번 일엔 루드웨어님과 안면이 있는 청건단의 무사들을 보낼까 하는데, 괜찮겠습니까?"

"예."

이렇게 해서 루드웨어는 이 세계로 숨어든 자를 찾기 위한 첫 발걸음을 내디딜 수 있게 되었다.

무림맹에서 이번에 혈류검 심형도를 잡기 위해 파견된 무사들의 숫자는 총 오십 명으로 청건단이 총 백 명 정도의 무사들로 이루어져 있다는 것을 감안한다면 심형도란 자가 상당한 자라는 것을 알 수 있었다.

루드웨어는 길을 떠나기 전 진천명에게 심형도에 대해서 물어보았다.

"심형도란 자를 무림맹에서 쫓는 이유가 무엇인가?"

"십 년 전에 있었던 융천혈사와 관련이 있기 때문입니다."

"융천혈사?"

처음 듣는 이야기에 루드웨어는 융천혈사에 대해서 물어보았다.

"융천에 있는 무가인 형가장에서 일어난 혈사로 한 사람에 의해 무려 삼백여 명이나 되는 무가의 식솔들이 모두 죽임을 당한 사건입니다."

"삼백여 명?"

"예. 당시 형가장에는 무림맹의 장로였던 풍 장로와 이름난 고수 이십여 명이 있었음에도 단 한 사람도 살아 돌아오지 못했기에 비밀에 묻힐 뻔했지만, 다행히 가주의 막내아들이 살아나 밝혀지면서 그 혈사를 일으킨 자가 혈류검 심형도라는 것을 알게 된 것입니다."

"음……."

"무림맹에선 그 사실을 알아낸 후 심형도를 잡아들이기 위해 지금까지 수십 번도 넘게 무사단을 파견했지만, 번번이 희생만을 낼 뿐 그에게 상처조차 입힐 수가 없었습니다."

무림맹 무사들의 실력은 루드웨어가 어느 정도 알고 있었기에 그런 무사들에게 수십 번이나 공격받았음에도 상처 하나 입지 않았다는 말에 조금 놀랄 수밖에 없었다.

창조주의 세계에서 무공을 배워온 이후 제대로 검을 겨룰 만한 상대를 찾지 못했던 루드웨어는 재미있는 일이 될 것이라는 생각으로 기대감에 잠겼다.

"들리는 말에 의하면 환골탈태를 거쳐 반노환동한 고수라는 이야기가 있으니 루드웨어님께서도 조심을 하시기 바랍니다."

"오~ 반노환동까지! 이거 진짜 재밌겠는데?"

마치 소풍 가는 듯한 기분을 내고 있는 루드웨어를 보며 진천명은 조금 불안한 마음이 생길 수밖에 없었다.

다음날 청건단의 무사들과 루드웨어 일행은 무림맹에 보고된 이들을 찾기 위해 움직이기 시작했다.

이미 개방에 청탁을 하여 계속적으로 그들에 대한 정보가 들어오는지라 길이 엇갈릴 일은 없었다.

이번 파견에는 청건단의 단주인 뇌벽검 소중이 직접 인솔을 하고 있었기에 무림맹에서 얼마나 이 일을 중요하게 생각하고 있는가를 알 수 있었다.

며칠의 여정 끝에 루드웨어 일행은 그들보다 먼저 회하(淮河)에 도착할 수 있었다.

회하에 도착한 청건단은 연일 회의를 열었기에 루드웨어는 조금 심심했다.

"휴~"

루드웨어는 할 일이 없자 잠시 산책을 하고 있었는데, 멀리서 두 명의 남녀가 심각한 이야기를 하고 있는 것을 볼 수 있었다.

"응? 진천명하고 여사랑이잖아?"

두 사람이 서로를 사랑하고 있다는 것을 알고 있는 루드웨어는 연인들의 대화를 엿듣고 싶어 조심스럽게 다가섰다. 하지만 애석하게도 그들이 나누고 있는 대화는 그런 류의 것들이 아니었다.

"여사랑, 다시 한 번 생각할 수 없겠소?"

"저도 당신을 사랑하지만… 운명이……."

"도대체 운명이 무슨 상관이란 말이오! 우리 두 사람의 사랑을 방해한다면 나 진천명은 하늘의 운명마저 거스를 각오가 되어 있단 말이오!"

"흑흑흑……."

무슨 이야기인지는 모르지만 상당히 심각한 말이 오고 가는지라 루드웨어는 침을 꿀꺽 삼키며 지켜볼 수밖에 없었다.

"진 가가, 당신을 결코 잊지 않을게요……."

그 말과 함께 여사랑은 경공을 사용하여 멀리 사라졌고 진천명은 멍한 얼굴이 되어 사라지는 그녀의 모습을 지켜보고 있었다.

그녀의 모습이 완전히 사라진 후 그는 어깨를 떨구며 천천히 객잔 안으로 걸음을 옮겼는데, 그때 루드웨어가 그의 앞으로 뛰어나왔다.

"아… 루드웨어님……."

그녀가 사라진 후 바로 나온 것을 보며 자신들의 이야기를 훔쳐 들었다는 것을 알면서도 크게 놀라지 않는 것을 보니 그의 시름이 상당히 깊다는 것을 알 수 있었다.

"무슨 일인지는 모르지만 천하의 진천명이 이런 모습을 보이면 되겠는가."

"후우, 루드웨어님……."

그의 말에 진천명은 한숨을 내쉬었다.

"나에게 자세한 이야기를 해줄 수 없겠는가?"

진천명은 잠시 망설이는 모습을 보이다가 여사랑에 대한 이야기를 그에게 해주었다.

"음… 그러니까 여사랑은 마교 사람이었단 말이지?"

"예. 전 무림맹에서 마교에 보낸 자와 접선을 해 정보를 받아내는 역할을 하고 있었는데, 그때 여 소저를 만나게 된 것이지요."

"음……."

"처음에는 두 사람 다 상대를 죽여야 한다는 생각만이 가득했지만, 루드웨어님과 만난 후로 그녀에 대해서 점점 더 알게 되어 그녀를 사랑하게 되었습니다."

서로 적대시하는 집단임에도 상대를 사랑하게 된 진천명은 그것으로 인해 큰 고민에 빠져 있었다. 하지만 무림맹을 떠나고 그녀 역시 마교를 떠나 산속에서 은거하여 산다면 문제는 없을 것이란 생각에 오늘 그녀에게 자신의 생각을 전한 것인데, 아쉽게도 그녀는 그의 뜻을 듣자 사라져 버린 것이다.

"저희들의 사랑이 이렇듯 약한 것이었다는 생각에……."

진천명은 여사랑 역시 자신을 사랑하고 있기에 자신의 말을 거부하지 않을 것이란 생각을 하고 있었다. 하지만 그녀가 거부하자 크게 실망을 한 것이다.

루드웨어의 생각은 조금 달랐다.

자신이 아는 여사랑은 분명 진천명을 깊이 사랑하고 있으니 떠난 것은 무슨 사연이 있을 것이란 생각을 하며 그에게 자신의 생각을 말해 주었다.

"자네, 그녀의 입장에 대해 생각해 본 적이 있는가?"

"예?"

"생각을 해보게. 마교의 규율은 상당히 엄격하다고 하지 않았던가?"

"예."

"만약 그녀에게 가족이 있고, 그 가족들이 마교에 볼모로 잡혀 있다고 한다면 그녀가 자네를 따르지 못하는 것은 당연한 일이 아닌가."

"아!"

사랑하는 여인이 자신을 떠난다는 생각에 깊이 생각할 겨를이 없었던 진천명은 루드웨어의 말에 크게 깨달았다.

분명 자신이 그런 말을 꺼낸 것은 그녀 역시 자신을 깊이 사랑하고 있다는 것을 확신했기 때문 아닌가?

그녀가 마지막으로 떠날 때 보였던 슬픈 표정은 분명 자신에게서 떠나기 싫은 감정이 복받쳐 올라왔음이라는 생각이 들자 조금 표정이 밝아질 수 있었다. 하지만 마교 교도인 그녀와 정파 무리인 자신은 죽을 때까지 못 만날 수 있다는 생각이 들자 이내 표정이 어두워졌다.

하지만 실연당한 직후 절망에 빠져 있던 것과 비교해 보면 조금 나아진 모습이었기에 루드웨어는 그의 어깨를 쳐주며 말했다.

"그녀와 다시는 못 만날 수도 있다는 생각을 하는 것 같은데 걱정 말게. 자네와 여 소저가 헤어지는 것을 보며 내가 몇 가지 안배를 해두었으니 말일세."

"예?"

루드웨어의 말에 진천명은 크게 놀라는 표정을 지었다. 물론 그가 말한 안배가 무엇인지는 몰랐지만, 그의 능력을 어느 정도 알고 있기에 단순히 자신을 안심시키려 하는 말이 아니라는 것을 알 수 있었다.

"이 일이 끝난 후 마교로 찾아가 교주라는 자와 직접 거래를 해볼까 하는데, 그때 자네 역시 동행시키도록 할 테니 지금은 심형도라는 자를 상대하는 데 전력을 쏟도록 하게나."

"예, 루드웨어님."

삼 일 후 드디어 혈류검과 일행이 회하에 도착하자 청건단의 무사들은 바쁘게 움직이기 시작했다.

"혈류검 일행이 회하 건너편에 도착했다고 합니다."

"청건단의 단원들은 정해진 자리로 가도록 하라!"

"예!"

이미 강 건너의 나루터에선 한 무사가 사공으로 변장을 하여 대기하고 있었고, 그 외의 사공들은 모두 사전에 처리를 한 후인지라 그들이 정해진 장소로 올 것은 확실한 일이었다.

진천명과 루드웨어는 청건단의 무사들이 적을 사방으로 흩어지게 한 후 혈류검을 처리하는 일을 맡은지라 잠시 동안은 할 일이 없어 강 건너편이 보이는 언덕 위에서 멍하니 강을 바라보며 사색에 잠겨 있었다.

진천명이야 이해가 간다지만 루드웨어의 이런 모습은 조금 이상하다 할 수 있었다.

그가 이렇게 사색에 잠기게 된 것은 밤에 꾼 꿈 때문이었다.

"아! 로노와르······."

이계로 넘어온 이후에 루드웨어는 단 한 번도 꿈을 꾼 적이 없었는데, 이상하게 어젯밤 꿈에선 자신과 로노와르가 재미있고 피 터지는 부부 싸움을 하고 있는 것이다.

하지만 그녀와 자신이 만나려면 만리장성보다 더 두터운 차원계의 벽을 건너야 했으니 그로선 이렇게 그녀와 악어를 낚시하던 곳과 비슷한 강을 보며 향수에 젖을 수밖에 없었다.

'악어 통구이··· 정말 맛있었지······.'

잠시 딴 길로 생각이 새고 있는 그때 두 사람이 있는 곳으로 청건단의 무사 한 명이 올라와서는 다급한 목소리로 말했다.

"루드웨어 대협, 진 대협! 준비하십시오. 녀석들이 오고 있습니다!"

"음… 알았다."

루드웨어는 천천히 자리에서 일어나서는 옆에 있던 진천명을 보며 말했다.

"넌 혈류검을 유인해 낸 뒤 내가 뒤쫓고 있는 서장의 여인을 맡아 시간을 끌도록 하여라. 일단은 나중에 무림맹에 눈치 안 보고 정보를 얻으려면 혈류검인가 뭔가 하는 녀석은 반드시 내가 잡아야 할 것 같으니까 말이야."

"예."

대답을 한 진천명은 밑으로 몸을 날렸고, 루드웨어는 무사와 함께 천천히 밑으로 걸음을 옮겼다.

작은 배에 타 강을 건너고 있는 사람들은 바로 로노와르의 일행들이었다.

자신의 남편이 강 건너에서 기다리고 있는지도 모른 채 로노와르는 오늘따라 이상한 기분이 들어 예쁘게 치장을 하고 있었다.

"별일이네요. 면사까지 다 하시고 말이에요."

초희는 아침 일찍 로노와르가 화장하는 것을 보며 뭔가 이상하다는 생각에 물어보았다.

"몰라. 아침에 일어나니까 이상하게 오늘은 꼭 화장을 해야 할 것 같은 느낌이 들더라고. 도연랑에게 잠깐 점을 봐달라고 했더니 운명의 사람을 만날 거라던데?"

"혜… 그래서 화장을 하신 거예요?"

"아무래도 운명의 남자라면 나에겐 한 사람밖에 없으니까. 아! 저

강 건너편에서 그 빌어먹을 자식이 손을 벌리고 있다면 얼마나 기분이 좋을까?'

"다 좋은데 빌어먹을 자식이라뇨?"

"일단 날 혼자 버려두고 도망갔으니 좋은 말을 듣기를 바라면 안 되지."

두 사람은 서로 간에 긴 인연의 실이 있었기에 서로의 가까이로 다가서자 무의식 중에 반응을 하고 있었던 것이다.

한편 초희와 로노와르가 이야기를 나누고 있을 때 도연랑은 무엇인가 이상한 기분이 들기 시작했다.

'음…….'

자신들을 강 건너편으로 나르고 있는 사공은 무공을 익힌 흔적이 없어 보였다. 하나 반박귀진의 경지에까지 오른 정도는 아니었지만 노를 젓는 동작에 절도가 있어 보였다.

'함정인가?'

함정이 아닐까 하는 생각에 안력을 돋운 도연랑은 강 건너편을 살펴보았는데, 아니나 다를까 강 건너 나루터 수풀이 바람의 영향과는 조금 다르게 움직이고 있는 것을 볼 수 있었다.

[조심해라. 아무래도 함정이 있는 것 같다.]

적이 있다는 것을 눈치 챈 도연랑은 다른 이들에게 전음을 날려 주의를 줬다. 나룻배 위에 타고 있던 사람들은 모두 내공을 돋우며 적의 공격에 대비하기 시작했다.

배가 삼 분의 이쯤에 다다르자 사공을 비롯하여 배에 타고 있던 다른 사람들의 움직임 역시 심상치 않게 변하기 시작했다.

"으으…….."

전혀 상관없는 사람도 있었으니, 그 역시 이 심상치 않은 분위기를 느꼈는지 자신의 어린 딸과 함께 부둥켜안고서는 배 구석에서 덜덜 떨고 있었다.

"흑흑흑, 아빠, 넘 무서워요."

"우리 부녀가 이곳에서 목숨이 끊기는가 보구나. 흑흑, 미안하다, 예랑아."

"아빠… 흑흑흑."

예랑이와 아빠의 모습을 보며 잠시 할 말을 잃은 도연랑이었다.

아무튼 손님으로 변장을 해 비밀리에 일을 진행시키는 것처럼 보이기는 하나 겉으로 티를 펄펄 풍기고 있는 무림맹의 청건단 무사들은 마치 짜기라도 한 듯이 사공과 함께 강물로 뛰어들었다. 도연랑은 크게 낭패당했음을 알았다.

"아뿔사! 수공을 전문으로 하는 무사들이었구나!"

수공을 전문으로 하는 이들은 극히 소수에 지나지 않았고, 그 무공마저 체계화되지 않은지라 내공 등은 다른 이들에 비해 극히 떨어질 수밖에 없었다.

그런고로 이들의 태양혈은 그리 두드러지지 않게 보인 것이었다.

"끼야악!!"

예랑이는 아버지와 함께 배 구석에 앉아 있었는데, 배 밑바닥에서 흉측한 송곳이 튀어나오자 비명을 질렀다.

끼이익!

송곳은 곧 이어 옆으로 틀어지며 배에 큰 균열을 만들어갔다. 배 밑바닥에서 강물이 솟구쳐 오르기 시작하자 도연랑은 긴장하지 않을 수 없었다.

물론 전혀 긴장하지 않는 이도 있었으니 그 사람이 바로 로노와르와 묵립이었다.

"수공을 하는 사람이었구나."

로노와르는 갑자기 사람들이 물속으로 뛰어들자 그 상황을 이해하지 못한 채 어리둥절한 표정을 지었고, 도연랑의 수공을 하는 자들이란 말에 하릴없이 이 추운 날에 무슨 수영일까라는 생각을 하며 천천히 배 옆으로 몸을 옮겼다.

"신녀님?"

도연랑은 도대체 그녀가 무슨 일을 하려고 하는 것인가 궁금했다. 수면 위로 가볍게 손바닥을 올려놓은 로노와르는 내공을 돋우어 가볍게 수면을 쳤다.

"합!!"

짧은 기합 소리와 함께 수면을 치자 그 순간 배가 살짝 흔들리는 것을 느낄 수 있었다.

"아!"

잠시 후 사람들은 놀라운 일을 보게 되었다. 로노와르가 천천히 다시 자신이 있던 자리로 돌아올 때쯤 수면으로 많은 수의 건더기(?)들이 떠올랐기 때문이다.

그것들은 강에 사는 물고기들이 대부분이었지만, 간혹 가다가 조금 큰 건더기들도 나타났다. 그들의 귀에선 붉은 피가 흘러내리고 있었다.

"아!"

그제야 로노와르가 했던 일의 진위를 알게 된 도연랑은 탄성밖에 나오지 않았다.

로노와르는 수면 위로 내공을 사용한 일장을 날려 물속에 큰 소리를 전달시켜 밑에서 배 구멍을 뚫고 있는 자들의 고막을 상하게 한 것이다.

무사 십여 명의 몸이 강 위로 떠오르기는 했지만 배에는 그전에 뚫린 구멍으로 물이 솟구치고 있었다. 예랑이 아버지는 일어나서 옷을 벗기 시작했다.

"예랑아! 죽는 한이 있어도 이 아비가 널 구해줄 테니 물속에 빠지거들랑 놀라지 말도록 하거라!"

"흑흑… 아버지는 수영 못하시잖아요!"

"자식을 구하려는 아비에게 세상에 못할 것이 무엇이겠느냐!"

잠깐 감동 깊은 한마디를 내뱉은 예랑이 아버지는 강물로 뛰어들 준비를 하고 있었는데, 그때 묵립이 일어서서는 그의 아랫도리를 잡고 옆쪽으로 집어 던졌다.

"끄억!! 무슨 짓이오!"

예랑이 아빠는 자신을 집어 던진 묵립을 보며 크게 소리 질렀는데, 그런 것에 아랑곳하지 않은 그는 배의 노를 잡고는 젓기 시작했다.

"아!"

그 순간 배는 방금 전과는 달리 엄청난 속도로 나아가기 시작했다. 배에 물이 들어올 틈이 없을 정도의 속도였다.

물론 정말 빠르다고 해도 배에 물이 들어오지 않을 리는 없어 나룻배 바닥은 이제 삼 분의 이가량 가라앉아 사람들은 가장자리에 붙어 발을 들어 올리는 괴상한 모습을 취하고 있었다.

이제 얼마 지나지 않으면 배가 완전히 가라앉을 것 같았는데, 그것을 보며 천천히 노를 놓은 묵립은 예랑이 아빠의 허리를 잡고서 어깨

위로 들어 올렸다.

"뛰자."

"좋은 생각이군."

묵립의 말에 고개를 끄덕인 로노와르는 예랑이에게 등을 보이며 말했다.

"업혀라."

"언니, 넘 예뻐요."

"……."

예랑이의 말에 품에서 선물까지 꺼내 준 로노와르는 멀리 보이는 강변을 한번 바라보더니 발을 박차고 허공으로 뛰어올랐다.

"하압!!"

"꺅!!"

풍덩! 풍덩!

하지만 로노와르는 잠시 후 나머지 사람들의 비명을 들어야 했다. 그녀가 서 있던 곳은 배의 오른쪽 가장자리, 그곳을 박차고 뛰어오르자 배가 뒤집히면서 사람들이 모두 강물로 빠져 버리고 만 것이다.

"……."

강물 위를 날고 있던 로노와르는 이 사태에 한숨을 내쉴 수밖에 없었다.

물론 각자의 능력이 출중한 만큼 별문제는 없었지만, 문제는 예랑이 아빠였던 것이다.

예랑이의 말대로 전혀 수영을 하지 못해 물에 빠진 후 묵립까지 물귀신으로 만들기 위해 발버둥 치다가 내력이 실린 장에 턱을 얻어맞고는 그대로 혼절한 채 끌려 나왔다. 그러는 동안 꽤 많은 물을 먹었는지 정신을 못 차리고 있었다.

"아빠! 흑흑……."

예랑이는 정신을 차리지 못하고 있는 아빠의 몸을 잡고 통곡했다. 누가 보면 영락없이 예랑이 아빠가 죽었다고 생각할 것이다.

물론 그는 멍든 턱을 제외하고는 모두 말짱한 상태였다. 예랑이의 통곡에 한숨을 쉬던 도연랑이 천천히 팔꿈치를 눌러 자극을 주자 그는 비명을 지르며 벌떡 일어섰다.

"끄아악!"

"아빠!"

아버지가 일어나자 예랑이는 감격의 눈물을 흘리며 그에게 안기니 참으로 눈물나는 부녀의 상봉이라 할 수 있었다.

"예랑아, 그동안 고생 많았구나. 귀여운 내 새끼!"

"아빠!"

예랑이와 혼절한 그가 못 만난 시간은 한 식경도 넘지 못하는 짧은 시간이었기에 곁에서 보고 있던 사람들은 자신도 모르게 고개를 내젓고 말았다.

극성스러운 아빠가 있는 예랑이가 시집이나 제대로 갈 수 있을지 걱정이 되는 로노와르였다.

마법을 응용하여 뜨끈한 바람을 만들어 사람들의 옷을 말려준 로노와르는 한참을 그렇게 시간을 때우다 무엇인가 잊었다는 생각이 들었다.

"도연랑, 아까 뭐라고 나한테 말하지 않았니?"

"아! 강 건너에 정체 모를 무사들이 함정을 파놓고 있었는데."

"응?"

그 말에 강 건너편을 살펴본 로노와르였지만, 그녀가 말한 사람들은 보이지 않았다.

"강 건너엔 아무도 없는데?"

"…신녀님… 강 건너왔어요."

잠시 얼빠진 모습을 보였던 로노와르는 흔들리는 신형을 바로잡고 뒤로 돌아서서 여기저기를 살펴봤다. 아니나 다를까 꽤 많은 사람들이 숲에 숨어 포진하고 있는 것을 볼 수 있었다.

"음… 있긴 있구나. 그나저나 저 사람들은 지금 뭐 하고 있는 거지? 강 건너온 지도 반 시진이 넘어가는데 가만히 숨어 있기만 하잖아?"

"그것이 저도 그 이유를 모르겠네요."

로노와르 일행은 그 이유를 알지 못하고 어벙한 모습을 취하고 있었다.

한편 로노와르를 기다리고 있던 청건단의 무사들에게도 한 가지 사연이 있었다. 바로 계획이 생각대로 진행되지 않자 명령 체계에 큰 문제가 생긴 것이다.

로노와르 일행이 그 자리에서 옷을 말리며 움직이지 않자 청건단의 무사들은 어떻게 해야 할지 모르고 그 자리에서 대기할 수밖에 없었다.

"젠장할! 단주님께 연락은 없나?"

"아직입니다."

"대장! 지금이라도 저 녀석들을 공격하는 것이 어떻겠습니까?"

"멍청한 녀석. 혈류검을 상대로 계획없는 공격이 먹혀 들어갈 것이라 생각하느냐. 전부 다 몰살당하지 않으면 다행일 것이다."

그동안 혈류검 심형도를 상대로 많은 실패를 거듭한 무림맹의 무사들은 계획에 차질이 생기자 안절부절못하고 있었으니 이 멍청한 사태는 혈류검의 명성도 한몫했다고 할 수 있었다.

하지만 이렇게 계속 지켜볼 수만은 없는지라 단주를 비롯한 청건단 수뇌부들은 급히 다른 계획을 짜느라 분주하게 움직였다.

"휴~"

진천명은 이들의 모습을 보며 한숨밖에 나오지 않았지만 일단은 조금 기다려 줄 수밖에 없었다.

얼마 지나지 않아 계획이 짜여졌다. 무사들은 드디어 계획을 실행하기 시작했다. 물론 그 계획이 모두 완성되기까지는 다시 반 시진이 흐른 후였고, 로노와르 일행은 유유하게 청건단의 매복을 벗어나 길을 가고 있었지만.

숲에 몸을 숨기며 계속 자신들을 따라오고 있는 무사들 때문에 신경이 쓰이기는 했지만 귀찮은 일이 발생하는 게 싫은지라 로노와르는 그들을 끌고 계속 길을 갈 뿐이었다.

"그냥 남아 있다가 출발하면 안전하게 갈 수 있을 텐데 왜 자꾸 우리를 따라오는 거예요?"

초희는 예랑이 부녀가 동행을 하자 위험하기에 떨어지게 하려고 했지만 예랑이 아빠는 요지부동이었다.

"아이고, 살려주십시오. 무사님들이 간 다음에 저들이 습격을 하면 저 같은 놈이 어찌 살아남겠습니까. 물론 제가 죽는 것은 별문제가 없으나… 우리 예랑이가… 흑흑흑… 예랑아."

"아빠!"

또다시 자기 감정에 빠져 눈물을 흘리며 예랑이 아빠는 아이를 부둥켜안고 통곡을 하니 다시 시작된 부녀의 눈물나는 장면이었다.

"이젠 지겹다……."

초희는 이제 두 사람을 완전히 포기하였다. 그러자 누구도 예랑이 부녀가 동행하는 것을 막을 수 없었다.

그녀가 포기하자 예랑이 아빠의 눈에선 빛이 일기 시작했다.

그의 입가에선 야릇한 미소가 흘러나왔다. 과연 예랑이 아빠가 노리는 것은 무엇이란 말인가.

한참을 그렇게 가고 있을 때 한 남자가 그들의 앞을 가로막았다. 바로 진천명이었다.

단주의 명령에 따라 진천명은 계획의 서장을 담당하게 되었다. 두 자루의 검을 꼬나 쥔 그는 그녀들이 시야에 들어오자 천천히 고개를 들고서 말했다.

"멈추시오!"

로노와르 일행은 진천명의 몸에서 범상치 않은 기운이 느껴지자 걸음을 멈출 수밖에 없었다.

도연랑은 지금까지 상대했던 무사들과는 무엇인가 다른 느낌의 진천명을 보며 긴장하지 않을 수 없었는데, 그때 초희가 앞으로 나와서 손가락을 쳐들며 소리쳤다.

"당신은 누군데 우리의 앞길을 막는 거지요?"

"본인은 무림맹 청건단에 속해 있는 진천명이라 하오. 당신들 중에 무림맹에서 지명 수배를 한 혈류검이란 자가 있다 들었소이다."

진천명의 말에 초희는 자신도 모르게 뒤에 서 있던 묵립을 쳐다보았는데, 그는 아무런 움직임도 보이지 않고 있었다.

"혈류검 심형도! 언제까지 여인들의 뒤에 숨어 있을 텐가!"

진천명은 묵립에게 검을 가리키며 날카롭게 소리 질렀는데, 그때 예랑이가 갑자기 울음을 터뜨리기 시작했다.

"으아아앙!!"

"예랑아! 왜 그러느냐?!"

"흑흑… 아빠, 저 사람 너무 무서워요."

"으드득. 무림맹의 무사가 어린아이를 핍박하다니, 그러고도 네가 정파의 무사란 말이냐!"

"……"

예랑이 아빠는 딸을 울린 진천명을 보며 이를 갈며 소리쳤다. 멋들어지게 폼을 잡았던 진천명으로선 당황하지 않을 수 없었다.

"정말 수준 낮은 남자네. 꼬마를 울리다니 말이야."

"저러고도 정파의 무사라고 폼 잡기는. 흥!"

홍련칠화가 예랑이를 울린 진천명을 흉보며 소곤거리니 진천명은 창피함에 얼굴이 붉어질 수밖에 없었다.

하지만 이렇게 물러설 수는 없는 일. 내공을 돋우어서 묵립을 향해 빠른 속도로 공격해 들어갔다.

"흥!"

하지만 그를 지키는 여인이 있었으니 바로 안초희였다.

진천명이 쌍검을 들어서 공격해 오자 허리에서 검을 뽑아 든 초희는 화무십이검을 사용하여 반격했다.

두 사람 사이에는 검이 맞부딪치며 불똥이 튀기 시작했다.

하지만 공청석유로 밥 말아 먹은 진천명은 내공에서나 초식에서 안

초희를 크게 압도하고 있어 단 삼 합 만에 초희는 검을 떨어뜨리며 쓰러지고 말았다.

"아!"

로노와르에게 개정대법을 받은 후 내공이 급성장하여 각자의 무공이 고수의 수준에 달해 있다고 자신하던 그녀들이었는데, 초희가 단 삼 합 만에 나가떨어지자 크게 놀라지 않을 수 없었다.

물론 초희의 검법이 여섯 사람 중에서 가장 떨어지기는 했지만 결코 삼 합 만에 나가떨어질 정도의 실력은 아니었다.

"우습군. 혈류검이란 명성을 지닌 자가 여자를 앞세우다니 말이야."

묵립은 초희가 바닥에 쓰러지자 흠칫하는 모습을 취했는데, 이어 도발 어린 발언이 나오자 더 이상 참지 못하고 천천히 앞으로 나갔다. 그때 쌍검무랑 당매가 그를 막으며 나섰다.

"쌍검을 사용하는 사람이라면 제가 한번 겨루어보고 싶군요."

"……."

그녀의 단호한 눈빛에 묵립은 다시 뒤로 물러섰고 당매는 등 뒤에 있는 쌍검을 뽑아 들어 곡풍부영의 경공술을 사용해서는 몸을 날렸다.

진천명은 혈류검의 앞을 가로막으며 나선 여인이 자신과 같이 쌍검을 쓰는 것을 보자 조금 재밌겠다는 생각을 하며 천천히 왼발을 앞으로 내밀었다.

왼발이 땅에서 떨어지는 순간 발 밑에서 큰 바람이 형성되며 일대를 크게 어지럽히니 당매는 크게 놀라지 않을 수 없었다.

"신풍영각공(神風靈脚功)!"

신풍영각공은 진천명이 사문에서 배운 각공의 하나였다.

물론 삼류각법에 지나지 않기는 했지만 내공이 크게 진척이 되면서 상승무공에도 뒤지지 않는 위력을 만들어냈다. 가볍게 발을 내민 것만으로도 수십 개의 각영이 쏘아져 나가 하늘로 치솟아오른 당매를 압박해 들어갔다.

공격이 사방에서 몰아치자 당매는 크게 놀라서는 천근추를 사용하여 밑으로 몸을 떨어뜨렸다. 머리 위로 각풍이 충돌하면서 큰 소리와 함께 돌풍이 형성되기 시작했다.

"머리 위로 누가 올라서는 것이 싫어서 잠시 실례했소이다."

"음⋯⋯."

천근추로 땅으로 내려섰을 때 큰 기회가 있었음에도 불구하고 진천명이란 사내가 공략하지 않자 당매로선 조금 자존심이 상할 수밖에 없었다.

"하압!"

진천명에게 한 수 밀린 당매는 로노와르가 자신에게만 가르쳐 준 비전절기인 비학쌍검무(飛鶴雙劍舞)의 선봉승학(仙峯乘鶴) 초식을 사용해서 빠른 속도로 공격해 들어갔다.

두 개의 검으로 솟아오르듯 공격하는 선봉승학 초식을 사용하자 진천명은 아래에서 강한 기운으로 처올라오는 당매의 검을 막아서며 천천히 뒤로 물러섰다.

물론 그가 뒤로 물러서는 것은 힘이나 초식에서 밀리는 것이 아니었다.

장난처럼 두 개의 검을 휘두르며 상대를 농락하는 그런 모습인지라 당매로선 시간이 지나면 지날수록 노기가 치솟아오를 수밖에 없었는데, 뒤에 서 있던 소심랑이 더 이상 참지 못하고 앞으로 나와서는 그를 향해 부채를 내던졌다.

"이제야 조금 싸울 만하군."

소심랑이 당매를 도와 앞으로 나서자 미소를 지으며 말한 진천명은 그녀가 던진 부채를 가볍게 튕겨내고는 당매를 향해 쌍검을 찔러갔다.

"진쇄부동(進鎖不動)!"

그녀의 검과 맞부딪친 진천명은 흡기를 사용하여 그녀의 검을 움직이지 못하게 한 후 자세를 옆으로 돌리고는 오른발을 들어 그녀의 몸을 향해 내질렀다.

"탈혼귀각공(奪魂鬼脚功)!"

단 한 번의 발길질에 지나지 않았지만 엄청난 기운이 밀려오자 당매로선 크게 놀라지 않을 수 없었다.

검이 잡혀 있었기에 치욕스럽지만 자신의 검을 포기할 수밖에 없었던 당매는 손을 놓고 그대로 몸을 뒤로 날려 탈혼귀각공을 피할 수 있었다.

"아름다운 낭자께서 저에게 검을 다 선물해 주시다니 감격스럽군요."

"언제까지 그 더러운 입을 조잘거릴 수 있나 보자!"

그가 당매를 우습게 보는 발언을 하자 더 이상 참지 못한 천영살대 유란이 일갈을 하고는 앞으로 나와 그의 다리를 향해 요대를 뿌리니 그는 급히 뒤로 공중제비를 돌며 몸을 날렸다.

"쌍선암쇄(雙扇巖碎)!"

그가 공중제비로 몸을 피하자 소심랑은 그대로 자신의 부채를 던져 진천명을 공격했는데, 놀랍게도 그는 공중에서 몸을 거꾸로 세운 채 두 발로 각공을 사용해 그녀의 부채를 땅으로 떨어뜨렸다.

"유혼탈각공(遊魂奪脚功)!"

진천명은 다시 신형을 유려하게 움직여 땅으로 착지해서 당매에게 뺏은 검을 앞으로 떨어뜨렸다.

"추혼탄각공(追魂彈脚功)!"

두 개의 검 손잡이를 진천명이 추혼탄각공을 사용해 발로 차버리니 검은 귀를 째는 듯한 파공음을 내며 소심랑과 유란을 향해 빠른 속도로 날아갔다.

"큭!!"

"꺄악!!"

소심랑은 간신히 부채를 사용하여 검을 위로 쳐내며 피할 수 있었지만 신형을 유지하지 못해 그대로 뒤로 넘어졌고, 유란은 급히 검을 피하다 어깨에 상처를 입고 말았다.

이렇게 해서 홍련칠화 중 세 사람은 진천명을 상대로 싸우다 크게 낭패를 당하며 물러서고 말았다.

동료를 상처 입힌 자신의 검을 든 당매는 원통함에 입술을 깨물었다.

로노와르로선 상대가 생각보다 강한 것을 보며 어쩔 수 없이 자신이 나서야겠다는 생각을 했는데, 그때 묵립이 고개를 내저으며 앞으로 나섰다.

묵립이 앞으로 나서자 진천명은 미소를 지으며 말했다.

"드디어 나오셨군요."

진천명의 말에 묵립은 아무 말도 없이 천천히 품에 안고 있던 동영도를 뽑아 들었는데, 푸르스름한 기운이 흐르고 있는 것으로 보아 상당한 명검이라는 것을 알 수 있었다.

진천명은 그의 일본도를 보면서 크게 감탄하는 표정을 지으며 말했다.

"그 검이 수백 명이 넘는 사람을 죽인 혈류검이란 것이군요. 과연 대단한 명검입니다."

묵립은 두 손으로 검을 움켜쥐고는 빠른 속도로 앞으로 뛰어나왔다. 엄청난 속도 때문에 진천명으로선 그의 발자국 소리밖에 들을 수 없었다.

"핫!!"

신형이 보이지 않을 속도로 묵립이 앞으로 쇄도해 들어오자 당혹감을 느낀 진천명은 급히 발을 박차고 공중으로 몸을 뛰어서는 아래를 향해 무작위로 각풍을 날리기 시작했다.

"신풍영각공!!"

각풍이 터져 나오자 일대는 그 영향으로 흙먼지가 가득했다. 진천명은 그 모습을 보며 미소를 짓고는 소리쳤다.

"거기였군요!"

각풍에 의해 먼지가 날리면서 묵립의 움직임이 드러났던 것이다.

일단 눈에 보이지 않았던 그의 신형이 드러나자 진천명은 땅으로 하강해서는 두 개의 검을 휘둘렀다.

"태극환원무(太極還元舞)!"

혈류검이 만만치 않은 상대라는 것을 안 진천명은 드디어 자신이 가지고 있는 최고의 무공을 시전하기 시작했다.

루드웨어에게 받은 검술인 태극검무 중 태극환원무의 초식이 펼쳐지자 일대의 흙먼지는 검기에 의해 회오리치듯 움직여 원형의 모습이 되어 그대로 발출되었다.

"하압!!"

자신의 정면으로 원형의 기운이 밀려오자 묵립이 앞발을 내디디며 가볍게 휘두른 검에서 검기가 형성되어 기운을 양단시키며 진천명을 향해 빠른 속도로 날아갔다.

"태극천원무(太極天圓舞)!"

검기가 심상치 않다는 것을 깨달은 진천명은 방어 초식인 태극천원무를 사용하여 앞으로 날아오는 검기를 막았다. 검기는 원형의 기에 튕겨 옆으로 날아가 일대의 나무들을 쓰러뜨렸다.

"휴~ 굉장한 검기로군요!"

진천명은 간신히 검기를 튕겨내고는 숨을 몰아쉬었다.

'이제부터 시작해 볼까.'

자신이 할 일은 혈류검을 쓰러뜨리는 것도 아닌 데다가 지금의 상태로는 계속 밀리기만 할 뿐이라는 것을 알고 있는 진천명은 계획대로 움직일 때가 되었다는 것을 깨닫고는 두 개의 검을 상과 하로 내리며 자세를 잡고 미소를 지으며 말했다.

"아무래도 최고의 초식을 사용해야 할 것 같군요."

"……."

진천명의 말에 묵립이 다시 검을 바로 잡으며 자세를 잡자 두 사람의 사이에서 강한 기운이 몰아치며 일대를 어지럽게 흘러다녔다.

긴장되는 순간 먼저 움직인 사람은 묵립이었다.

천천히 오른발을 앞으로 내민 그는 삿갓을 쓴 고개를 들어서는 진천명을 노려보았다. 진천명으로선 조금 무서울 수밖에 없었다.

'귀신같은 눈이군. 우왓!'

눈을 보며 딴생각을 하던 진천명은 갑자기 묵립이 빠른 속도로 쇄도해 오자 놀라서 두 개의 검을 휘저으며 뒤로 몸을 날렸다.

진천명이 쌍검을 휘젓자 검기가 형성되며 일대를 크게 어지럽혔지만 묵립은 아무렇지도 않은 듯 발을 박차고 몸을 날려 일도에 그를 베어낼 기세로 밀려왔다.

"차압!"

진천명은 반격할 생각이 없는지 검기의 범위에서 벗어나기만 하고 있었는지라 묵립은 함정이라 생각하고 뒤로 물러서려 했는데, 그의 물러섬을 보며 가만히 있을 진천명이 아니었다.

"태극혼원무(太極混元舞)!"

그가 검을 휘두르자 사방에서 어지럽게 검기가 곡선을 그리며 몰아치니 검기를 막기에는 수가 많다는 것을 깨달은 묵립은 몸을 앞으로 날려 자신의 검기를 날렸다.

묵립의 검기는 모든 것을 잘라 버릴 기세로 밀어닥치는지라 진천명으로선 막기도 버거웠기에 몸을 피하기에만 급급할 뿐이었다.

한참을 그런 식으로 빠져나가니 로노와르 일행에서 멀어진 묵립이었는데, 그때 자신의 머리 위에서 이상한 기운이 느낄 수 있었다.

"헉!"

"오래 기다렸잖아!"

머리 위에서 갑작스럽게 나타난 초록색 머리의 이방인은 그의 뒷덜미를 잡더니 땅으로 내팽겨쳤고, 묵립은 땅으로 곤두박질쳐서는 자빠지고 말았다.

하지만 그 역시 이름난 무사.

급히 쓰러졌던 몸을 옆으로 회전시켜 벌떡 일어나 방어 자세를 취했다.

"헉헉……."

짧은 시간의 충돌이었음에도 상당한 내력을 소모하게 되었으니 그만큼 상대의 무공이 상당하다는 것을 의미하고 있었다.

"윽……."

묵립은 자신의 눈앞에 나타난 이방인의 얼굴을 노려보았는데, 그 순간 머리가 깨지는 듯한 통증을 느끼며 신음을 내질렀다.

"응?"

별 짓 하지도 않았는데 상대가 크게 다친 모습을 취하자 루드웨어로선 조금 이상하게 생각되었다.

'내가 그렇게 세게 내려쳤나?'

하지만 이곳에 있는 무공의 달인들이 그 정도 내려친 것으로 큰 부상을 입을 수준은 아니라는 것을 알고 있는 루드웨어는 그가 다른 부상을 입었다고 생각할 수밖에 없었다.

"쳇! 어쩔 수 없군. 리커버리!"

부상당한 상대와 싸우는 것은 재미가 없다고 생각한 루드웨어는 그대로 그의 몸에 치료 마법을 날렸다. 푸른색의 빛에 싸인 묵립은 당황한 표정을 지었다.

하지만 얼마 후 자신의 몸이 이상하게도 가뿐하게 변했다는 것을 깨달은 그는 초록색 머리의 남자가 자신에게 한 것이 치료였다는 것을 알고 놀라지 않을 수 없었다.

"무슨 짓인가."

"난 멀쩡한 녀석을 상대하고 싶지 다 죽어가는 병자를 상대하고 싶은 생각은 없다고."

"크윽……!"

묵립은 루드웨어의 말을 들을 때마다 머리 속의 두통이 더욱 심해져 가고 있었기에 정신을 차릴 수가 없었고, 그 모습에 한숨을 내쉰 루드웨어는 그에게 천천히 다가갔다.

"헉!"

고통에 정신을 못 차리고 있다가 간신히 고개를 든 묵립은 이방인이 자신의 눈앞으로 다가와 있자 크게 놀랄 수밖에 없었다. 재빠르게 그의 손을 잡아 검을 빼지 못하게 한 루드웨어는 미소를 지으며 말했다.

"재미있는 녀석이로군."

루드웨어로서도 이상하게 혈류검이라는 자가 친숙하게 느껴지고 있었기에 두통을 치유해 주려는 생각에 천천히 그의 삿갓을 벗겼다.

"헉!"

그의 삿갓을 벗긴 순간 루드웨어는 크게 놀랐다. 진면목이 드러난 그의 얼굴이 낯설지 않았기 때문이다.

"서, 설마 유, 유리마!"

유리마가 이곳에 살고 있다는 것은 알고 있었지만 설마 이렇게 만나게 될 것이라곤 전혀 생각지 못했던 루드웨어는 크게 놀라지 않을 수 없었다.

"유리마, 오랜만이다!!"

하지만 그런 충격도 잠시, 루드웨어는 오랜 시간 동안 만나지 못했던 친구를 만나게 되니 반가움을 참지 못하고 덥석 끌어안아 버렸고, 묵립으로선 그의 행동에 당황할 수밖에 없었다.

"무슨 짓이냐!"

크게 놀란 그는 루드웨어를 밀쳐 떨어지려 했지만, 끈질긴 그가 그 정도에 반가운 친구의 품에서 떨어질 리는 없었으니 한참을 그렇게 있던 묵립은 어쩔 수 없이 포기할 수밖에 없었다.

"휴……."

한숨을 쉬며 루드웨어란 자의 얼굴을 바라보는 묵립이었는데, 이상하게 그의 뻔뻔스러운 얼굴에선 친근감이 흘러나오고 있었다.

몸을 떼는 것을 포기한 묵립은 자신의 가슴에 붙어 있는 녀석을 그대로 두고 일행들을 향해 갔는데, 한참을 걸어갔을 때 큰 폭발음과 함께 일대에서 뜨거운 열풍이 휘몰아치기 시작했다.

"응?"

엄청난 기의 폭풍우에 매달려 있던 루드웨어나 묵립 역시 크게 놀라지 않을 수 없었다. 열풍과 함께 쓰레기 같은 것이 하나 날아와서는 쿵 하는 소리와 함께 그들의 앞으로 떨어져 내렸다.

"진천명?"

루드웨어는 그 쓰레기가 진천명이란 것을 알고는 크게 놀라지 않을 수 없었다.

"루, 루드웨어님……."

너덜너덜한 옷에다 온몸에 큰 부상을 당한 그는 루드웨어의 얼굴을 보고는 간신히 손을 내밀고 무엇인가를 말하려 하고 있었다.

"리커버리."

루드웨어는 유리마의 몸에 매달린 채 한쪽 손을 들어 진천명의 몸에 리커버리의 마법을 사용했다. 그의 몸은 푸른색의 빛에 감싸지면서 서서히 상처가 치료되기 시작했다.

"아!"

몸의 상처가 완전히 치료되자 진천명은 놀란 얼굴로 자리에 일어섰다. 루드웨어는 그를 보며 이유를 물었다.

"그런데 무슨 일이야? 네 녀석이 거지 꼴이 되어서 날려오다니 말이야."

"큭! 루드웨어님의 말씀대로 무후란 여자의 진로를 막으려 했는데… 단 일 초에 당하고 말았습니다."

"일 초?"

"예."

진천명의 말에 루드웨어로선 무후란 여자를 다시 생각할 수밖에 없었다.

자신의 예상대로라면 레리스는 분명 현혹술만 조심한다면 진천명이 잠시간은 막을 수 있다고 생각했는데, 예상외로 무공 면에서도 상당한 능력을 가지고 있었기 때문이다.

"유리마, 어쩔 수 없다. 아무래도 내가 상대해야겠어."

"그런데……?"

"뭐 해? 빨리 가지 않고?"

"……."

절대로 떨어지지 않으려 하는 루드웨어 말에 묵립으로선 무어라 말을 할 수가 없었다.

어쩔 수 없이 묵립은 매달린 루드웨어와 함께 로노와르 일행이 있는 곳으로 계속 발걸음을 옮겨 나갔고, 얼마 지나지 않아 사방의 숲이 시꺼먼 재가 되어버린 곳에서 여인들의 모습을 확인할 수가 있었다.

"묵립!! …끼야악!!"

초희는 숲에서 묵립의 모습이 나타나자 반가운 얼굴로 그의 이름을 소리쳤는데, 엉뚱하게도 그의 몸에 이상한 남자가 붙어 있자 비명을 지를 수밖에 없었다.

다른 여인들도 묵립에게 이상한 남자가 붙어 있자 이상하게 생각할 수밖에 없었다.

"저 여인들인가?"

루드웨어는 묵립의 몸에 붙어 있는 모습 그대로 로노와르 일행을 쳐다보았는데, 그 순간 엄청난 기운의 힘이 피부로 느껴져 왔다.

"헉!"

그는 이 기운을 몇백 년 동안 몸에 달고 살았다 해도 과언이 아닌지라 크게 경악할 수밖에 없었다. 일곱 개의 기운이 느껴지는 주인공은 로노와르밖에 없었기 때문이다.

"로, 로노와르?!"

"이 빌어먹을 자식이… 나를 버리고 왜 이세계로 왔는가 했더니… 남자에 맛을 들였단 말이야!"

"응?"

"이러니 해츨링이고 뭐고 태어날 생각을 안 하는 거지! 어디 오늘 내 손에 죽어봐라, 이 파렴치한 놈아!"

"……."

그제야 루드웨어는 유리마의 몸에 철썩 들러붙어 있는 폼이 조금 보기 안 좋다는 것을 알고는 떨어졌다.

"하하하. 로노와르, 그건 오해야, 오해."

"죽어라!!"

하지만 그의 말을 들을 생각도 하지 않고 로노와르는 엄청난 장풍을 내뿜으니 이것이 바로 회하대전의 서막이었다.

"끼야악!!"

자신이 원래 살던 세계라면 모를까 지금은 불사의 몸이 사라진 후였다. 그 정도의 장풍을 아무런 여과 없이 맞는다면 살아남기란 불가능하다는 것을 아는 루드웨어는 급히 몸을 날려 장풍을 피했는데, 그것이 로노와르의 분노를 더욱 끌어올리게 될 것은 생각지도 못한 일이었다.

"이 자식이 이제……! 좋다! 오늘 둘 중의 하나는 죽어보자!"

보통 두 사람이 부부 싸움을 하게 되면 일방적으로 얻어터지는 쪽은 역시나 루드웨어였다.

물론 반격이 불가능한 것은 아니지만 어차피 불사의 몸이었기에 죽을 걱정이 없었던지라 한두 대 크게 얻어터진 후에 간단하게 부부 싸움을 끝내는 쪽이 서로에게 더 편했기 때문이다.

하지만 이세계에선 불사의 몸이 아닌 고로 죽기 싫으면 피해야 했으니 로노와르가 생각하기엔 이제 더 이상 부부로서 관용을 베풀어주지 않겠다는 뜻으로밖에 생각할 수 없었던 것이다.

"끄아악!!"

로노와르의 엄청난 공격이 일대를 작렬하기 시작하자 사방은 순식간에 불바다로 변해 버렸고, 이곳에서 두 사람의 싸움을 지켜보던 청건단의 무사들이나 홍련칠화는 이 소동을 피하기 위해 사방으로 도망칠 수밖에 없었다.

"도 언니! 어떻게 하면 좋아요!"

"신녀님이 스스로 안정되기 전까지는 아무래도 몸을 피해야 할 것 같구나."

도연랑으로서도 이 상황에선 도저히 방법을 찾을 수가 없었다.

한편 로노와르는 미친 듯이 화염계 마법을 사용해서는 그를 몰아붙이고 있었다.

불사의 몸이 사라짐과 동시에 어느 정도 능력이 향상되기는 했지만 지금 싸움에서 자신이 반격을 한다면 로노와르의 분노가 더 커질 것이라는 것을 알고 있었기 때문에 루드웨어는 차마 반격은 못하고 도망쳐 다닐 뿐이었다.

"헉헉… 로노와르, 제발 내 말 좀 들어보라니까!!"

"문답무용!"

역시 중원에서 한참을 살다 보니 저런 사자성어도 로노와르가 다 아는구나 생각한 루드웨어는 사자성어의 뜻이 지금 상황에서 좋을 리는 없는지라 몸을 피하면서 대책을 생각할 수밖에 없었다.

"백보신권!"

로노와르는 마법으론 재빠른 루드웨어를 효과적으로 공격할 수 없다는 것을 알고는 급히 방향을 선회하여 특기인 소림사의 무공 백보신권의 강맹한 권격을 날렸다.

"헉!"

소림사 백보신권의 위력은 루드웨어 역시 잘 알고 있었는데, 그가 신의 세계에서 무당의 무공을 집중적으로 배웠다고는 하지만 소림사의 무공 역시 어느 정도 견식해 본 탓이었다.

"태극권!!"

소림사의 무공이 외가기공을 중심으로 하여 강맹하다고 한나빈 무당파는 내가기공을 중심으로 유한 무공이었기에 태극권을 사용하여 백보신권의 권격을 가볍게 돌린 루드웨어는 조금씩 로노와르를 향해 접근해 가기 시작했다.

"홍! 대력금강장!!"

그가 접근해 오자 로노와르는 대력금강장을 사용하여 공격해 가니 정신을 차릴 수가 없는 그였다.

"로노와르, 제발 내 말 좀 들어달라니까!"

"흥! 파렴치한 놈!!"

"에잇!"

더 이상 버티기 힘든 루드웨어는 최후의 방법을 사용할 수밖에 없었다. 대력금강장을 휘두르는 로노와르에게 다가간 그는 잽싸게 그녀의 몸에 달라붙어서 은근슬쩍 손을 옷 속으로 집어넣고 그녀의 가장 중요한 부분에 손을 가져가기 시작했다.

"까아악!!"

루드웨어가 자신의 품으로 손을 집어넣자 크게 당황한 로노와르였다. 부부 사이에 손이 조금 오고 가는 것이 뭐가 문제겠느냐마는 그가 손을 가져간 부분은 그녀의 가장 큰 약점이라고도 할 수 있는 용린이었던 것이다.

이 세계의 용이나 저쪽 세계의 용이나 다 같이 하나의 약점이 있었는데, 그것이 바로 용린이었다.

드래곤 하트와 연결되어 있는 비늘이었기에 그곳을 검으로 찔린다면 맥도 못 추고 죽을 수밖에 없는 것이 드래곤이었는데, 용마다 용린의 위치가 천차만별이었기에 그것을 가르쳐 주는 일은 극히 드물었다.

하지만 두 사람은 부부 사이인지라 로노와르의 용린이 있는 곳을 알고 있었던 것이다.

"끼하하하하!"

루드웨어는 부드러운 마나를 사용하여 용린에 간지럼을 태웠다. 이에 버티지 못한 그녀는 참을 수 없는지 웃음을 터뜨리기 시작했다.

용들의 이 용린은 인간으로 치면 발바닥의 용천혈과 같기 때문에 도저히 견딜 수가 없었던 것이다.

"끼하하하! 당장 멈추지 못해! 끼하하하!"

눈물이 범벅인 채로 로노와르가 소리를 치고 있었지만 루드웨어는 살자면 어쩔 수 없는지라 이것을 멈출 수가 없었다.

하지만 계속 그 자세를 유지할 수도 없는 일, 계속했다간 역시나 허파에 바람이 빠져 죽을지도 모른다고 생각했기 때문이다.

물론 정말 웃음소리로 허파에 바람이 빠질지는 모를 일이지만, 만약의 경우도 있고 하니 천천히 부드러운 마나를 멈춘 후 루드웨어는 마법을 사용했다.

"카오스 서클!"

루드웨어의 카오스 서클 마법이 시전되자 일대는 어둠의 영역으로 뒤덮이더니 영역에 닿는 식물들은 생기를 빼앗겨 시들어가고 있었다.

암흑 마법 계열의 카오스 서클은 영역 안의 존재하는 모든 것의 생기를 빨아들여 버리는 엄청난 위력을 가지고 있었기 때문이다.

하지만 다원소 드래곤인 로노와르는 어둠의 영역에 속하는 마나 역시 가지고 있었고, 루드웨어 역시 시전자이니만큼 어둠의 마나를 소지하고 있었으므로 두 사람에게는 아무런 피해도 없는 그런 영역이라 할 수 있었다.

서서히 어둠 속으로 갇혀가는 두 사람은 근처에서 그 싸움을 구경하는 이의 눈에서 완전히 사라졌는데, 얼마 후 큰 괴성이 어둠 속에서 밀려오기 시작했다.

[크아아오!!]

[카오!!]

이 엄청난 괴성은 도저히 사람의 것이라고 믿을 수 없을 정도로 거대해 도연랑을 비롯한 이들은 모두 공포에 떨 수밖에 없었다. 단 한 사람 초희만큼은 이 기회를 놓치지 않고 묵립의 품으로 안겨드니 고마운 괴성이라 할 수 있었다.

엄청난 괴성이 한 시진 정도 이어진 후 천천히 어둠의 영역 일대 일 킬로미터 공간의 모든 식물들은 생기가 빨려 말라 죽거나 불에 탄 현장에서 두 사람의 모습이 드러났다.

그들의 모습은 전과는 전혀 다른 모습이었으니 멋들어지게 곰방대를 들고 담배를 피우는 루드웨어의 옆에 다소곳한 자세로 로노와르가 재떨이를 받치며 앉아 있는 모습이었다.

"응?"

사람들은 이 모습에 크게 놀라지 않을 수 없었다. 하지만 일단은 일이 조용하게 끝났다는 생각에 천천히 그들의 곁으로 접근해 가기 시작했다.

진천명은 천천히 루드웨어에게 다가가서는 조심스럽게 물었다.

"루드웨어님, 어떻게 되신 일입니까?"

"응? 하하하, 별것 아니야. 아, 자네에게 소개하지. 내 옆에 있는 아름다운 여인이 바로 나의 아내일세."

"예?"

그 말에 진천명은 놀라지 않을 수 없었다. 엄청난 힘을 가지고 있는 루드웨어의 아내라는 로노와르의 힘을 자신 역시 직접 체험해 봤기 때문이다.

부부 두 명 모두 상상치도 못할 엄청난 힘을 가지고 있으니 대륙에 어찌 이러한 부부가 있을 수 있단 말인가.

자신 역시 여사랑과 이어졌더라면 멋들어진 고수 부부가 탄생했을 지도 모른다는 생각에 순서를 뺏긴 것을 아깝게 생각한 진천명은 조심스럽게 로노와르에게 포권지례를 취했다.

"주모님께 인사드립니다. 루드웨어님을 모시고 있는 진천명이라 합니다."

"이야기는 많이 들었습니다. 저희 남편을 잘 부탁드리겠습니다."

로노와르가 그렇게 말한 후 천천히 몸을 숙여 인사를 하자 도대체 어떤 모습이 그녀의 진면목일까 진천명으로선 갈피를 잡을 수가 없었다.

처음 싸울 때와는 너무도 다른 요조숙녀의 모습이었기 때문이다.

어쨌든 소동이 가라앉기는 했는데, 상황을 보아하니 엄청난 소동에 청건단의 인물들은 어디로 사라졌는지 모습이 보이지 않는지라 로노와르는 한심하다는 듯이 담배 연기를 뿜어내며 말했다.

"도대체 청건단의 무사들은 다 어디로 사라진 거야?"

"아무래도 두 분 싸움의 여파에 휘말리지 않기 위해 몸을 피한 것 같습니다."

"휴~ 어떻게 생각하면 다행이군. 무림맹에서 의뢰한 일을 할 수 없었을 테니 말이야."

"네?"

진천명은 그의 말에 조금 놀라지 않을 수 없었는데, 천천히 생각해 보니 아까 혈류검이란 사내에게 루드웨어가 고목에 매달린 매미처럼 매달려 있었던 것으로 보아 아는 사이가 분명했고, 찾는 이인 줄 알았던 여인은 아내였으니 일이 하나도 처리가 안 된 것은 당연한 일이었다.

진천명이 천천히 묵립을 쳐다보았지만 그의 표정은 아무런 변화가 없었다.

얼굴을 자세히 보니 검은 머리이기는 하지만 이국적인 이목구비를 가지고 있는지라 그 역시 이방인일 수도 있다는 생각을 한 진천명이었다.

혈류검이 루드웨어와 친분이 있는 사이라면 구태여 강한 상대와 싸우지 않는 것이 좋은 생각이었지만 지금부터가 문제였다. 정파에서 혈성으로 지목하고 있는 혈류검이 루드웨어와 같은 편이라면 자신들 역시 정파의 공적으로 몰릴 확률이 높기 때문이다.

거기다가 무후는 대사련과 충돌이 있는 형편이니만큼 중원에 있는 거대한 세 개의 세력 중 두 개를 적으로 돌리고 있다 해도 과언이 아니었다.

"휴……."

그런 생각이 계속 들자 진천명으로선 한숨밖에 새어 나오지 않았다. 그때 로노와르가 묵립에게 다가가더니 한참을 쳐다보다가 루드웨어에게 말했다.

"정말 유리마가 맞는 것 같네. 이목구비가 조금 변하기는 했지만 말이야."

"몸에서 풍기는 기운이 낯설지 않다고 생각했는데, 아니나 다를까 삿갓을 벗겨보니 비슷한 얼굴이 나오더라고. 다른 사람이라면 조금 의심을 했을 테지만 나와 유리마는 얼굴이 크게 변한다고 해도 못 알아볼 사이가 아니지."

"……."

진천명은 루드웨어가 맨 처음 묵립을 대했을 때 바로 공격했던 것을 생각하며 한마디 해주고 싶었지만 꾹 참기로 했다.

"루드웨어님, 일단은 무림맹과의 접촉을 끊어야 할 것 같습니다."

"두 마리 토끼를 잡을 수 없는 노릇이니까 뭐, 상관은 없어. 어차피 무림맹에는 문진우와 부맹주라는 줄이 있고, 내가 알고자 하는 것은 유리마의 머리 속에 있을 테니까."

루드웨어는 나머지 네 사람의 행방은 유리마가 알고 있으리라 생각하고 있었는데, 그는 고개를 저으며 말했다.

"미안하지만 내가 알고 있는 것은 없다."

"응? 뭘 물어보려고 그러는지 알기나 하는 거야?"

"모른다."

"그럼 뭐야!"

"애석하지만 난 기억을 상실한 상태다."

"엥?"

유리마가 기억을 상실했다는 말에 루드웨어로선 조금 당황스러울 수밖에 없었다. 그가 기억을 못한다면 지금의 상황은 적자밖에는 되지 않기 때문이다.

물론 유리마와 로노와르가 들어오기는 했지만 루드웨어의 사상에는 그들은 원금에 지나지 않았다. 그 밖에 부수적으로 딸려온 여인들은 이자였기 때문에 마땅히 소득이 없다고 볼 수 있었다.

무림맹이란 지출로 값비싼 정보를 얻을 수 있다고 생각한 루드웨어는 이런 이유로 풀이 죽을 수밖에 없었다.

"휴……."

하지만 유리마의 이야기를 안 들어볼 수는 없다고 생각한 루드웨어는 사람들을 인솔하여 장소를 이동하기 시작했다. 일단은 크게 일이 벌어진 장소였기에 방해 요소들이 등장할지 모른다는 생각을 했기 때문이다.

한 시진 후 일행들은 한적한 다점(茶店)을 발견할 수 있었기에 그곳에서 유리마의 과거에 대한 이야기를 듣기 시작했다.

유리마의 이야기는 대충 이런 것이었다. 갑자기 눈을 떠보니 자신이 누군지도 모르며 기억조차 없었는데, 그가 있었던 곳은 불에 타고 있는 큰 저택과 함께 사방에 몸이 잘려 나간 남녀노소의 시체들이 즐비했다고 한다.

그때 손에는 지금 들고 있는 한 자루의 동영도가 들려져 있었는데, 자신에 대한 유일한 단서가 이 일본도라고 생각한 유리마는 지금까지 그것을 들고 다녔던 것이다.

"음… 그러니까 네가 정신을 차렸을 땐 모두 죽어 있었단 거지?"

유리마가 고개를 끄덕이자 루드웨어는 차를 홀짝이며 생각에 잠기기 시작했다.

자신의 원래 세계에도 이런 일이 없는 것은 아니었다. 검사가 극한의 경지에 이르렀을 때 마나의 조절을 실패하게 되면 한순간 광전사와 비슷한 폭주로 들어서기 때문이다. 그때는 자신의 몸이 견딜 수 없는 마나를 사용하여 보이는 모든 것을 파괴하기 때문에 모든 마나를 방출하고 죽거나 폐인이 되어서 정신을 차리기도 했다.

하지만 기억을 잃었다는 사례는 들어본 적이 없었기에 쉽사리 이 문제의 결론을 낼 수가 없었다.

'이곳에서 말하는 주화입마에 빠져서 광기를 일으켰다고 볼 수는 있지만… 유리마의 정신력이 주화입마 따위에 밀릴 정도는 아니란 말이야. 또 창조주의 세계에서 나온 녀석이라면 나와 같이 몸이 재편성되었을 것은 분명한데, 신체의 세맥까지 깨끗이 뚫려 있는 녀석이 주화입 마라는 것에 빠질 리가 없지 않은가?

이런저런 생각을 하던 루드웨어는 그에게 손을 내밀며 말했다.

"잠시 맥을 짚어볼게."

무림에선 믿는 이가 아니면 함부로 맥문을 잡지 못하게 하는 것이 보통이나 루드웨어가 자신에게 해를 끼칠 자가 아니라고 생각한 묵립 은 천천히 자신의 손을 내밀어주었다.

맥문을 잡은 그는 가볍게 내공을 사용하여 녀석의 몸을 살펴보았는 데, 역시나 세맥까지 깨끗하게 뚫려져 있었다.

하지만 머리 위의 혈도에 다다랐을 때는 조금 이상한 것이 느껴지고 있었는데, 유리마의 뇌호혈에 이상한 기운이 존재하고 있었기 때문이 다.

'이것이 기억 상실증의 원인인가?

하지만 사람의 머리에 관한 혈은 함부로 건드리다간 큰일이 나는지 라 일단은 물러서기로 결심한 루드웨어는 내공을 다시 갈무리하고 말 했다.

"너의 뇌호혈에 이상한 기운이 느껴지고 있는데 알고 있어?"

루드웨어의 말에 유리마는 고개를 끄덕이며 말했다.

"물론. 하지만 그 기운을 몰아내지는 못하겠더군."

"나한테 한번 맡겨보지 않겠나?"

"거절하겠네."

역시나 미덥지 않은 루드웨어의 말을 단호하게 거절하는 유리마 였다. 그의 뛰어난 통찰력은 기억을 상실해도 사라지지 않았던 것이 다.

미지의 세계를 탐험할 수 있는 기회를 놓쳤다고 생각한 루드웨어는 아깝다는 표정을 지었지만, 친구의 몸이 걸린 일이었기에 미숙한 자신의 힘보다는 명의를 찾아보는 것이 나을 것이라는 생각이 들었다.

11장 모습을 드러내는 비밀의 인물들

거대한 황하를 타고 한 척의 화려한 배가 흘러가고 있었으니 선체의 유려함은 한 마리의 금빛 잉어를 보는 듯했다.

배의 곳곳에는 오색의 기가 꽂혀 있었으니 기 한가운데에는 금빛 글씨로 각각 화, 수, 목, 금, 토의 오행에 해당하는 글자가 수놓아져 있었다.

배의 곳곳을 지키는 무인들은 하나같이 절세고수가 아닌 자가 없었으나 더욱 놀라운 것은 그들이 입고 있는 옷이 정, 사, 마… 섞이지 않으리라 생각한 중원 세력 세 곳의 무사들이 입는 옷이란 것이다.

화려한 자주색 비단으로 치장되어 있는 배의 선실 안으로 들어서자 세 명의 남자가 삼각형의 탁자 주위에 앉아 있었는데, 잠재되어 있는 그들의 내력은 무형의 소용돌이를 일으키며 충돌하고 있었다.

탁자 위에는 세 개 세력에서 태두를 뜻하는 하나의 패가 각자의 앞에 놓여져 있었다.

구파일방을 포함한 정파의 모든 문파들은 무릎을 꿇어야 한다는 대정신패(大正神牌), 대사령을 비롯한 사파의 모든 문파들은 무릎을 꿇어야 한다는 만사신령(萬邪神令), 마교에서 최고의 위치에 속해 있다는 마교 교주의 천화신부(天火神符)였으니 이곳에 모인 사람들이 정, 사, 마의 최고 신분을 가진 이들이라는 것을 알 수 있었다.

세 사람은 한참 동안을 그렇게 침묵으로 일관하고 있었는데, 천화신부를 앞에 두고 있던 자가 천천히 입을 열었다.

"우리 세 사람이 반목한 지 십 년, 이젠 다시 힘을 합쳐야 할 시간이 온 것 같다."

"십 년 전에는 대형과 막내를 상대로, 이번에는 그자들을 상대로인가?"

"이 모든 것이 끝난 후 중원의 패권을 다시 겨루도록 하지요."

세 사람은 각자 한마디씩을 내뱉고는 품에서 하나의 기를 꺼내 삼각형의 탁자 가운데에 내공을 사용하여 꽂았다.

그들의 품에서 나온 기는 강호의 암묵적인 지배자들이 가지고 있다고 하는 비밀의 기, 바로 오무황령이었다.

넓디넓은 들판에서 빠른 속도로 말을 몰아가는 세 명이 있었으니 그들은 바로 루드웨어를 비롯하여 로노와르, 묵립이었다.

로노와르와 함께하던 나머지 사람들은 모두 다른 곳으로 일을 하러 갔으니 마지막까지 안초희는 묵립과 헤어지기 싫어 발버둥 치다 로노와르의 일격에 기절을 한 채 도연랑에게 끌려간 것이 바로 한 달 전 일이었다.

그들이 가고 있는 곳은 바로 남만 오지였는데 그곳에 묵립의 기억 상실증을 고칠 수 있는 명의가 있다는 소문을 들었기 때문이다.

명의의 이름은 광의 무상, 이십 년 전만 해도 무림에서 그 이름을 모르는 이가 없다는 의원이었다.

의가의 일에 몰두했던 그는 못 고치는 병이 거의 없다고 해도 과언이 아니었는데, 이십 년 전 자신의 아들이 독에 의해 중독되어 죽은 이후 세상 모든 독의 해독약을 만들겠다는 말과 함께 남만의 오지로 모습을 감춘 인물이다.

광의라고 해서 사람을 살리고 다시 죽이는 그런 미친 짓을 하던 사람은 아니었고, 다만 광적으로 의원 일에 몰두해서 붙여진 이름이었을 뿐이다.

그를 만난 인물 중에 지병을 못 고친 인물이 없었으니 그러면 충분히 묵립의 기억 상실증을 고칠 수 있으리라 생각하여 진천명이 말해 준 것이다.

남만의 밀림으로 많은 사람이 간다는 것은 조금 귀찮은 일인지라 루드웨어와 로노와르, 그리고 당사자인 묵립만이 출발하게 된 것이다.

남만까지는 삼 주일 정도 후면 도착할 것이라 생각되는 거리였는데, 이상하게 로노와르의 표정이 좋지 않아 루드웨어는 걱정하지 않을 수 없었다.

"로노와르, 무슨 일이라도 있는 거야?"

"아, 아니야. 걱정 마."

루드웨어의 말에 그녀는 아무것도 아니라는 듯이 고개를 젓고 있었기에 이상하긴 했지만 더 이상 묻지 않았다. 드래곤의 몸인 그녀에게 잔병이란 것은 있을 리도 없는 데다 자신이 곁에 있으니 어떤 문제가 앞을 막겠는가 하는 생각에서였다.

한참을 그렇게 말을 몰아가던 이들은 잠시간 보였던 평원을 지나 거대한 산맥이 보이는 곳에 도착할 수 있었다.

이곳에선 말을 몰아가는 것이 불가능한지라 도보로 다시 길을 재촉해 갔다.

그때 루드웨어가 갑자기 일행들에게 손을 뻗어 그 자리에 멈추게 했다.

"무슨 일이야?"

"숲에 사람들이 숨어 있군. 적어도 이십 명 이상인데 상당한 실력을 소유한 자인지라 나도 지금에야 알아챘다."

그의 말에 로노와르는 조금 긴장하지 않을 수 없었다. 루드웨어가 뒤늦게 적의 종적을 알아챘을 정도라면 상당한 수준의 무공을 익힌 자들이라는 것을 알 수 있었기 때문이다.

"하하하, 과연 태 맹주께서 인정할 정도의 능력이로군!"

루드웨어가 일행들을 멈추게 하자 큰 웃음소리와 함께 일단의 사람들이 모습을 드러냈으니, 한결같이 청의와 함께 하나의 검을 허리에 차고 있는 그들은 가슴에 정(正)이라는 글자가 수놓아져 있었다.

"너희들은 누군데 우리들의 앞을 가로막는 것이냐?"

루드웨어가 웃음소리를 내며 점잖은 목소리로 긴 수염을 쓰다듬고 있는 육십 대가량의 무사를 보며 말하자 그는 너털웃음을 흘러내며 말했다.

"본인은 무당의 장로인 우허자(羽盧子)로 이곳에 있는 사람들은 무당의 이십사수(二十四秀)라 하오이다."

"무당이라면 본인의 신분을 알 터인데?"

"하하하, 바로 그것 때문에 당신을 찾아왔소이다."

"음……."

"장 사제를 속일 수 있을지는 모르지만 본 우허자를 속인다는 것은 불가능할 것이오. 어떻게 천의활검 태청 진인의 무공을 얻었는지는 모르지만 그것을 내놓지 않는다면 이곳에서 살아 돌아가지 못할 것이오."

그제야 무당의 인물들이 왜 자신들의 앞을 가로막았는지 알 수 있었다.

"우습군. 무당의 도복을 입지 않고 온 것을 보니 네 마음속에 사기가 가득하구나! 네놈은 본 문의 무급을 빼앗는 것에 마음을 더 두고 있구나!"

"부정하진 않겠소이다."

역시나 루드웨어의 짐작은 틀리지 않았다.

자신을 의심하여 무당에서 사람을 보냈다면 분명 도복을 입고 정식으로 찾아왔을 것이 분명할 터, 진면목을 감추고 풀숲에 숨어 급습을 하려던 모양새를 보건대 사적인 욕심에 의해 찾아왔다는 것을 알 수 있는 루드웨어였다.

"하나 너희들로선 나를 쓰러뜨리지 못한다는 것을 알 텐데?"

그들이 무당에서 꽤 이름있는 자들이라는 것을 알고 있었지만, 그들의 힘으로 자신들 세 명을 상대하는 것은 무리가 있다는 것을 알고 있는 루드웨어는 비웃음을 날리며 말했다.

"하하하, 물론이오. 천의활검의 무급을 익힌 당신을 어찌 우리가 상대할 수 있겠소."

그 말과 함께 휘파람을 부니 두 명의 인영이 빠른 속도로 일행들의 앞으로 모습을 드러내었다.

"음……."

루드웨어는 그들이 지금까지 자신이 본 고수 중에서 가장 강한 자들이라는 것을 알 수 있었다.

그들은 검은 복면을 쓰고 있어 진면목을 알 수 없었는데, 한 사람은 눈 밑의 잔주름 정도로 보아 60이 넘는 나이로 보였고, 또 한 사람은 40대 중년 정도의 나이로 보이는 자였다.

그들은 두 손에 한 쌍의 판관필을 들고 있었는데, 진천명에게 많은 정보를 들었던 루드웨어였지만 한 쌍의 판관필을 들고 있는 무림 고수에 대해선 들어본 적이 없었는지라 그들의 정체를 알 수가 없었다.

하지만 몸에서 느껴지는 기운으로 보아 마법을 사용하지 않고 무공만으로 싸운다면 자신 역시 조금 힘겨운 상대일 것이라 짐작할 수 있었다.

'아무래도 로노와르는 몸이 조금 안 좋은 것 같고, 유리마는 한 명이라면 모를까 저들 두 명의 상대는 되지 못하니 내가 나서야 할 것 같군.'

자신이 나설 생각을 한 루드웨어는 허리에 찬 검을 뽑아 들고는 가볍게 포권지례를 취하며 말했다.

"무림말학 루드웨어, 한 수 배워볼까 합니다."

그 말에 두 사람의 복면인 역시 정중하게 포권지례를 취하는 모습으로 보아 정파의 인물이라는 것을 알 수 있었다.

명문의 한 사람이 아니라면 적을 상대로 이런 예의를 보이는 이는 없었기 때문이다.

가볍게 기수식으로 서로 간의 예의를 차린 후 루드웨어는 구궁보(九宮步)를 사용하며 녀석들을 향해 공격해 들어갔다.

"구궁영검(九宮影劍)!"

사정거리 안으로 녀석들이 들어오자 루드웨어는 구궁영검을 사용해서는 녀석들을 공격하기 시작했다.

그의 구궁영검은 사방에서 검영이 만들어지며 공격해 들어오니 복면의 두 사나이는 판관필을 들어서는 마치 미리 짜놓은 듯한 모습으로 협공해 들어갔다.

"음양합해(陰陽合解)."

한 사람은 음의 기운을, 한 사람은 양의 기운을 가지고 있는지라 두 사람의 힘이 합해져 합공이 이루어지자 사방은 뜨거운 기운과 차가운 기운이 합쳐지며 대지를 파괴하기 시작하니 그들의 합공이 얼마나 큰 위력을 가지고 있는지 알게 해주었다.

구궁영검의 검영을 음양합해의 초식이 튕겨내자 루드웨어는 급히 제운종의 경공을 사용해서 몸을 공중으로 띄운 후 일검을 내뻗었다.

그가 뻗은 일검은 수십 개의 검을 만들어내 사방에서 압박해 들어갔다. 두 복면인은 판관필로 하나의 막을 만들어 단숨에 그 검기들을 모조리 튕겨내고는 이어서 경공을 사용해 몸을 띄워 빠른 속도로 좌우에서 합공해 들어갔다.

"헉!"

엄청나게 빠른 속도로 좌우에서 공격해 들어오자 루드웨어로선 정신없이 판관필이 노리는 자신의 요혈을 보호하느라 정신이 없었다.

"두전성이(斗轉星移)!"

무자비하게 공격을 받던 와중에 정신을 차린 루드웨어는 두전성이의 초식을 사용하여 오른쪽 복면인의 공격을 좌측으로 돌려 서로 상잔하게 만들었다.

하지만 두 사람의 공격은 호흡이 딱딱 맞는지라 서로 간의 판관필의 촉이 맞부딪칠 뿐 어디 하나 상처 입지 않았다.

마치 한 사람이 두 개로 나뉘어진 것 같은 공격에 이 복면인들의 협공이 예사롭지 않다는 것을 알게 된 루드웨어는 이마에 흐르는 땀을 닦아내며 긴장하지 않을 수 없었다.

"차압!!"

루드웨어의 두전성이에 의해 서로를 공격했던 두 사람은 다음부터 이런 일이 없기를 바라는 듯 천천히 상대방의 어깨를 쳐준 후 노기에 찬 얼굴로 루드웨어를 공격해 가니 괜히 아무 이득 없이 상대방에게 더욱 거센 공격을 유도하게 된 것이 되어버렸다.

그들의 공격이 전과는 달리 더욱 거세어졌기 때문에 루드웨어로선 방어 초식을 사용해서 녀석들의 공격을 막을 뿐 자신은 공격할 방도가 없었다.

'젠장할!'

하지만 이세계에서 온 루드웨어는 단순히 무공만을 가지고 있었던 것이 아니었으니 정신을 집중하여 상대에게 마법의 시동어를 외쳤다.

"파이어 볼!"

파이어 볼의 시동어를 외친 루드웨어가 검을 들지 않은 왼손을 앞으로 뻗자 엄청난 불길의 구가 형성되어 좌측의 복면인을 향해 빠른 속도로 날아갔다.

"합!!"

갑자기 난데없이 불꽃이 날아오자 두 사람은 크게 놀라지 않을 수 없었으나 네 개의 판관필을 서로 교차하여 뻗어 파이어 볼을 막을 수 있었다.

쿵!

판관필과 마주친 파이어 볼은 큰 폭음과 함께 사방을 불바다로 만들었다. 내력으로 몸을 보호하고 있던 두 복면인에게는 아무런 충격도 주지 못했지만 그것이 두 사람에게 큰 정신적 충격을 준 것인지 그들은 떨리는 음성으로 루드웨어를 보며 말했다.

"어떻게 총맹주의 신공을 네 녀석이……?!"

"응? 신공?"

루드웨어는 두 사람의 말에 조금 놀라지 않을 수 없었다. 그들의 말은 총맹주라는 자가 자신과 같이 마법을 사용한다는 뜻이기 때문이다.

중원에서 마법을 사용하는 인물이 있단 말은 들어본 적이 없었기 때문에 루드웨어로선 이들이 자유 생명체와 큰 관련이 있다는 것을 알 수 있었다.

"이거 일석이조가 되겠는걸?"

자신도 모르게 중얼거린 루드웨어는 그들을 사로잡을 생각에 본격적으로 싸움 준비를 했다.

복면인들은 마법 신공에 조금 당황하기는 했지만, 어느 정도 견식해본 적이 있는지 빠른 속도로 루드웨어를 향해 쇄도해 들어왔다. 그러나 언령이 가능한 루드웨어에겐 거리 같은 것은 전혀 문제가 되지 않았다.

"그리스!"

"끄억!!"

바닥을 미끄럽게 만드는 그리스 마법을 사용하자 두 복면인은 보법이 흐트러져 버렸고, 그것을 기회로 루드웨어는 도리어 역습을 행할 수 있었다.

하지만 그들 역시 고수 중의 고수. 바닥이 미끄럽게 변하자 뒤꿈치를 들어 올려서 바닥에 닿는 면적을 적게 한 다음 그대로 공중으로 뛰어올랐다.

수직으로 튀어 올라가는 이상 그리스의 영향은 받지 않기 때문이다.

루드웨어는 제운종의 경공법을 사용해서 자신 역시 몸을 날려 그들에게 공격하니 세 사람은 공중에서 검을 겨루며 한 치도 물러서지 않는 모습을 보이고 있었다.

몇 번의 경합에도 세 사람의 결전은 끝맺을 기미를 보이지 않자 복면의 두 남자는 뒤로 물러나 몸을 날리고는 갑자기 손에 들린 판관필들을 앞으로 내던지기 시작했다.

"응?"

영문을 알 수 없는 행동에 루드웨어로선 조금 이상하게 생각할 수밖에 없었는데, 복면인 중 한 사람이 앞으로 나와서 루드웨어를 손가락으로 가리키며 말했다.

"총맹주 외에 우리를 이렇게 고전하게 한 사람은 처음이었다. 그런 이유로 너에게 무림에서 보인 적 없는 팔두사격공(八頭蛇擊功)을 보여주지."

"팔두사격공?"

루드웨어는 그들의 말에 조금 긴장하지 않을 수 없었다.

물론 그것이 어떤 기술인지는 알지 못했지만 그들의 눈에서 필승의 빛이 드러나고 있었기에 지금까지와는 전혀 다른 공격을 보일 것이라는 것은 의심하지 않을 수 없었다.

"하압!!"

두 사람은 루드웨어를 정면으로 양 옆으로 갈라 서서는 그대로 내공을 끌어올리기 시작했는데, 그 순간 그들의 내공에 의해 주위에 흩어져 있던 나뭇잎과 흙이 하늘로 솟아올라서 일대를 어지럽히기 시작했다.

루드웨어로선 어떠한 공격인지 예측할 수 없기 때문에 방어에 치중해서 녀석들의 기술을 알아보기로 결심했다.

두 복면인의 기공에 의해 사방은 낮게 먼지가 깔려 무릎 밑은 아무것도 보이지 않는 지경에 이르렀을 때 그들의 움직임이 시작되었다.

"먼저 사두사격(四頭蛇擊)을 보여주지!"

그 말에 루드웨어는 긴장하며 녀석들의 모습을 뚫어지게 쳐다보았다. 전까지는 합공만을 위해 마치 거울을 보는 듯한 움직임을 보였던 그들이었는데 지금은 각자의 움직임을 보여주고 있었다.

"합!"

그때 한순간 양쪽에서 두 사람의 권이 밀려왔다. 루드웨어는 검을 회전시켜 오른쪽에서 공격해 오는 자에겐 검을 뽑아 찌르며 왼쪽으로 일각을 뻗어 권의 공격을 막았다.

두 사람이 손을 취한 자세는 형의권 중의 하나인 사권 자세인지라 루드웨어는 이것이 사격 중 뱀의 머리를 말하는 것인가 생각했다.

하지만 이상한 것은 분명 사두사격이라 했던 것이다.

사두라면 네 개의 머리를 가진 뱀을 말하는 것인데 지금의 권은 두 개의 머리밖에 보이지 않았다.

루드웨어의 검술에 막힌 두 사람은 뒤로 몸을 날려 그 공격을 피했는데 놀라운 것은 바로 그 뒤의 일이었다.

슈아악!

두 사람의 공격이 단순했기에 조금 이상하게 생각하고 있는 그였는데, 갑자기 앞과 뒤에서 뱀의 소리와 같은 것이 들리는 듯하더니 무엇인가가 빠른 속도로 날아와서는 순식간에 두 어깨를 스치고 날아가 먼지가 가득한 바닥으로 모습을 감추었다.

"헉!"

갑작스런 이 공격에 정신이 든 루드웨어는 어깨를 곁눈질로 쳐다보았는데, 양쪽의 어깨는 무엇인가가 할퀴고 지나간 것처럼 옷이 찢어져 피가 흘러내리고 있었다.

"어떤가, 사두사격의 공격이?"

"······!"

루드웨어로선 이 공격에 조금 당황하지 않을 수 없었는데, 눈으로 볼 수 없는 공간에서 갑자기 날아든 공격은 마치 진짜 뱀이 빠른 공격을 한 것과도 같았기 때문이다.

"자네를 위해서 소리까지 준비했는데, 이거 별로 재미가 없는 것 같군."

"놀랍군요."

두 사람의 말에 어느 정도 그 기술을 인정하지 않을 수 없는 루드웨어였다.

먼지로 가리워진 발 밑에선 아직도 뱀의 소리가 들리고 있었다. 처음에는 두 마리 뱀의 소리가, 시간이 지나면서 네 마리 뱀의 소리가 들리기 시작하더니 드디어 팔두사격이 시작되는 것을 알 수 있었다.

쉬이익…….

점점 짙어지는 뱀 소리에 루드웨어가 조금씩 긴장감이 돌기 시작할 때 두 명의 복면인이 두 손의 자세를 잡기 시작했다. 두 번째 공격을 시작할 모양이었다.

"차압!!"

두 사람이 빠른 속도로 루드웨어의 주위를 맴돌기 시작했다. 보통 사람이라면 그 둘의 엄청난 빠르기에 정신을 못 차릴 정도로.

취악!

그 순간 두 사람의 모습과는 전혀 다른 곳에서 무엇인가 튀어 올라왔고, 루드웨어는 급히 몸을 돌려 일검을 내질렀다.

하지만 뱀 머리는 그가 내지르는 검보다 더 빠른 속도로 움직이고 있었으니 순식간에 루드웨어의 얼굴에 상처를 입히고는 다시 자욱한 먼지 속으로 그 모습을 감추었다.

하지만 이 한순간 루드웨어는 무엇인가 크게 이상한 것을 알게 되었다.

'분명 난 종이 한 끝 차이로 뱀의 머리를 피했는데… 어떻게?'

분명히 피했다고 생각했는데 얼굴에 상처가 생기자 이상했지만 팔두사격의 공격은 이렇게 멈춘 것이 아닌지라 길게 생각할 수 없었다.

사방에서 네 마리의 뱀이 몰아치고 있었고, 두 명의 복면인 역시 두 손을 사용하여 각각의 뱀을 담당하니 여덟 마리의 뱀이 사방에서 휘몰 아치듯 루드웨어를 공격해 들어온 것이다.

"크윽!!"

사두사격에선 갑작스러운 기술에 당했다고는 하지만 팔두사격쯤 되 니 팔방에서 밀어닥치는 공격을 막지 못하고 몸 여기저기에 상처를 입 을 수밖에 없었다.

하지만 그 상처 뒤에서도 하나의 일이 그를 기다리고 있었다.

"차앗!!"

루드웨어가 앞을 향해 빠른 속도로 몸을 날리자 두 사람은 그의 뒤 를 쫓아 공격해 들어왔는데 두 사람의 움직임이 조금 이상했다.

일직선으로 경공을 사용하여 움직이면 충분히 따라잡을 수 있는 속 도였음에도 두 복면인은 좌우로 갈라져서 경신공만을 펼치고 있었기 때문이다.

"드디어 알아냈다!"

루드웨어는 두 사람의 움직임에서 팔두사격의 공격법을 알아냈는지 크게 소리를 지르며 다시 자신의 자리로 몸을 던져 갔는데, 다시 돌아 온 그의 손에는 두 개의 나뭇가지가 들려 있었다.

"무슨 짓이지?"

"당신들의 팔두사격을 파훼하기 위해서지요."

자신있게 말하는 루드웨어를 보는 복면인의 이마에선 식은땀이 흘 러내리고 있었다.

하지만 루드웨어가 그 파훼법을 알아냈다고는 확신할 수 없었기에 고함을 지르며 다시 팔두사격공을 시작했다.

"어디 한번 해보시지!"

두 사람은 또다시 루드웨어의 주위를 돌며 공격할 준비를 했지만 그 순간 루드웨어는 눈을 감고 있어 이들은 크게 놀라지 않을 수 없었다.

쉬쉭.

뱀의 소리가 사방에서 들려오며 그 소리의 움직임이 점차 빨라지기 시작했을 때 드디어 팔두사격공이 시작됐다.

"팔두사격공!"

두 복면인의 외침과 함께 사방에서 네 마리의 뱀이 모습을 드러내 공격해 들어갔고 두 사람 역시 사권으로 루드웨어를 공격했다.

"차압!"

그 순간 루드웨어는 손에 들고 있던 두 개의 나무를 바닥으로 내던지고는 급히 몸을 낮추어 태극혜검의 방어 초식을 사용하여 두 사람의 공격을 막아갔다. 그러나 사권에 담긴 내공이 강했기에 루드웨어는 손목에 큰 타격을 입을 수밖에 없었다.

"크크크… 그런 손목으로 검을 다루긴 힘들 것 같군."

복면인들은 공격이 실패하기는 했지만 루드웨어의 손목에 타격을 주었다는 생각에 이번 공격도 이득을 봤다 여기고 있었다. 한데 이상하게 그는 다친 손목을 만지작거리고 있음에도 미소를 짓고 있었다.

"무엇인가 이상하다고 생각하지 않습니까?"

"헉!"

그제야 자신들에게 문제가 생겼다는 것을 깨달은 두 사람은 급히 사방을 두리번거리기 시작했다. 사람들은 두 사람이 바닥을 보며 무엇인가를 찾고 있는 것을 이상하게 생각했다.

그때 먼지로 자욱한 바닥의 네 곳에서 작은 돌풍이 형성되자 복면인은 그 모습에 크게 놀라지 않을 수 없었다.

"이건……!"

"당했다!"

서서히 돌풍이 형성되는 곳의 바닥에선 흙먼지가 사라지기 시작했는데, 놀랍게도 그 돌풍을 일으키고 있는 것은 두 복면인이 떨어뜨렸던 판관필인 것이다.

판관필은 강한 회전을 하고 있었기에 흙 속의 먼지를 모두 내뱉으며 바람을 일으키고 있었다.

자신들의 기술이 루드웨어에 의해 드러나게 되자 복면인들은 당황한 모습을 보였다.

"역시… 뱀 소리의 정체는 판관필이 회전하는 소리였군요. 경공을 사용하여 나를 쫓지 않았던 이유는 먼지 아래의 다리로 판관필을 조종하고 있었기 때문이고 말입니다."

"음."

"당신들의 실력에 탄복했습니다."

두 복면인은 보이지도 않는 공간에서 발만으로 판관필을 자유자재로 움직이게 했으니 대단한 기교라고 할 수 있었다.

루드웨어는 기술을 완전히 파악했기 때문에 더 이상 팔두사격술을 두려워하지 않고 앞으로 나섰고, 두 사람은 그의 공격에 밀리기 시작했다. 일단 자신들의 공격이 드러나자 어느 정도 전의를 상실한 것이 두 사람의 힘을 약하게 하는 요인으로 작용한 것이다.

하지만 그들의 힘이 약해지자 루드웨어는 슬그머니 공세를 조금 늦추기 시작했는데, 상당히 재밌는 상대인지라 단번에 끝내기가 아쉬웠기 때문이다.

하지만 두 복면인은 상당히 자존심이 강한 인물이었는지 루드웨어의 공세가 조금씩 약해지는 것을 느끼고는 뒤로 몸을 날린 후 복면을 벗어 던졌다.

"아!"

복면을 벗은 두 사람은 루드웨어를 손가락으로 가리키더니 소리쳤다.

"우리 흑백쌍노를 우습게 보지 말아라! 지금까지 우리 자신의 정체를 드러내지 않기 위해 본 문의 무공을 사용하지 않았지만 지금부턴 본 문의 무공으로 네 녀석을 상대해 주겠다!"

그들은 정체를 드러내지 않기 위해 자신들 본신의 무공을 사용하지 않고 있었던 것이다.

무림 사람들은 사용하는 무공으로도 누군인지 쉽게 밝혀지기 때문에 감추었던 것인데 루드웨어를 상대로 무공을 감추며 싸운다는 것은 무리가 있는 일이라고 판단한 것이다.

"하하하, 저를 인정해 주신다는 거군요. 그럼 저 역시 제대로 된 실력을 보여드리겠습니다."

그들이 모습을 감추기 위해 본연의 무공을 사용하지 않았듯이 루드웨어 역시 본신의 실력을 모두 사용하지 않은 것은 사실이었다.

물론 루드웨어가 모든 힘을 사용했다가는 이 주변을 포함해서 남아나는 것이 하나도 없을 거란 게 이유이긴 하지만 말이다.

근처에 있던 무당파의 인물들은 자신들을 돕고 있던 두 복면인이 혹백쌍노라는 것을 알고는 크게 놀라는 표정을 짓고 있었다. 흑백쌍노는 구대문파에 속한 인물은 아니지만 음양문의 장로로 상당한 무명을 날리고 있는 인물이었기 때문이다. 그들 이름이 무림서열에 올라가 있지 않은 것은 이미 금분세수의 의식을 마치고 강호에서 은퇴를 했기 때문이다.

흑백쌍노가 자신들이 속해 있는 음양문의 진산절기인 음양합일공을 끌어올리자 주변은 두 사람의 내공에 진동이 느껴지고 있었다.

음양합일공은 두 사람의 내공을 하나로 합하여 상대를 공격할 수 있는 신공으로 두 사람의 힘을 하나로 합쳐 세 명 이상의 힘을 낼 수 있다 알려져 있었다.

하나 이 신공을 익히는 것은 마음이 맞는 두 사람이 서로 수십 년 동안 같이 생활을 해야 하기 때문에 지금 음양문에선 익히는 사람이 별로 없었고, 문파 내에서도 그리 음양합일공을 익히라 권유하지는 않았다. 남자 두 명이서 오랜 시간을 같이 붙여났더니 이상한(?) 사랑이 싹트는 일이 자주 벌어졌기 때문이다.

다행히 흑백쌍노는 형제인데다가 그들이 결혼한 여인들 역시 한 자매였기에 별 무리 없이 수십 년을 같이 살아올 수 있었던 것이다.

흑백쌍노의 현 나이는 둘 모두 칠십이 넘는 고령. 그동안에 모은 내공이 하나로 합쳐지니 무당의 인물들 중 어느 한 사람 놀라지 않는 이가 없었다.

"호! 대단한 내공이로군!"

루드웨어는 두 사람의 몸에서 느껴지는 내공의 엄청남에 크게 감탄했지만, 그렇게 있을 수만은 없는 일인지라 자신 역시 삼양신공(三陽神功)을 운기하여 내공을 끌어 모으기 시작했다.

"음양쌍격(陰陽雙擊)!"

루드웨어가 내공을 끌어올리는 것을 마친 순간 드디어 세 사람의 두 번째 시합이 시작되었다. 선수를 뻗은 것은 흑백쌍노였다.

음양쌍격의 초식을 사용하여 공격해 들어간 두 사람은 흑노는 조법을, 백노는 각법을 사용하여 연환기로 공격하기 시작했다.

루드웨어는 그들과 똑같이 권각을 사용하여 싸우기로 결심하고 검을 꽂은 후 태극권을 사용하여 음양쌍격의 초식을 받아넘기기 시작했다.

"사량발천근(四兩發千斤)!"

흑백쌍노의 공격은 뛰어난 내공을 이용하여 빠른 속도로 연환기를 펼쳐 적을 압박하는 무공이었다. 루드웨어는 사량발천근을 사용하여 흑노의 공격을 백노에게, 백노의 공격을 흑노에게 돌리기 시작하여 적의 손발을 흐트러뜨리기 시작했다.

"헉!"

본디 두세 명 이상의 합공을 사용하는 이들에게 가장 효과적인 무공이 바로 이화접목(梨花接木) 계통의 무공이었으니 상대의 공격을 다시 상대에게 돌려줌으로써 상대를 흐트러뜨리기 때문이다.

서로가 서로를 공격하는 상태에 이르자 흑백쌍노는 뒤로 몸을 날려 피하려고 했지만, 그것을 루드웨어는 가만두지 않았다.

앞을 향해 빠른 속도로 뛰어나가서는 두 사람에게 일장을 뻗으니 흑백쌍노는 급히 그것을 장공으로 받았다.

"하압!!"

그 순간 루드웨어는 내공을 그대로 밀어 상대를 공격하니 흑백쌍노로선 자신들의 내공을 펼침으로써 순식간에 내력 대결로 발전할 수밖에 없었다.

'어리석은 녀석!'

루드웨어의 내공이 얼마나 높은지는 모르겠지만, 음양합일공으로 합쳐진 자신들의 내공보다 높겠는가 하는 생각에 그에게 비웃음을 던진 그들이었다. 하지만 이런 생각은 얼마 지나지 않아 경악으로 바뀔 수밖에 없었다.

"하하하! 뭐가 힘들다고 그렇게 식은땀을 흘려대십니까, 두 분?"

젊은 나이로 보이는 루드웨어가 엄청난 내공의 소유자라는 것을 알게 된 흑백쌍노는 식은땀을 흘리며 긴장할 수밖에 없었다.

자신들은 말 한마디 하기도 어려운 상황에서 루드웨어는 몸 안에 기가 빠져나가는 대소를 터뜨리면서도 자신들을 밀어붙이고 있었기 때문이다.

사람이 크게 웃으면 몸 안에 있는 숨을 크게 내뱉을 수밖에 없게 된다. 무공을 하는 이들이 대전 중에 크게 웃는 것을 자제하는 이유는 단전의 내력이 끌어올려져 있는 상태에서 웃게 되는 경우 내력이 숨과 함께 빠져나가기 때문이다.

한참을 그렇게 시간을 허비하니 흑백쌍노는 점차 내력이 고갈되어 가고 있는 것을 느끼며 핏기가 사라지기 시작했는데, 그 모습을 본 루드웨어가 자신의 내력을 줄여줌으로써 간신히 흑백쌍노는 목숨을 부지할 수 있었다.

"어떻습니까, 두 분?"

"…휴… 본노들이 자네에게 패했네."

흑백쌍노는 젊은 루드웨어에게 완패를 당하자 늘그막에 강호로 나선 것을 후회할 수밖에 없었지만, 가슴 한 켠에는 뛰어난 고수와 겨루었다는 생각에 약간의 희열감도 느끼고 있었다.

"자! 이번엔 자네들 차례인가?"

루드웨어는 흑백쌍노의 패배를 보고 크게 놀라고 있는 무당파의 인물들을 보며 미소를 지은 채 말하자 그들은 크게 식은땀을 흘리고 있다가 그가 한 발 앞으로 나서자 사방으로 몸을 날려 도망가기 시작했다.

그들 모두의 힘을 합친다고 해도 흑백쌍노를 이길 수 있을까 의심스러운데 루드웨어는 그런 흑백쌍노를 쉽게 패배시켰기 때문이다.

무당파에서 온 인물들을 쫓을 생각이 없던 루드웨어는 흑백쌍노에게 조용히 물었다.

"당신들에게 한 가지 묻겠습니다. 저의 기술을 보고 총맹주의 신공과도 같다고 하셨는데, 자세히 좀 이야기해 주시겠습니까?"

그 말에 백노는 한숨을 크게 쉰 후 말했다.

"오 년 전 금분세수를 한 우리 형제는 동정호에서 늙그막에 유람을 즐기고 있었는데, 그때 본 맹의 총맹주님을 보게 되었소. 복면을 쓰고 있었다고는 하지만 약관 정도의 나이에 지나지 않았는지라 우린 대수롭지 않게 여겼소. 하지만 방금 전 당신이 사용한 것과 같은 신공으로 공격받아 마지막에 동정호의 물에서 한 마리 용이 되어 덮쳐 오는 신공에 당하여 크게 낭패를 보게 되었소. 당시 지게 되면 상대방의 부하가 될 것이라는 약조를 하고 겨루었던 것인지라 우린 맹주의 부하가 된 것이오."

"음……."

루드웨어는 복면의 사나이가 사용한 무공이 물 계열 마법 중의 하나인 아쿠아스플래쉬라는 것을 짐작할 수 있었다.

"총맹주를 만나볼 수 있겠습니까?"

그 말에 흑백쌍노를 고개를 저으며 말했다.

"애석하게도 총맹주는 구슬을 통해 우리의 일을 전달해 주기 때문에 우린 그 이후에 단 한 번도 총맹주를 본 적이 없소."

"구슬을 잠시 볼 수 있겠습니까?"

루드웨어의 말에 흑백쌍노는 구슬을 건네주었는데, 아니나 다를까 그것은 마법을 이용하여 서로 통신을 주고받는 마법 통신 구슬이었다.

흑백쌍노의 총맹주가 자유 생명체라는 것을 확실하게 알게 된 그였지만, 솔직히 통신 구슬 하나만으로 그가 있는 곳을 알 수 있는 방법은 없는지라 한숨밖에 나오지 않았다.

"두 분은 이제 돌아가도록 하십시오. 이 구슬을 제가 가지고 가도록 하지요."

루드웨어의 말에 흑백쌍노가 가볍게 포권지례를 취하고는 사라지자 루드웨어는 일행들에게 걸어갔다.

로노와르는 방금 전의 싸움이 좀 지겨웠는지 묵립의 품에 기대어 잠을 자고 있었고 옆에 있던 묵립은 식은땀을 뻘뻘 흘리며 앉아 있을 뿐이었다.

잠자고 있는 여인의 머리를 차마 밀어젖힐 수는 없었던지라 그 자세 그대로 있을 수밖에 없었던 것이다.

"휴……."

남편이 두 눈 멀쩡히 뜨고 있는데 외간 남자의 품에 안겨 자는 로노와르를 보며 한숨밖에 나오지 않는 루드웨어였다.

일행들은 남만에 있을 광의를 찾기 위해 다시 걸음을 재촉했다.

남만에 도착한 후에도 광의의 모습은 그리 쉽게 발견되지 않았으나 루드웨어는 세 달 정도의 추적 끝에 간신히 광의 무상의 정보를 습득해 그가 살고 있는 오두막을 발견할 수 있었다.

12장 남만에서 태어난 해츨링 루카스

남만의 밀림을 헤치고 수많은 독물들과 원주민들의 독화살을 피하며 천신만고 끝에 광의의 오두막에 도착한 세 명은 서로를 부둥켜안으며 기쁨의 눈물을 흘리기를 잠시, 떨리는 가슴을 안고 앞으로 나선 루드웨어는 천천히 광의를 불렀다.

"무상 어른 계십니까?"

문을 두들기며 광의를 찾는 그였는데 오두막에선 아무런 인기척도 들리지 않았다.

"응?"

루드웨어와 로노와르는 실례이기는 했지만 오두막의 문을 열고 천천히 안으로 발을 들여놓았다.

어두컴컴한 오두막의 안은 오랜 시간 동안 사람이 살지 않은 듯 여기저기 거미줄과 함께 이상한 벌레들이 기어다니고 있었다.

"휴!"

한 발자국 앞으로 옮길 때마다 퍼지는 먼지 때문에 정신을 차리지 못하던 로노와르는 손을 휘저으며 인상을 찌푸렸다.

"아!"

코와 입을 막아 먼지를 막고 있던 그녀는 우연히 충격적인 모습을 보게 되었다.

"루드웨어! 저기!"

"응?"

로노와르의 말에 그는 그녀가 손짓하는 곳을 쳐다보았는데, 그곳에는 의자 위에 백골이 되어 있는 한 사람을 볼 수 있었다.

"아!"

광의가 살고 있는 오두막에 있는 한 구의 백골을 보는 순간 그는 모든 것이 끝나 버렸다는 충격에 휩싸일 수밖에 없었다.

하지만 그것이 확실히 무상의 시체라고는 볼 수 없었기에 루드웨어는 백골이 있는 곳으로 발걸음을 옮겼다. 의자 옆의 탁자 위에 하나의 서신이 있었다.

"음……."

떨리는 손을 들어 서신을 집어 든 그가 천천히 그것을 읽어보자 애석하게도 그것은 광의 무상의 유언장이었다.

본인은 중원에서 광의란 허명을 얻은 무상이란 사람이오…….

서신에는 광의가 중원에서 한 일들 몇 가지와 함께 자신의 시신을 발견한 사람은 양지바른 곳에 묻어달라는 말을 하고 있었으니 루드웨어로선 한숨밖에 나오지 않았다.

갖은 고생을 다해 찾아왔지만 결과는 너무나 비참했다.

남만에서 독에 대한 연구를 하고 있던 광의는 모기에게 물린 후 심하게 앓다가 죽었던 것이다.

유언장에 쓰여진 글을 모두 읽은 루드웨어는 허탈했지만 일단은 죽은 자의 소원이니 묻어줘야겠다는 생각에 천천히 의자에 놓여진 백골에 손을 가져갔는데 그 순간 깜짝 놀라고 말았다.

의자에 놓여져 있는 백골이 조금 이상했기 때문이다.

그 백골은 뼈의 형태로 보아 이야기로만 들었던 광의의 몸집과 비슷하긴 했지만 무림인의 신체는 아니었기 때문이다.

무림인은 내공을 익히며 신체를 단련하기 때문에 살아 있을 적 겉모습과는 변화가 없을지언정 내장과 뼈와 같은 것은 크게 변형을 가지게 된다.

뼈의 경우에 보통 사람보다 두세 배는 더 단단하게 변형되는 것이 보통이었는데 여기 있는 백골의 경우는 보통 사람의 뼈일 뿐 무공을 익힌 자의 뼈라곤 생각할 수 없었다.

광의가 혹시 살아 있는 것이 아닐까 하고 생각한 루드웨어는 디그 마법을 사용하여 뼈를 땅에 묻은 후 근처에 있는 남만의 부족 마을을 찾아 걸음을 옮겼다.

일단은 가까운 곳에 있는 부족이라면 광의의 일을 알 것이라고 생각했기 때문이다.

이틀 정도 후에 마을을 발견한 루드웨어 일행은 천천히 마을 안으로 들어갔다.

일행이 마을 안으로 들어서자 마을 사람들은 크게 놀라는 표정을 지으며 사방으로 흩어졌다. 그리고 얼마 되지 않아 부족의 청년 전사들이 바람 화살과 창을 들고는 천천히 일행들의 주위를 둘러싸기 시작했다.

"랭귀지!"

말이 통하지 않기 때문에 루드웨어는 마법을 사용하여 그들과의 의사 소통을 가능하게 한 후 앞에 있는 청년을 향해 소리쳤다.

"우린 중원에서 사람을 찾기 위해 온 사람들입니다. 이곳의 촌장을 만나고 싶은데 허락해 주시겠습니까?"

"당신들이 찾는 사람은 없다! 당장 이곳에서 떠나라!"

부족의 청년들은 루드웨어의 말을 들을 필요도 없다는 듯이 마을에서 떠나가라고 소리치며 공격할 태세를 갖추기 시작했다. 루드웨어는 어쩔 수 없이 힘을 써서 그들을 굴복시켜야겠다는 생각을 했다.

"난 중원에서 온 술사다. 나의 부탁을 들어주지 않는다면 이곳을 불바다로 만드리라!"

그 말과 함께 파이어 볼 마법을 사용한 루드웨어가 사람들 앞에서 거대한 불의 구를 만들어대자 그것을 본 부족 청년들은 크게 놀라며 뒷걸음질치기 시작했다.

"중원에서 온 술사는 멈추십시오!"

루드웨어는 이 청년들을 조금 놀래켜야겠다는 생각에 만들어놓은 파이어 볼을 내치려고 했는데, 그때 한 노인이 들고 있던 지팡이를 앞으로 내밀며 소리치는 것을 들을 수 있었다.

이리 가죽을 둘러쓴 채 종류를 알 수 없는 새의 깃털을 꽂고 있는 이 노인이 마을을 다스리는 술사라는 것을 알 수 있었던 루드웨어는 천천히 파이어 볼을 사라지게 한 후 그의 앞으로 걸어가 말했다.

"이 근처에 중원에서 온 자가 살고 있었는데 그가 어디로 갔는지 알 수 있겠습니까?"

그의 말에 고개를 끄덕인 술사는 해가 지고 있는 서쪽을 지팡이로 가리키며 말했다.

"그대가 찾고 있는 이는 서쪽 늪의 지배자인 만독묘랑(萬毒猫郞)의 손에 있소!"

"만독묘랑?"

"서쪽 늪을 다스리는 자로 뱀의 신을 모시는 사신족(蛇神族)과 흑묘족(黑猫族)이 받드는 자요. 그대가 말한 자는 감히 만독묘랑의 뜻을 거역하여 흑묘족에 의해 끌려갔소."

"음……."

술사의 말을 들은 루드웨어는 그제야 광의의 소재를 알 수 있게 되었다는 기쁨에 감사의 인사를 했다.

"그대의 신께 감사의 인사를 드리오."

"만독묘랑은 독으로 이곳에서 가장 사납다는 흑묘족을 굴복시킨 사람이오. 그 사람을 찾아간다면 조심해야 할 것이오."

"그대의 충고를 감사히 받겠소."

포권을 하며 뒤로 물러선 그는 서쪽으로 발걸음을 옮겼다.

하지만 그의 발길은 그리 멀리 가지 못했다. 이상하게 로노와르의 상태가 좋지 않았기 때문이다.

"로노와르, 괜찮은 거야?"

"응… 갑자기 현기증이……."

무슨 이유인지는 모르지만 요즘 들어 로노와르의 안색이 좋지 않았기에 그로선 잠시 걸음을 멈추지 않을 수 없었다.

이마에 손을 대어보니 불덩이 같아서 병을 앓고 있는 것이 아닐까 하는 생각을 해보았지만, 드래곤이 병치레를 하는 것은 있을 수가 없는 지라 이상할 수밖에 없었다.

어쩔 수 없이 숲에서 야숙을 할 수밖에 없었다. 한데 한밤중에 로노와르가 일어나 숲으로 걸어 들어가는 것을 목격한 루드웨어는 이상한 생각에 그녀의 뒤를 쫓았다.

열 때문에 정신이 없는지 루드웨어가 쫓아오는 것도 모른 채 조금 깊숙이 들어간 그녀는 아무도 없는지 주위를 확인한 후 천천히 주문을 외우기 시작했다.

"폴리모프!"

그 순간 그녀의 모습은 크게 변형하더니 등 뒤에서 수장의 날개와 함께 이마에서 뿔이 튀어나오기 시작했다. 그것은 바로 드래코니안의 변신체였다.

변신체가 된 그녀는 한숨을 내쉬고 있었기에 루드웨어는 그녀의 앞으로 걸어갔다.

"로노와르, 도대체 무슨 일이지?"

"아!"

루드웨어의 모습이 나타나자 그녀는 크게 놀란 표정을 지었다.

"밤중에 드래코니안으로 몰래 변하다니…… 도대체 무슨 일이야?"

그 말에 한참을 망설이던 로노와르는 할 수 없다는 듯이 한숨을 내쉬고는 말했다.

"휴~ 아무래도 나 임신한 것 같아."

"헉!"

그 말을 듣는 순간 루드웨어는 크게 놀라 뒤로 자빠질 뻔했다.

"이, 임신?"

"웅! 이계에 와서 처음 만났을 때……."

"음……."

이곳에서 처음 만났을 때 루드웨어는 그녀에게 상당한 공격을 받았는지라 화를 풀어주기 위해 잠시 시간을 할애(?)한 적이 있었다.

"잠깐! 그때라면… 설마……?"

"웅. 해츨링이 태어나려나 봐."

"……."

그 말과 함께 그녀의 얼굴에선 녹조가 흐르고 있었다.

"그래서… 열이 심하게 났었는가……."

드래곤은 알을 통해 새끼를 부화시키는 종족이었다.

그런 이유로 지금 그녀의 뱃속에는 알이 있다는 것인데, 인간으로 변한 상태였기 때문에 열이 심하게 나고 있었던 것이다.

루드웨어는 잠시 시간을 따져 보곤 이제 알을 낳을 시간이 얼마 남지 않았다는 것을 깨달을 수 있었다.

"젠장할! 이를 어쩌지!"

지금은 드래코니안의 모습으로 잠시 몸을 식히고는 있지만, 앞으로 얼마 지나지 않으면 드래코니안의 모습으로는 견디지 못할 것이다.

알을 낳기 위해선 약 이 주일 간 본체의 모습을 하고 있어야 하는데, 그녀의 거대한 몸집을 생각한다면 몸을 감출 만한 곳이 만만치 않았기 때문이다.

"드래코니안으로 몸을 식힐 수 있는 시간이 얼마나 남았지?"

"한 사흘 정도 남았어."

"그 다음에는 본체로 변해야 한다는 거군. 젠장할! 광의를 찾을 때가 아니네!"

다급한 상황이 되어버린 루드웨어였다.

본체가 되어 알을 낳는다 해도 약 세 달 이상의 부화 기간이 필요하기 때문에 그 시간을 머무를 수 있는 장소를 섭외하는 것이 급선무였다. 하지만 남만의 밀림에서 그녀와 아이가 거처할 동굴을 찾는 것이 어찌 쉬운 일이겠는가?

루드웨어는 머리가 지끈지끈 아파오기 시작했다.

"당신은 이곳에 있으시오."

"유리마?"

루드웨어는 갑자기 나타난 묵립의 모습에 크게 당황하지 않을 수 없었다.

지금 로노와르는 드래코니안의 모습으로 변해 있었기 때문인데, 예상외로 묵립이 처음에만 조금 놀라워할 뿐 이상하게 생각하지 않는 것을 보며 조금은 마음의 안정을 찾을 수 있었다.

"로노와르가… 인간이 아니라는 것을 알고 있었는가?"

"어렴풋이. 하지만 설마 용의 일족이라고는 생각하지 못했소."

"……."

그 말과 함께 묵립이 사라지니 루드웨어는 안도의 한숨을 내쉬었다.

물론 로노와르가 용이라는 사실에 묵립이 놀란 것은 당연했다.

루드웨어가 사는 세계에선 드래곤의 실체가 분명히 존재하고 있었지만 이곳에서 용은 성체가 됨과 동시에 하늘로 승천하는 존재였기에 그것을 눈으로 볼 수 있었던 이는 극히 소수에 불과했기 때문이다.

하지만 그 소수에 의해서 전설은 만들어지고, 그러한 전설을 바탕으로 민초들의 입으로 전해지기에 용의 존재는 민초들에게 어렴풋이나마 실재하고 있다는 것으로 믿어지고 있었다.

이런 이유로 묵립이 놀라기는 했지만, 그리 당황하지 않았던 것이다.

루드웨어가 로노와르를 위해 마법을 사용하여 편안한 자리를 마련해 주자 그녀는 무거운 몸을 움직여서 간신히 휴식을 취할 수 있었다.

과거 인간의 아이를 낳았을 때와는 다른 증상을 겪고 있었기에 루드웨어로선 어떻게 해야 할지 감을 잡을 수 없었다.

'젠장! 나라도 정신을 차려야 하는데……'

하지만 일은 그리 쉽게 풀리지 않았다. 다시 돌아올 묵립을 기다리고 있던 루드웨어는 근처에서 수상한 움직임이 있다는 것을 알 수 있었다.

'누군가 있다.'

이상하리만큼 고요했기에 그러한 생각은 더욱더 짙어져 가고 있었다. 그때 바람을 가르는 소리와 함께 그들을 향해 무엇인가가 빠른 속도로 날아왔다.

"실드!"

급히 실드 마법을 사용하여 자신들을 향해 날아온 것을 막았는데, 땅으로 떨어진 물체를 본 순간 루드웨어는 주위에 있는 자들이 어떤 자들이라는 것을 알 수 있었다.

"남만의 부족이로군!"

그들을 향해 날아온 것은 바람 화살, 남만의 민족들이 주로 사용하는 입으로 부는 독화살이었다.

바람 화살이 적중되지 않자 하나둘씩 전사들이 그 모습을 드러내기 시작했다. 물론 평상시에는 별로 두려울 것이 없지만 로노와르의 상태가 좋지 않은 지금 루드웨어로선 그들조차 번거로운 존재일 수밖에 없었다.

하지만 이상하게도 자신들을 둘러싼 부족 전사들은 재차 공격해 오지 않고 있었다. 그때 그들의 사이로 한 사람이 모습을 드러내었다.

"중원인이로군."

부족들이 입고 있는 옷과 크게 다른 중원의 복식을 하고 있는 자였기에 그가 중원인이라는 것을 알 수 있었다.

"이곳은 만독묘랑님의 영역이오. 서역인인 당신들이 왜 이곳으로 들어왔는지는 모르지만, 돌아가도록 하시오."

남방에 속하는 중원어를 사용하고 있던 그는 조용히 타이르듯 그렇게 말하다 로노와르의 모습을 보는 순간 크게 놀라는 표정을 지었다.

"아!"

이러한 모습은 다른 부족 전사들 역시 마찬가지였다. 그들은 바람 화살을 막는 투명한 벽을 보며 크게 놀라기는 했지만 주술을 사용했다는 생각에 곧 마음을 진정시켰다. 하지만 그 주술사의 곁에 뿔과 함께 몇 장의 날개를 가지고 있는 여인을 보자 당황한 기색은 더욱 짙어져만 갔다.

"다, 당신들은 도대체……."

중원인 역시 크게 놀라는 모습을 보이며 떨리는 목소리로 말하자 할수 없다고 생각한 루드웨어는 천천히 입을 열었다.

"우린 천계에서 내려온 천인들인데 남방미륵불을 만나러 가던 중 사방신수의 하나이신 청룡의 따님께서 용아(龍兒)를 배신지라 잠시 이곳에서 쉴 곳을 찾고 있었소이다!"

일단은 멋들어지게 속여보는 루드웨어였는데, 이곳 남만의 민족들이 불교를 믿지 않기는 하나 대장으로 보이는 중원인은 다르리라는 생각에 말을 한 것이다.

한참을 놀란 표정만 짓고 있던 중원인이 이내 무릎을 꿇고 엎드려 절했다.

"융천(隆川)에 사는 서종(徐鍾)이 천인들께 인사를 올립니다!"

"일어나시오."

속으로 안도의 한숨을 내쉰 루드웨어였으니, 서종이란 남자에게 자신의 생각이 잘 먹혀 들어갔기 때문이다.

루드웨어와 로노와르는 서종의 안내를 받으며 쉴 곳을 찾을 수 있었으니 그곳은 바로 사신족의 부락이었다.

과연 뱀을 숭상하는 신앙을 지닌 만큼 부족 전사들의 몸에는 뱀의 문신이 멋들어지게 새겨져 있어 용맹한 모습을 보이고 있었다.

루드웨어는 서종의 배려로 작은 집에서 쉬어 갈 수 있게 되었는데, 일단은 로노와르가 본체의 모습으로 변해야 할 날이 얼마 남지 않았기에 서종을 보며 물었다.

"서 대협에게 부탁을 드리겠소."

"말씀하십시오, 천인님."

"용녀께서 순산하시기 위해선 거대한 동굴이 하나 필요합니다."

그 말에 한참을 생각한 서종은 안타까운 표정을 짓고 있다가 말을 이었다.

"그만한 동굴이 있기는 하지만 그것이⋯⋯."

"무슨 문제라도?"

"그 동굴은 만독묘랑님께서 거처하고 계신 곳인지라 저의 힘으로는⋯⋯."

그제야 서종이 안타까운 표정을 짓는 이유를 알게 된 루드웨어는 미소를 지으며 말했다.

"만독묘랑과 잠시 이야기를 하고 싶은데, 안내해 줄 수 있겠소이까?"

"알겠습니다."

다행히 그 부탁은 들어줄 수 있는지 서종은 고개를 숙이며 대답했다.

묵립이 조금 걱정되기는 하지만 루드웨어로선 하루빨리 동굴을 마련하는 것이 급선무였기에 로노와르에게 잠시 쉬고 있으라 말한 후 서종을 따라 동굴로 걸음을 옮겼다.

부족 마을에서 두 시간 정도를 걸어가자 거대한 산과 함께 동굴의 모습이 드러났는데, 동굴의 위쪽에 음각으로 독묘동(毒猫洞)이란 글씨가 새겨져 있는 것이 보였다.

동굴은 상당히 거대했기에 로노와르가 본체의 모습으로 돌아가도 충분하겠다고 생각한 그는 반드시 만독묘랑의 허락을 받아야겠다고 다짐했다.

여기저기 야명석이 박혀 있어 동굴로 들어가도 어둡지 않았다. 값비싼 야명석으로 동굴을 밝히는 만독묘랑의 이곳에서의 권위가 얼마나 높은지 알 수 있었다.

크엉!

한참을 들어가자 맹수의 울음소리가 크게 울리기 시작했는데, 야명석의 빛으로 드러난 그들의 모습으로 루드웨어는 그것이 두 마리의 표범이라는 것을 알 수 있었다.

표범들은 서종과 루드웨어를 안으로 들여보내지 않으려는 듯 이빨을 드러내며 으르렁거렸는데 그때 그들의 뒤로 한 사람이 앞으로 나와서는 머리를 쓰다듬으며 말했다.

"되었다. 이제 돌아가도록 하거라."

표범들은 그의 몸에 머리를 비비더니 동굴 안으로 사라졌다. 그때 그자의 모습을 본 서종은 한쪽 무릎을 꿇고는 포권을 하며 말했다.

"만독묘랑님께 인사 올립니다."

서종의 인사로 그가 만독묘랑이라는 것을 안 루드웨어는 안력을 돋우어 그의 모습을 살피기 시작했다.

그는 짐승의 가죽으로 몸을 가리고 있었지만 날카로운 손톱에는 독기가 서려 있는 듯 푸르스름한 기운이 어려 있었고, 내공 또한 상당해 보였다.

"서종, 오랜만이구나."

"예."

"그런데 내게 외부인을 끌고 오다니, 이 사람은 누구더냐?"

만독묘랑의 말에 루드웨어는 포권을 하며 말했다.

"본인은 천계에서 온 루드웨어라고 하오."

"천계? 푸하하하하!"

천계에서 왔다는 말에 만독묘랑은 재밌다는 표정으로 대소를 하니 그것을 보는 서종은 크게 당황하여 말했다.

"만독묘랑님께 말씀드립니다. 이분은 천계에서 남방미륵불을 만나러 오신 분이 맞습니다."

"서종, 그런 허무맹랑한 속임수에 걸려들다니 어리석구나."

"하지만……."

루드웨어는 그의 말에 실력을 보여주어야겠다 싶어 조용히 시동어를 외쳤다.

"라이트!"

그 순간 루드웨어의 몸에서 십여 개의 빛의 구가 나와 사방을 밝히니 만독묘랑으로서도 크게 당황하지 않을 수 없었다.

"아!"

"어찌하면 믿어주시겠소이까?"

"……."

그제야 정말 천계에서 내려온 천인일지도 모른다는 생각을 하는 만독묘랑이었다.

"천인께서는 용녀께서 해산을 할 시기가 오신지라 남방미륵불을 만나러 가시는 중 잠시 이곳에 들르셨다고 합니다. 용녀께서 해산하시기 위해선 큰 동굴이 필요한데, 이곳에는 만독묘랑님의 독묘동밖에 없는지라 이렇게 모시고 왔습니다."

"음……."

서종의 말에 자초지정을 알게 된 만독묘랑은 잠시 생각에 잠겼다.

진짜 천인이라면 아무리 남만에서 큰 힘을 가지고 있는 자신이라 해도 상대하기 어려운 것은 당연했으니 그로서도 조금 고민하지 않을 수 없었는데, 한참을 생각하던 그는 천천히 루드웨어를 보며 말했다.

"그대에게 이 독묘동을 빌려준다면 나에게 무엇을 주시겠소?"

그 말에 루드웨어는 반쯤은 성공했다는 생각에 그를 보며 말했다.

"그대의 무기에 술법을 걸어주겠소."

"술법?"

"그렇소."

그 말과 함께 루드웨어는 가볍게 파이어 볼 주문을 외우니 그의 오른손에는 시뻘겋게 불타고 있는 화염구가 형성되었다.

"아!"

서종과 만독묘랑은 크게 놀라지 않을 수 없었으니 그러한 술법을 부릴 수 있는 무기가 생긴다면 나쁠 것은 없는지라 손바닥을 치며 말했다.

"용녀를 위해 이 동굴을 빌려주도록 하겠소."

"만독묘랑에게 감사를 드리오."

루드웨어는 감사의 인사를 전했는데, 고개를 저은 만독묘랑은 손을 들며 말했다.

"이것은 단지 거래일 뿐이오. 당신이 천인이라 해도 난 관용을 받거나 베푸는 사람이 아니라는 것을 알아주길 바라오."

"……."

루드웨어는 만독묘랑이란 자가 자신에 대해 상당한 자긍심을 가진 사람이라는 것을 알 수 있었다.

어쨌든 거래는 완벽하게 성공하였는지라 로노와르는 만독묘랑의 동굴로 거처를 옮길 수 있었는데, 루드웨어는 묵립의 안위가 걱정되지 않을 수 없었다.

중원의 무림인이라는 티가 확연히 드러난 그가 부족의 전사들과 만난다면 일전을 벌일 것은 당연했기 때문이다.

하지만 묵립은 그 후로 더 이상 모습을 보이지 않았기에 루드웨어로
선 그를 기다리는 것을 포기할 수밖에 없었다.

지금은 로노와르가 더 중요했기 때문이었다.

"폴리모프!"

동굴로 옮겨진 그녀는 드래코니안의 모습에서 완전한 드래곤의 모
습으로 돌아왔다.

거대한 다원소 드래곤의 몸이 거처하기에 충분할 정도의 크기였기
에 루드웨어는 안도의 한숨을 쉴 수 있었지만 이제부터가 가장 중요한
일이었다.

물론 드래곤인 그녀에게 해츨링이 태어날 알을 낳는다는 것이 별로
힘들 것은 없었지만, 자신들이 지금 있는 세계가 원래의 세계가 아닌
만큼 이쪽 마나의 영향으로 뭐가 잘못될지 알 수 없는 일이었다.

중원은 로노와르가 살고 있는 세계보다 마나의 양이 적기는 했지만
남만은 그중에서도 마나의 양이 꽤 많은 편에 속했다. 그래서 해츨링
의 드래곤 하트가 형성되는 것에는 별문제가 없어 보였다. 하지만 만
약의 경우를 위해 마나 입자를 충족시키는 것이 중요하다고 생각한 루
드웨어는 자신의 몸의 마나를 개방하여 동굴 내의 마나를 자신들이 살
고 있던 세계와 같은 밀도로 만들어갔다.

습기 찬 동굴은 산룡(産龍)에게 안 좋기 때문에 습기 제거 마법은 물
론 인공적으로 양지를 만드는 것을 비롯하여 해츨링의 알이 놓여질 자
리에 짐승의 털을 깔고 로노와르가 먹고 싶어하는 음식을 만들기 위해
사방을 돌아다니기를 서슴지 않으니, 루드웨어의 노고는 참으로 눈물
날 정도였다.

하지만 자신의 자식이 태어나는 판국에 어떤 남편이 그런 것을 힘들어하겠는가? 물론 해츨링이라고는 하지만 원래 용과 사람의 구별이 모호했던 루드웨어였는지라 그런 것은 상관하지 않았다.

"참으로 거대하군."

가끔씩 만독묘랑이 동굴로 필요한 물품을 건네주러 찾아왔는데 친절이라기보다 호기심 충족을 위한 행동인 듯했다.

물론 루드웨어의 견재로 가까이에서 보지는 못했지만 에이션트 드래곤보다 더 큰 로노와르였기에 멀리서 보아도 그 거대함을 알 수 있었다.

"그런데 흔히 볼 수 있는 용과는 조금 다르군요."

중원의 용은 사슴 뿔에 긴 뱀과 같은 신체를 가지고 있는지라 서종은 로노와르의 모습을 보며 말하고 있었다.

"그나저나 용아(龍兒)가 어떻게 생겼는지 빨리 보고 싶군."

"예, 그렇습니다."

루드웨어와는 다른 기대감을 가지고 있는 서종과 만독묘랑이었다.

그럭저럭 이 주일 정도의 시간이 지나자 드디어 로노와르의 몸에서 무지갯빛이 흘러나오기 시작했는데, 이것은 알을 낳기 위한 전조였다.

물론 이 모습을 어느 누구에게도 보여줄 수 없는지라 루드웨어는 만독묘랑과 서종이 보지 못하도록 동굴로 접근조차 할 수 없게 만드니 아깝다는 얼굴을 하는 그들이었다.

"이를 어쩌지… 이를……."

루드웨어는 과연 아무 문제 없이 알을 낳을 수 있을까 걱정하며 동굴 입구를 맴돌고 있으니 그것을 보고 있던 만독묘랑이 곰방대를 던져 주며 말했다.

"거참, 천인이란 사람이 뭐를 그렇게 안절부절못하는 것이오. 담배나 하나 피우면서 느긋하게 기다리시구려."

"후……."

그의 말이 틀리지 않는지라 루드웨어는 넘겨준 곰방대를 받아 담배를 피우며 걱정을 삭이고 있었는데, 예상외로 알을 낳는 것이 시간이 걸리는지 세 시간 정도가 지나자 그의 앞에는 수북하게 담뱃재가 쌓여 산을 이루고 있었다.

"아!"

한순간 루드웨어는 크게 탄성을 지르며 자리에서 일어났는데, 방금 전만 해도 강렬하게 느껴지던 마나의 기운이 어느 정도 사그라들고 있음을 느꼈기 때문이다.

곰방대를 만독묘랑에게 던져 준 루드웨어가 급히 동굴 안으로 들어가자 거대한 로노와르의 몸 사이로 하얀색의 알이 눈에 들어왔다. 금세 기쁨의 미소가 배인 루드웨어였다. 하지만 지금 당장은 알 걱정보다 로노와르에 대한 걱정이 먼저였기에 조심스레 그녀에게 다가가 물었다.

"로노와르, 몸은 괜찮은 거야?"

[응. 이곳의 마나 분포가 별로 좋지 않아 고생은 했지만, 별문제는 없는 것 같아.]

"휴~ 다행이다."

아무 문제 없다는 말에 안도의 한숨을 내쉰 루드웨어는 조심스럽게 로노와르가 낳은 알로 다가갔다.

다른 생물들과는 달리 드래곤은 난생이라고는 하지만 어미의 몸에서 알이 되어 나올 때 어느 정도 형태를 가지고 있었다.

알이 부화되기까지의 세 달의 시간은 마나를 흡수하여 어느 정도 기본이 잡힌 드래곤 하트에 계속적으로 마나가 들어가 완성되게 되는 시간과 드래곤의 종류에 따른 내성이 만들어지는 때이기 때문에, 지금부턴 로노와르가 절대 움직여서는 안 되는 기간이었다.

세 달 내내 알을 감싸서 온도를 유지하는 한편, 자신의 몸에 있는 마나를 지속적으로 알로 보내주어야 하기 때문이다.

보통 이 세 달의 기간 동안 엄마 드래곤은 아무것도 먹지 않고 버텨야 하기 때문에 암컷 드래곤에게 가장 힘든 시기였다.

게으른 드래곤이 잠 한숨도 자지 않고 아무것도 먹지 않은 채 계속 마나를 불어넣어야 되는데 어찌 쉽겠는가? 가끔씩 암컷 드래곤 모임에서 남편들도 알을 품어야 한다는 이야기가 나오는 것이 바로 이런 이유 때문이었다.

뭐, 루드웨어야 드래곤이 아닌 만큼 그런 의무에서 벗어나기는 했지만 조금 걱정이 되는 것은 사실이었다.

"음… 역시 중원에서 알고 있는 용과는 조금 다르군요."

언제 들어왔는지 알을 품고 있는 로노와르를 보며 서종이 중얼거리자 만독묘랑은 고개를 저으며 말했다.

"뭐, 멀리 동이에서는 용마가 알을 낳는다거나 하는 이야기가 많이 있으니 용도 여러 종류가 있나 보지."

"그렇군요."

로노와르가 알을 품기 시작할 때 루드웨어 역시 바쁘지 않을 수 없었는데, 그것은 바로 약속했던 마법 무기를 만들어주기 위함이었다.

한편 동굴을 구하기 위해 어디론가 사라졌던 묵립은 의외의 장소에 있었다.

동굴을 찾기 위해 여러 군데를 돌아다녀 보았지만, 루드웨어가 말했던 조건에 맞는 동굴은 발견할 수 없었다. 한참을 그렇게 찾아보던 중 어느 정도의 크기가 있는 동굴을 발견한 그는 안쪽은 넓지 않을까 싶어 안으로 들어서는데, 안으로 들어가자 그곳에서 누군가 살고 있다는 것을 알 수 있었다.

"음."

여러 가지 생활용품과 함께 가운데에는 커대한 쇠솥이 놓여져 있었는데, 솥 안의 잔존물을 확인하니 독성이 강한 무엇인가를 끓였다는 것을 알 수 있었다.

"만독묘랑의 동굴인가?"

하지만 그곳은 만독묘랑이 다스리고 있는 두 부족과는 어느 정도 거리가 있는 곳이었기에 이내 고개를 저을 수밖에 없었다. 그때 날카로운 파공음과 함께 무엇인가가 머리 쪽으로 날아오고 있는 것을 느낄 수 있었다.

"합!"

묵립은 크게 놀라서는 기합과 함께 몸을 뒤로 날렸다. 그 순간 무엇인가가 땅에 박히는 소리가 들려왔다.

"독침?"

안력을 돋우어보니 땅에 꽂힌 물건을 확인한 후 고개를 들어 자신에게 독침을 날린 자를 찾아보았는데, 천장의 한곳에서 아이가 매달려 있는 것을 볼 수 있었다.

나이는 대략 열 살 정도의 어린아이었는데, 짐승 가죽을 걸치고 있는 것이 남만의 아이로 생각되었다.

하지만 보통 아이와는 다른 것이, 허리에 암기 주머니를 들고 자신의 공격이 실패하자 마치 짐승과도 같이 네 발로 사방에 몸을 날리더니 또다시 암기로 묵립을 공격하기 시작했다.

하지만 적의 종적을 알고 있는 상태에서 그렇게 쉽게 당할 묵립이 아니었으니, 사방으로 움직여 나가 벽을 박차며 암기를 피해서는 순식간에 아이의 뒤쪽으로 갈 수 있었다.

"크아앙!"

짐승과도 같은 소리를 내는 아이는 뒷발을 들어 그대로 묵립을 걷어차려고 했는데 어느 정도 내공이 있기는 했지만 두려워할 정도는 아니었다.

자신에게 날아온 발목을 왼손으로 잡아 반대쪽 손을 들어 아이의 마혈을 짚으니 아이는 묵립의 손에 거꾸로 매달린 신세가 되어버렸다.

"휴……."

아이를 잡은 묵립은 숨을 내쉬며 천천히 녀석을 땅에 눕혀놓았는데, 그 녀석은 아직도 포기하지 않았는지 날카로운 송곳니를 드러내며 으르렁거리고 있었다.

"짐승 같은 꼬마로군."

날카로운 송곳니가 난 아이의 얼굴을 보며 귀엽다고 생각했던 묵립은 문득 아이의 팔목에 하나의 팔찌가 걸려 있는 것을 발견할 수 있었다.

"음……."

남만의 부족들이 만들었다고 보기에는 너무도 정교한 문양을 가지고 있는지라 천천히 팔찌를 빼어서 자세히 관찰해 보았다. 팔찌엔 한 번도 보지 못한 문자가 적혀 있었다.

"어디선가 본 적이 있는 것 같은데……."

하지만 묵립의 눈에는 그렇게 낯설게 보이지 않는 문자였기에 고개를 갸우뚱거려 보았지만 역시나 문자를 읽을 수는 없었다.

묵립은 근처를 뒤적거리며 살펴보기 시작했다. 얼마 지나지 않아 그는 한쪽 벽에서 어떤 흔적을 찾을 수 있었다.

"음……."

자세히 살펴보던 묵립은 천천히 손을 들어 벽을 짚어보았는데, 아니나 다를까 돌이 움직이는 것을 발견할 수 있었다. 천천히 내공을 돋우어 그 돌을 빼어보니 안에는 세 권 정도의 책이 들어 있었다.

"광의만독경(狂醫萬毒經)? 설마 이곳이 광의가 살고 있었던 곳인가?"

책의 이름을 본 묵립은 광의가 이곳에서 살고 있었다는 것을 알 수 있었다.

독을 제조하던 쇠솥과 함께 여러 가지 물품들은 그의 생각을 확증해 주고 있었다.

하지만 두 권의 책은 광의만독경이었으나 나머지 한 권은 아무런 이름도 쓰여져 있지 않은지라 묵립은 무의식적으로 그것을 펼쳐 보았다. 그곳엔 자세한 날짜와 함께 자잘한 글씨로 글이 적혀 있었다.

"일기로군."

그것이 광의의 일기라는 것을 알게 된 묵립은 천천히 처음부터 읽어나가기 시작했다. 그곳에는 그가 이곳에 들어오면서 겪었던 수많은 일들이 적혀 있었다.

그리고 한참을 읽어 나간 묵립은 그곳에서 자신이 붙잡은 아이에 대한 이야기가 적혀 있는 것을 볼 수 있었다.

"음......"

흥미를 느낀 묵립은 잠시 아이의 얼굴을 훑어보고는 일기를 읽어 나가기 시작했다.

"이곳에 광의 무상이 없다고 했습니까?"

"예, 분명 만독묘랑께서 독공 연마를 위해 광의 무상님을 모셔오긴 했습니다만, 3년 전쯤 이곳을 빠져나가 어디론가 사라지셨지요."

"음......"

어느 정도 서종과 친해진 루드웨어가 원래의 목적인 광의 무상에 대해서 물어보았는데, 안타깝게도 광의 무상이 이미 이곳에서 도망쳤다는 사실을 알게 되었다.

그가 이곳에 없다면 어디서 찾아야 할지 막막하기만 한 루드웨어였다.

"남만의 어딘가에 계실 것은 분명하지만, 부족 전사들을 시켜 한 달간 수색을 해보았으나 있는 곳을 찾아내지는 못했습니다."

"만독묘랑에게서 느껴지는 기운은 상당했는데 어떻게 도망쳤는지 모르겠군요."

"휴… 그것이 만독묘랑께서 아무리 무공이 높다 하셔도 어쩔 수 없는 상황이었습니다."

"어쩔 수 없는 상황이라뇨?"

"광의 무상이 이곳을 빠져나갈 때 한 명의 인질을 데리고 갔기 때문이죠."

"인질이라면… 설마……?"

"예. 만독묘랑님의 외동따님이신 묘아(猫兒)님을 인질로 이곳을 빠져나갔습니다."

"묘아라… 묘하군……."

잠시 헛소리를 하는 루드웨어였다.

"당시 묘아님의 나이가 4살이었으니 지금은 일곱 살, 잘 계실런지……."

서종은 중원에서 남만으로 온 무사이긴 했지만 오히려 이곳을 고향처럼 여기고 있는 사람이었다.

유림 출신의 가문에서 태어나 한때 대과에도 급제한 학식있는 사람이었지만 정권 다툼에 밀려 낙향을 하게 되고, 그 후 산속에서 은거한 무인을 만나 제자가 되어 무사로 전직하였지만 역시나 자신의 스승이 사파라는 이유로 억울하게 죽임을 당하자 권모술수가 난무한 중원에서 버티지 못하고 남만으로 내려온 사람이다.

남만의 밀림을 헤매던 중 독사에게 물려 사경을 헤매게 된 것을 만독묘랑이 구하게 되었고 서종은 그를 주군으로 섬기며 지금껏 남만에서 살아오고 있었는데, 그로서는 광의 무상이 주군의 아이를 납치하여 사라졌기 때문에 삼 년이 지난 지금에도 근심을 떨쳐 버리지 못하고 있었다.

"만독묘랑께선 아이를 상관하지 말라 하셨지만 삼 년 전에 비해 초라해진 어깨를 보면… 흑흑… 신선님께선 도술을 알고 계시니 어떻게 묘아님을 찾아낼 방도가 없겠습니까?"

"흠… 나라 해도 이 밀림 속에서 사라진 사람을 찾는 것은……."

"그렇군요."

루드웨어의 말에 서종이 침울한 기색이 되니 괜히 미안해지는 그였다.

"그나저나 신선께서 말씀하신 무기는 어떻게 되었습니까?"

"아! 무기 말인가?"

"예. 만독묘랑님께선 그 무기에 대해 큰 관심을 가지고 계십니다."

"걱정 말게. 어느 정도 형태는 잡아두고 있으니까. 아마 완성된다면 만독묘랑의 무공은 무기에 의해 한 단계 위로 발전할 것일세."

"아! 그렇다면 다행입니다."

루드웨어의 말에 아까의 침울한 분위기와는 달리 밝게 웃는 서종이었으니 루드웨어는 그가 얼마나 만독묘랑을 중히 여기는지 알 수 있었다.

"한 달 정도 지나면 마무리 작업도 모두 끝날 테니 그때 직접 무기를 가지고 가도록 하겠네."

"알겠습니다. 만독묘랑님께 그렇게 전하도록 하겠습니다."

서종이 고개를 숙여 인사를 하고는 사라지자 한숨을 내쉰 그는 천천히 동굴로 들어갔다.

여기저기 금을 녹여 만든 장식들이 보이고 있었는데, 이는 부족들이 용신을 경배하고자 자신들이 가지고 있던 금을 녹여서 만들어놓은 것이다.

탐욕 하면 또 드래곤이니만큼 어찌 이런 것을 거부할 수 있겠는가?

뭐, 예술적 면으로는 상당히 부족하긴 했지만 누런 황금색이 로노와르를 안정시켜 주고 있었다.

"어때, 로노와르. 견딜 만해?"

"응. 그런데 좀 배고프다."

"휴, 나도 먹을 거라도 가져다 주고 싶지만 너도 알다시피 부화하기 전까지 아무것도 먹어서는 안 되잖아."

"힝……."

루드웨어의 말에 그녀는 실망한 표정이 될 수밖에 없었다.

"그나저나 해츨링에게 먹일 오크가 없어서 어떡하지."

"정말… 태어나자마자 살이 통통하게 오른 오크 고기를 먹이고 싶었는데……."

좋은 것을 먹이고 싶은 엄마의 마음인 로노와르는 맛 좋은 것을 아이에게 먹이고 싶은 마음에 안타까울 수밖에 없었다.

"멧돼지를 잡아서 오크 키메라로 만들어볼까?"

"오크 키메라? 안 돼! 이쁜 자식에게 불량 식품이나 먹이려고 하다니, 정신이 있는 거야?!"

"음… 그런가?"

키메라를 먹이자는 말에 분노의 눈길을 보내는 로노와르였으니, 역시 드래곤 사회에서도 먹거리는 상당히 중요한 것이었다.

"뭐, 어쩔 수 없지. 멧돼지를 잡아서 목에 안 걸리게 어금니나 발라 주고 먹이지 뭐. 그게 가장 무난한 것 같다."

유아식, 아니, 해츨링식에 대해서 한참을 이야기 나누고 있던 루드웨어는 갑자기 생각났는지 말했다.

"그나저나 유리마는 어디로 갔을까?"

"글쎄, 거의 한 달이나 지났는데 말이야."

두 사람이 이렇게 걱정하고 있는 유리마는 광의 무상이 거처하던 동굴에서 기거하고 있었다.

그가 이곳에 있는 이유는 광의 무상의 의서에서 자신의 기억 상실증을 고칠 방법을 찾고 있었던 것인데, 어느 정도 혈도에 대한 지식과 약초에 대한 지식이 있다고 해도 그것을 혼자 해결하는 것은 보통 어려운 일이 아니었기에 한 달이 지난 후에도 별 진전이 없었다.

거기다가 근처에 방해꾼이 한 명 있었으니, 처음 이곳에 들어왔을 때 자신을 독침으로 공격한 꼬마였다.

광의의 일기에 따르면 만독묘랑의 딸인 묘아라는 소녀인데, 인간이기보다 거의 고양이에 가까운 모습인지라 한시를 가만히 있지 못하고 돌아다니니 어찌 정신이 집중될 수 있을까?

또 거기다가 광의에게 내공심법은 물론 암기술과 더불어 침술까지 배웠기에 함부로 손을 대지도 못하는 형편이었다.

"묘아!"

의서를 보고 있던 묵립은 정신 사납게 돌아다니는 녀석을 보며 더 이상 참지 못하고 소리를 질렀다. 그가 화가 났는지도 모르고 묘아는 그가 부르자 뛰어놀던 것을 멈추었다. 멀뚱이 고개를 돌려서 그를 한참 쳐다보다가 얼굴 가득 미소를 지으며 뛰어와서는 그의 품에 안겨 얼굴을 비비기 시작했다.

"휴……."

광의가 아이에게 내공심법과 여러 가지를 가르친 것은 좋았지만 가장 중요한 말과 예의는 가르치지 않은지라 마치 짐승과도 같은 꼴이 되어버렸던 것이다.

지금의 묘아 상태는 사람이 아닌 고양이로 보는 것이 나은지라 더 이상 화를 내지 못하는 묵립은 한숨만 내쉴 뿐이었다.

조금 귀찮기는 하지만 이상하게 귀엽기도 한 묘아였기 때문이다.

얼굴을 비비고 있는 묘아의 머리를 쓰다듬어 주며 의서를 읽고 있던 묵립은 곧 자신의 기억 상실증을 치료할 수 있는 방법을 찾을 수 있었다.

루드웨어의 말에 따르면 뇌호혈에 알 수 없는 마나가 막혀 있어 과거의 기억을 가로막고 있다고 했는데, 그곳에 어느 정도의 내공과 금침대법으로 뇌호혈을 뚫을 수 있는 방법이 적혀 있었던 것이다.

"음."

하지만 광의는 의서에서는 이 방법을 절대 권하지 않고 있었는데, 금침대법과 내공으로 뇌호혈을 꿰뚫을 때 상당한 충격을 받게 되어 죽거나 식물인간이 될 수도 있기 때문이었다.

묵립으로선 이 위험한 일을 해야 할까 말아야 할까 고민할 수밖에 없었다. 하지만 가끔씩 과거의 연상이 흐를 때마다 느껴지는 심한 두통과 알지 못할 분노가 가슴속에 남아 있었기에 마음을 굳게 먹고 이 뇌호혈 금침대법을 행하기로 마음먹었다.

"묘아야……."

"엥?"

묵립은 금침대법을 제대로 시술할 수 있는 사람은 묘아밖에 없다는 것을 알고 있었기에 아이를 불러서 의서의 그림을 보여주고는 금침을 하나 들어 보여주며 말했다.

"이 금침대법을 네가 좀 해주어야겠는데… 할 수 있겠냐?"

물론 묵립의 말을 정확하게 알아들을 수 없는 묘아였지만, 광의에게 매를 맞으며 강제로 배운 것도 있고 표시되어 있는 의서가 어떤 것인지도 알기 때문에 고개를 끄덕이고는 또다시 묵립의 몸에 얼굴을 비비기 시작했다.

하는 행동을 보면 못 믿을 녀석이긴 했지만, 어쨌든 금침대법을 시작하기로 결심한 묵립은 가볍게 심호흡을 하며 마음을 안정시킨 후 묘아의 앞에 금침을 놓아두고는 손가락으로 머리를 가리켰다.

"시작하거라."

"엥."

자신만의 독특한 말로 대답을 한 묘아는 금침을 하나 들어 가부좌로 틀고 있는 묵립의 정문에 그대로 꽂아버리니 그 순간 큰 충격이 몰려왔다.

"끅!"

하지만 신음을 내질러서는 안 되는지라 묵립은 이를 악물며 그것을 참아냈고, 묘아의 손은 빠르게 의서에 적힌 혈도를 따라 금침을 꽂기 시작했다.

그렇게 하기를 반 시진, 이제 묵립의 몸에는 머리를 포함하여 모두 124개의 금침이 여기저기 꽂혔으니 서서히 내공을 끌어올린 그는 기를 움직이기 시작했다.

묵립의 기가 모여 움직일 때마다 하나씩 하나씩 금침이 스스로 빠져나가기 시작하니 금침에 의해 잠시 막힌 혈도가 그의 내공에 의해서 뽑혀져 나가는 것이리라.

작은 시냇물이라 하더라도 고이는 물을 막고 있다 터뜨리면 큰 물살을 일으키며 흐르는 것과 같이 이 대법은 일주천하는 혈도 곳곳을 금침으로 막아서 봇물 터뜨리듯이 한순간에 혈도를 깨끗이 쓸어버리는 원리인지라 자칫 금침의 강약이 잘못되거나 내공이 부족할 시에는 주화입마로 인해 죽임을 당하거나 식물인간이 되는 것이다.

묘아는 무슨 상황인지는 모르지만 광의에게 이러한 경우 사람을 건드려서는 안 된다는 것을 몸으로 경험한 녀석인지라 멍한 얼굴이 되어 묵립을 쳐다보고 있었다. 근 두 시진이 지나서야 묵립의 몸 곳곳에 꽂힌 금침 중 120개가 밖으로 빠져나올 수 있었다.

이제 묵립의 몸에 남은 금침은 모두 네 개, 하지만 네 개의 금침 모두가 머리의 가장 중요한 부분을 차지하고 있는지라 그로선 지금 이 순간이 가장 중요하다 할 수 있었다.

"끅!"

점점 커져만 가는 내공에 의해 머리에선 엄청난 고통에 밀려오고 있었던지라 정신을 집중하는 것이 극히 어렵게 변해가고 있었지만, 뛰어난 무인이기도 한 그는 고통으로 신음을 참기 어려우면서도 정신을 집중하여 진기를 움직이는 것을 잊지 않았다.

그렇게 고통스러운 시간이 흘러 한 시진 정도가 더 흘렀을 때 겨우 세 개의 금침이 밖으로 빠져나오니 이제 뇌호혈에 꽂힌 단 하나의 금침만이 남아 있을 뿐이었다.

이 마지막 금침을 뽑기에는 심신이 너무 지쳐 있었던지라 묵립은 포기하고 싶은 심정이 가득했다.

하지만 이대로 포기하기에는 너무나 아까운지라 마지막 힘을 다해 진기를 밀어붙이기 시작했다. 지금까지 느꼈던 것과는 상대도 되지 않는 엄청난 고통이 밀려옴과 동시에 그의 몸을 자극하기 시작했다.

"흐윽!"

순간 눈이 커지며 핏발이 선 그의 모습을 보며 묘아는 그가 많이 고통스러워하고 있다는 것을 깨닫고는 울상이 되어버렸다.

1년 전 광의가 죽은 이후 자신을 보살펴 주는 사람 한 명 없이 외롭게 동굴에서 살아온 묘아는 짧은 시간이기는 하지만 묵립이 광의와 같이 무뚝뚝하기는 하지만 속으로는 따뜻한 마음씨를 가지고 있다는 것으로 알고 크게 마음에 들었었기 때문이다.

　"으아앙!!"

　묵립이 움직일 생각을 하지 않자 묘아는 그의 근처를 돌며 괴성을 지르기 시작했다. 안절부절못하는 모습이 역력히 드러나고 있었다.

　하지만 건드리지 못하기에 가부좌를 틀어 앉은 채 꼼짝하지 않는 묵립 주위를 돌다가 그의 정면에 앉아 그가 움직이기만을 기다렸다.

　세 시진, 네 시진, 그리고 이틀이 지나도 묵립은 일어날 생각을 하지 않자 묘아의 눈에선 다시 눈물이 흘러내리기 시작했다.

　"으아앙!!"

　묘아는 죽은 자를 위해 소리를 한번 질러준 다음 천천히 혓바닥으로 그의 얼굴을 닦아주기 시작했다.

　힘든 내공심법의 영향으로 많은 땀을 흘려 그의 얼굴은 소금기가 붙어 지저분한 얼굴이었기에 묘아는 전에 보았던 깨끗한 모습으로 만들어주려 한 것이다. 그 순간 갑자기 묵립의 눈이 번쩍 뜨이더니 자신의 얼굴을 핥고 있는 묘아를 쳐다보기 시작했다.

　"으엥!!"

　묘아는 그 모습에 크게 놀라 뒤로 몸을 날렸는데, 아이의 모습을 한참 동안 바라보던 묵립은 미소를 지으며 손을 양쪽으로 뻗더니 말했다.

　"이제야 생각나는구나, 묘아야!"

　"으앙!"

전에 보았던 모습과 같은 모습으로 돌아온 것을 보며 묘아는 크게 반가워하며 가부좌를 틀고 앉아 있는 그의 몸 위로 뛰어올라서는 얼굴을 비비니 묵립이 머리를 쓰다듬어 주었다.

"네가 많이 걱정을 했나 보구나."

"으으응… 묘… 묘… 아… 걱정… 많이 했당……."

"……!!"

자신의 말에 묘아가 어설프게나마 대답을 하는 것을 들은 묵립은 크게 놀라지 않을 수 없었다.

"말을 할 수 있었구나?"

"으… 응… 묘아… 말하는 거… 어려워서… 안 했다……."

'음… 하긴 광의라면 외로움을 달래기 위해서라도 이 아이에게 말을 붙였을 테지…….'

제대로 배운 것은 아니다 하더라도 아이에게 금침대법이나 여러 가지를 가르치기 위해선 어느 정도의 말을 가르쳤을 것은 분명할 터, 알아들을 수는 있으나 말하지 못했던 묘아였을 것이라는 생각을 한 묵립이었다.

묵립이 눈을 뜬 후 한참 묘아를 쳐다본 이유는 기억 상실증이 모두 치료되어 갑자기 개방된 수많은 기억 때문에 이전에 묘아를 만나고 금침대법을 시행한 기억이 금세 떠오르지 않았던 것이다.

하지만 묘아의 얼굴을 본 그는 얼마 지나지 않아 지금까지의 일이 떠오르게 되었다.

'그나저나 루드웨어를 이곳에서 만나다니… 재밌는 일이군…….'

이젠 과거의 기억까지 모두 되살아난 묵립은 루드웨어의 기억을 되새기며 다시 한 번 미소를 지었다.

"자, 묘아야, 네 아빠를 만나러 가지 않으려냐?"

"아빠?"

"그래, 네가 세상에 나올 수 있게 해준 아빠 말이다."

"엥?"

묘아는 아빠라는 말의 뜻을 알지 못했기에 고개를 갸우뚱거릴 수밖에 없었다.

부모에 대한 기억을 완전히 갖추기 전에 광의에게 납치되었다고 할 수 있는 묘아에게 부모에 대한 기억은 흐릿하기만 할 뿐이었다.

하지만 묵립은 이 아이가 만독묘랑을 만난다면 부모에 대한 생각이 날 것이라 믿었다.

태어나 제일 처음 보게 되는 얼굴이 부모임에, 설사 어릴 적에 헤어졌다 해도 그런 이유로 살아가며 부모는 잊을 수 없는 얼굴 중의 하나라는 생각이었다.

해츨링의 부화까지 앞으로 한 달, 만독묘랑과 서종은 루드웨어가 무기를 완성했다는 말에 남만의 로노와르 레어가 되어버린 동굴 앞에서 기대에 찬 얼굴로 모여 있었다.

상자를 하나 두고 옹기종기 모여 앉아 있는 그들의 모습은 세상을 진천시키는 뛰어난 무인이라기보다 장난감을 앞에 두고 기대에 차 있는 아이의 모습이라고 하는 편이 더 적합하다 할 수 있었다.

"그나저나 이곳에서 해도 괜찮겠소?"

"무슨 말이오?"

만독묘랑의 말에 루드웨어는 잘 모르겠다는 얼굴로 반문했는데, 그는 신선이 그런 것도 모르냐는 표정을 지으며 말했다.

"자고로 하나의 생명이 태어나기 전 가장 중요한 것은 어미의 몸속에 있을 때요. 아이를 생산함에 있어 그 어미는 아이에게 해를 줄 수 있는 음식은 피하는 한편 바른말을 사용하며 시끄러운 곳을 피하게 하는 것들을 비롯한 태교가 가장 중요한 것인데, 지금 용아가 태어나기 얼마 남지 않은 시간에 이런 흉측한 무기를 근처에서 시험을 한다면 어떤 결과를 낳겠소이까."

"……."

루드웨어와 서종은 그 순간 만독묘랑을 멍하게 쳐다볼 수밖에 없었으니, 겉보기에는 터프하기 그지없는 그가 세 명 중에서 가장 섬세한 면을 보이고 있었기 때문이다.

"아… 그렇군요."

"내 이곳에서 조금 떨어진 곳에 공터를 하나 알고 있으니 그리로 가도록 합시다."

"알겠소."

이렇게 해서 세 사람은 무거운 상자를 들고 근처의 공터로 자리를 옮기게 되었다.

만독묘랑이 말한 공터는 꽤 넓은 곳이었다.

인위적으로 만들어진 듯한 흔적이 엿보이며 근처에 무엇인가 강하게 파여진 흔적이 보이고 있기에 루드웨어는 무엇인가를 짐작하고 물어보았다.

"만독묘랑께서 무공을 연마하시는 곳인 것 같군요."

"그렇소. 과거 이곳으로 오신 스승에게 한 수의 조법을 배운 것을 수십 년 동안 연성하여 지금까지 올 수 있었소이다."

"그렇군요."

만독묘랑의 말을 들으며 이곳이 상당한 의미가 있는 곳이라는 것을 알 수 있었는데, 그의 표정은 아까와는 다르게 우울하게 변해 있었다.

"응?"

루드웨어는 그 모습을 보며 이상하게 생각할 수밖에 없었으니 서종이 한숨을 쉬며 루드웨어에게 전음을 보냈다.

[만독묘랑께선 이곳에서 자신이 어렸을 때와 같이 묘아님에게 무공을 가르치려 하셨으나 그 뜻을 이루지 못하셨습니다. 그러니 저리 한숨을 쉴 수밖에요.]

[그렇군요.]

모든 부모가 다 그렇듯 편하게 먹고 사는 자식도 걱정을 하는데, 어찌 생사를 알 수 없는 아이를 걱정하지 않을 수 있겠는가?

물론 레그르토의 경우를 생각한다면 루드웨어나 로노와르는 예외라 하겠지만, 역시 보통의 인간에겐 당연한 일이었다.

"자! 개봉박두!"

만독묘랑의 우울한 기분을 해소시켜 주기 위해 루드웨어는 기대하라는 말을 하며 흥을 돋우니 두 사람의 우울한 기분은 기대감에 차 있는 모습으로 변하기 시작했다.

"짜잔!"

루드웨어가 멋들어지게 돌상자의 뚜껑을 여니 순간 붉은빛이 번쩍이며 보는 이들이 눈을 뜨지 못하게 했다.

"오!"

붉은빛의 작렬에 사람들은 탄성을 내질렀지만 사실 이건 무기에서 나는 것이 아닌 루드웨어가 마법으로 거창하게 보인 것에 지나지 않았다.

어느 정도의 시간이 지나 붉은빛은 완전히 사라지고 상자 안에 물건이 드러났다. 만독묘랑은 자신이 받을 무기를 기대 어린 눈으로 쳐다보았다.

"응?"

하지만 막상 무기를 보니 실망을 금치 못했는데, 그의 눈에 보이는 것은 두 쌍의 팔뚝 보호대였기 때문이다.

만독묘랑이 자신이 보여준 무기에 대해 흡족하지 못한 모습을 보이는 것을 보며 고개를 내저은 루드웨어는 천천히 상자에서 팔뚝 보호대를 꺼내더니 말했다.

"마음에 들지 않습니까?"

"무기라 하지 않았소. 내가 보기엔 보호대에 지나지 않은 것을……."

"휴… 잘 보시오."

루드웨어는 그것을 들어서는 자신의 팔에 차기 시작했다. 팔뚝 보호대는 루드웨어의 팔뚝 두 개가 들어갈 정도로 컸던지라 만독묘랑은 비웃음을 던지려 했으나 팔뚝에 차자마자 그 물건이 갑자기 줄어들어 딱 맞게 변하니 크게 놀라지 않을 수 없었다.

"이것이 바로 첫 번째 기능이오. 차고 있는 이의 몸에 맞추어 크기가 변하게 하였소."

"오……."

서종은 자신의 신체에 맞추어 변하는 무기를 본 적이 없는지라 크게 탄성을 내지를 수밖에 없었다.

자신의 두 팔에 보호대를 찬 루드웨어는 자리에서 일어나서는 만독묘랑을 보며 말했다.

"이 상태에서 이 무기에 내공을 돋우면 어떻게 변하는지 잘 보시오."

그 말과 함께 가볍게 무기에 내공을 돋우니 그 형태가 크게 변하기 시작했다. 얼마 지나지 않아 그의 팔에는 세 개의 날카로운 날이 보이고 있는 갈고리가 만들어졌다.

"아!"

만독묘랑은 그제야 왜 그것이 무기라고 했는지를 알게 되었다. 루드웨어는 그를 보며 말했다.

"본인은 이것을 염화묘조(炎火猫爪)라 이름 지었소."

"염화묘조?"

"차압!"

서종의 되물음에 루드웨어는 내공을 돋우어 가볍게 휘둘렀다. 그 순간 묘조에선 뜨거운 불길이 형성되면서 그의 앞에 있는 풀과 나무들을 태워 버리기 시작했다.

"오오!"

"아쿠아 볼!"

일단 남만 같은 밀림에서 불이 나면 걷잡을 수 없는 일이 벌어지기 때문에 물 원소 계열의 마법인 아쿠아 볼을 사용하여 잽싸게 꺼버린 루드웨어였는데, 이것 역시 무기에서 나온 것이라 생각한 두 사람은 크게 놀라 박수를 치며 소리쳤다.

"오! 물까지 나오다니 놀라울 따름이오!"

"…방금 불을 끈 것은 제 도술입니다."

"……."

그 말에 괜히 박수 쳤다는 듯이 손을 툭툭 터는 시늉을 하며 다시 루드웨어의 팔에 차여 있는 무기를 쳐다보았다.

"세 번째 기능은 절대의 방어 장비라는 것입니다. 만독묘랑은 저를 향해 공격을 한번 해보겠습니까?"

"알았소."

자리에서 일어난 만독묘랑은 오른손에 내공을 끌어올리더니 루드웨어를 향해 일조를 뻗었다.

"단맥묘조(斷脈猫爪)!"

만독묘랑이 단맥묘조의 일수를 뻗은 순간 날카로운 기운이 만들어져서는 루드웨어를 향해 날아갔다.

"차압!"

루드웨어는 그 조공을 보며 가볍게 오른팔의 보호대를 앞으로 내밀었는데, 단맥묘조의 기가 보호대에 닿는 순간 갑자기 푸르스름한 기운이 형성되며 그 기운을 흩어버리니 두 사람은 크게 놀라지 않을 수 없었다.

"자신의 몸을 보호하는 내공의 양만큼 상대방의 강기를 중화시키는 기능이 있소이다. 즉, 내 몸의 내공이 일 갑자라면 상대방의 이 갑자의 강기 공격 중 자신의 내공에 해당하는 일 갑자를 중화시키는 기능이지요."

"오!"

물론 완전히 방어하지는 못하지만 자신의 내공만큼 적의 기를 막을 수 있다는 것은 상당히 뛰어난 방어구라 할 수 있었다.

"어떻소이까, 이래도 실망이십니까?"

"하하하하! 내가 언제 실망을 했었소이까. 하하하!"

루드웨어가 안 줄까 봐 만독묘랑은 재빨리 발뺌했다.

팔뚝에서 염화묘조를 해체한 루드웨어는 그것을 돌상자에 넣고 그에게 건네주니 떨리는 손으로 선물을 받아 드는 그였다.

간단한 선물 중정식이 끝난 루드웨어는 로노와르가 기다리고 있을 동굴을 향해 발걸음을 옮겼는데, 그때 주위에서 알 수 없는 어둠의 기운이 느껴지고 있다는 것을 알 수 있었다.

"응?"

그는 곧 이것이 이 세계의 기가 아니라는 것을 느꼈다.

"누구냐!"

"우왕!!"

"헉!"

그 순간 루드웨어의 머리 위로 예상치도 못한 녀석이 괴성을 지르며 떨어져 내려와서는 날카로운 손톱을 휘둘렀다.

"살쾡이 같은 녀석!"

하지만 그 정도의 공격에 당할 루드웨어가 아니었다. 오른발을 축으로 가볍게 몸을 회전시킨 그는 녀석의 뒷덜미를 잡았다.

한순간에 공중으로 매달려 버린 녀석은 멍한 얼굴이 되어버렸다.

"새파란 놈이 벌써부터 바가지를 긁을 준비를 하다니. 에잇!"

철썩!

"으앙!"

버릇을 고쳐 줄 생각으로 엉덩이를 손바닥으로 철썩 내려치니 아픔을 느낀 아이는 아픈 듯이 비명 소리를 내질렀지만 그 정도로 용서를 해줄 루드웨어가 아니었다.

아니, 어쩌면 그의 천성적인 자질이 눈을 떴을지 모르니 아이 엉덩이를 때리는 순간에 재미를 느끼는 변태 루드웨어였다.

철썩!

"으앙!"

아이는 루드웨어의 손에서 발버둥을 치며 빠져나오려고 했지만 어찌 세상이 다 알아주는 능력을 지닌 그의 손에서 쉽게 빠져나올 수가 있단 말인가?

발버둥 치면 칠수록 루드웨어의 손속은 더욱 거세어져 가니 얼마 지나지 않아 축 늘어진 모습이 되어 대롱대롱 매달려 버렸다.

"하하하! 감히 대마도사 루드웨어에게 대적하려 하다니! 나에게 도전을 하려면 천 년은 더 수련을 하도록 해라! 푸하하하!"

"애들을 상대로도 그런 말이 잘도 나오는군. 후후."

"응?"

뒤에서 들려오는 소리에 뒤로 돌아선 루드웨어는 그 순간 크게 놀라서 소리쳤다.

"유리마!"

"하하하! 루드웨어!"

유리마는 반가운 듯이 루드웨어에게 다가와 반가움의 포옹을 했다. 순간 루드웨어는 무엇인가를 크게 깨닫고는 소리쳤다.

"기억을 되찾았구나!"

"그래! 네 녀석과 네 녀석의 손에 매달려 있는 꼬마의 도움으로 말이야."

"응?"

그제야 왼손에 매달려 있는 꼬마를 쳐다보는 루드웨어였다.

"이 살쾡이 같은 꼬마 녀석은 어디서 주워온 거야?"

"하하하, 주워오다니. 광의 무상이 있던 동굴에서 혼자 살고 있던 아이라네. 이름은 묘아라고 이곳에 살고 있는 만독묘랑의 여식이라 하던데?"

"응?"

그제야 이 아이가 만독무랑의 딸인 묘아라는 것을 알게 된 루드웨어는 크게 놀라서는 다시 한 번 쳐다봤다.

자세히 들여다보니 어느 정도 그와 비슷한 곳이 있는지라 유리마의 말을 믿을 수밖에 없었다.

"으와앙!!"

묘아는 그의 손에 매달린 채로 루드웨어에게 괴성을 지르며 이를 갈았다. 이 녀석을 놓아주었다간 또다시 공격당할 것은 뻔한 일인지라 루드웨어는 한숨을 내쉬었다.

하지만 언제까지 들고 있을 수만은 없는 일, 루드웨어는 유리마에게 녀석을 건네주며 말했다.

"로노와르가 알을 품고 있으니까 태교에 방해되지 않게 잘 들고 있으라고."

"아! 해츨링을 말하는 겐가?"

"응."

"경사스러운 일이군."

유리마는 루드웨어의 말에 크게 기뻐하는 표정을 하며 말했다. 과연 절친한 친구 사이인지라 상대의 기쁨을 자신의 기쁨과 같이 생각하고 있었던 것이다.

"고맙네. 그나저나 만독묘랑을 만나러 가야겠군."

"일단은 묘아를 돌려줘야 하니까."

자신의 가슴에 철썩 달라붙어 있는 묘아를 가리키며 유리마가 말하자 루드웨어는 고개를 끄덕였다.

"부녀 간의 해후는 될 수 있는 한 빨리 이루어지는 것이 좋겠지. 일단은 부족 전사들에게 공격당할 수도 있으니 나를 따라오게."

"알겠네."

이렇게 해서 루드웨어는 유리마, 묘아와 함께 다시 만독묘랑이 있는 곳으로 가게 되었다.

사람들에게 물어보며 만독묘랑이 있는 곳을 찾은 루드웨어는 서종과 그의 모습을 보며 자신도 모르게 미소를 지었다.

마을 근처의 늪으로 갔던 그들은 무기를 실험해 보고 싶었던지 마구잡이로 염화묘조의 힘을 난사했다. 덕분에 늪에 있던 풀들은 그들 주위로 거의 대부분이 시꺼멓게 타 들어간 모습을 하고 있었다.

염화묘조의 불은 시전자의 내공을 끌어내서 불을 만들어내는 병기였다. 얼마나 많은 양의 내공을 사용했는지는 모르지만 두 사람 다 늪의 한구석탱이에서 탈진이 되어 숨을 헐떡이고 있었다.

"과한 것은 모자른 것만 못하나니."

쓰러진 두 사람 근처에서 미소를 지으며 한마디 하는 루드웨어였으니 만독묘랑과 서종의 얼굴은 시뻘겋게 변할 수밖에 없었다.

늪 여기저기가 시꺼멓게 탄 것을 보던 유리마는 그것이 만독묘랑의 팔뚝에 차여 있는 무기 때문이라는 것을 알아채고는 흥미가 생긴 듯 말했다.

"파이어 웨이브를 인첸터한 건가?"

"응. 그 밖에 몇 가지 잡다한 불 계열 마법 역시 집어넣기는 했는데, 과하게 가르쳐 주면 조금 위험할 것 같아서 파이어 웨이브만 내력을 집어넣으면 자동적으로 형성되게 만들었지."

"음… 겉으로 보기에 위력은 별로인 것 같은데… 최고 마법은?"

"헬 파이어."

"헬 파이어? 너무 과한 것 같군. 이곳 사람들에게 헬 파이어는 요마의 요술로밖에 보이지 않는 위력이라고."

"그러니 발동어를 가르쳐 주지 않는 것이 아닌가."

"음……."

유리마 역시 마계에서 라스타를 섬기고 있던 엘리트 암흑 신관이었던 만큼 마법에 대해서 꽤 조예가 있었기에 루드웨어가 만든 염화묘조에 대해서 여러 가지 이야기를 나누고 있는 것이다.

하지만 이 순간에도 바닥에는 불쌍한 인물들이 뒹굴고 있었으니, 묘아는 유리마에게 내려서는 새로운 장난감이 생긴 듯 서종과 만독묘랑의 몸 위에서 즐겁게 놀고 있었다.

"신선님… 제발 이 꼬마를 어떻게 좀 해주십시오!"

얼굴에 수십 개의 손톱 자국이 난 서종은 더 이상 참지 못하곤 젖먹던 힘을 다해서 소리쳤는데, 그것을 들은 루드웨어는 손을 내저으며 말했다.

"아냐, 아냐. 아직 그 아이가 지금까지 하지 못했던 숙원을 다 해결하려면 멀었다고."

"도대체 이 아이의 숙원이 뭐길래 저를 이리도 괴롭힌단 말입니까!"

"알고 싶나?"

"예!"

"그 아이의 이름은 묘아라네!"

"도대체 묘아가 뭐… 예?! 묘아님이시라고요!"

서종은 묘아라는 말에 크게 놀라서는 땅에 처박혀 있던 고개를 들어 자신의 배 위에서 하늘을 향해 괴성을 지르는 아이를 쳐다보았는데, 아나나 다를까 만독묘랑의 얼굴과 비슷한지라 기쁘지 않을 수 없었다.

당장이라도 일어나서 인사를 드리고 싶지만, 지금 상태로선 움직일 힘도 없었다. 방금 전까지는 자신의 배 위에서 놀고 있는 묘아가 괴롭기 그지없었지만, 그 이름을 알고 나니 계속 자신을 가지고 놀아도 즐거울 것이라 생각하는 그였다.

"하하하! 만독묘랑님! 얼마나 기쁜 날입니까! 하하하!"

자신도 모르게 앙천대소를 하는 서종이었다. 그 모습에 묘아는 영문을 모르고 그의 얼굴을 보며 고개를 갸우뚱거릴 뿐이었다.

묘아를 보며 크게 웃는 서종, 하지만 그 옆의 만독묘랑은 눈물을 흘릴 뿐이었다. 묘아가 자신에게는 전혀 오지 않고 있기 때문이다.

'얘야, 내가 니 아빠란다……'

소리는 치고 싶지만 워낙 많은 내력을 소모했기 때문에 좀처럼 말할 기운도 나지 않고 있었는데, 이런 그를 알고 있는지 루드웨어가 그의 머리 위에 쭈구려 앉아서는 말했다.

"딸을 만나고 싶은 모양이군."

'그렇소! 제발 나를 움직이게 해주시오!'

루드웨어의 말에 소리치고 싶은 만독묘랑이었지만 입으로는 나오지 않고 있었다.

"음… 그렇다면… 조건이 하나 있는데… 나에게 염화묘조를 만들 때 썼던 현철을 구해줄 수 없겠나?"

'날도둑놈!!'

"뭐, 싫으면 어쩔 수 없는 거고, 내력을 너무 과도하게 사용하면 주화입마로 불구가 된다는 소문도 있던데… 뭐 내 요청을 승낙할 생각이면 눈을 두 번 깜빡이게."

그 말에 할 수 없이 눈을 두 번 깜빡이는 만독묘랑이었다. 만족의 미소를 지은 루드웨어는 그의 몸에 진기를 불어넣어 주었다.

"하아!"

진기가 들어오자 힘이 생긴 만독묘랑은 벌떡 일어섰다. 그가 제일 처음 달려간 이는 바로 묘아였다.

"묘아야!"

"우왕!!"

하지만 갑작스럽게 달려드는 만도묘랑을 보며 묘아는 크게 놀라서는 손톱을 들어 그대로 그의 얼굴을 할퀴어 버렸지만, 그럼에도 그는 아무렇지도 않은 듯 묘아를 껴안더니 그대로 자신의 볼로 묘아의 볼을 비비기 시작했다.

"내 귀여운 딸! 흑흑흑……."

그의 눈에선 눈물이 쉴 새 없이 흘러내리니 묘아는 그 모습에 크게 당황하는 듯한 표정을 지었지만, 어느새 그 사람이 오면서 유리마가 말해 주었던 자신의 부모라는 것을 알고는 말을 이었다.

"아… 빠……?"

"그래! 내가 너의 아빠란다!!"

"아빠!!"

묘아는 그제야 만독묘랑에게 들러붙어서는 연신 볼을 비비니 가히 4년 만의 부녀 상봉이라 할 수 있었다.

거처하고 있는 곳으로 돌아온 만독묘랑은 묘아와 떨어질 생각을 하지 않고 부족원들에게 진수성찬을 차려 오라는 지시를 하며 묘아를 챙겨주었다. 역시 짐승의 감각에 더 가까운 아이는 자신을 챙겨주는 아빠에게 흠뻑 빠질 수밖에 없었다.

"정말 감사하오. 내 딸을 이렇게 데려다 주시니 말이오."

등짝에 붙어 있는 묘아 때문에 머리가 지저분해짐에도 아랑곳하지 않으며 그는 유리마의 두 손을 잡고 쉴 새 없이 감사의 인사를 전했다. 유리마는 미소를 지으며 인사를 받아주었다.

시간은 흘러흘러 어느새 해츨링의 부화 일은 다가왔다.

예정된 부화일이 되자 루드웨어는 흥분된 마음으로 동굴로 왔다. 유리마를 비롯하여 묘아, 서종, 만독묘랑까지 태어날 해츨링을 구경하기 위해 모여들기 시작했다.

"그나저나 이렇게 사람이 많아도 되는 거야? 녀석, 태어나면 적응 안 될 텐데?"

"상관없잖아. 어차피 세상이 다른 데다가 드래곤이 그런 것 가지고 낯가림해서야 되겠어?"

다른 곳이라면 드래곤 사이에서 태어나 어느 정도 시간이 지난 후 로드에게 이름을 받기 위해 떠나야 하나 상황이 상황인만큼 대충 넘기려고 하는 루드웨어였다. 사실 일일이 절차를 진행하는 게 조금 귀찮은 것이 아닐까 하는 것이 유리마의 짐작이었다.

하지만 이러니저러니 해도 일어날 일은 일어나게 되어 있으니, 사람들이 지켜보는 가운데 천천히 알에서 통통거리는 소리가 들려왔다.

"시작이다."

루드웨어의 말에 사람들은 모두 알에서 눈을 떼지 못했다. 서서히 겉 표면에서 균열이 일어나기 시작했고, 십 분 정도 후 드디어 알 껍질의 한 부분이 깨지면서 드래곤의 그 툭 튀어나온 주둥이가 그 모습을 드러냈다.

[캬오!]

괴수가 등장하는 양 알에서 나오자마자 괴성을 지르며 하늘을 향해 포효하는 해츨링이었다. 그 순간 사람들은 미리 준비되어 있었던 장치를 터뜨렸다.

퍼버벙!!

[끄오오!]

"세상에 나온 것은 축하한다! 루카스!"

폭죽을 터뜨리며 사람들은 루드웨어가 미리 지어놓은 루카스란 이름을 부르며 크게 소리 질러 처음 세상에 얼굴을 들이댄 해츨링을 환영했다. 하지만 곧 해츨링의 상태가 조금 이상하다는 것을 느낄 수 있었다.

"으응?"

폭죽 소리에 놀란 해츨링이 괴성을 지르며 자빠진 것까지는 좋았는데, 그 후로 게거품을 물고는 좀처럼 일어날 생각을 하지 않고 있었기 때문이다.

"무, 무슨 일이……."

루드웨어는 떨리는 손을 들어서는 루카스의 몸에 손을 가져갔는데, 그 순간 크게 놀라지 않을 수 없었다.

"아악!! 몸이 차갑다!"

"뭐!!"

"흑흑흑! 태어나자마자 싸늘한 몸이 되어버리다니! 루카스야!!"

루드웨어는 차가워진 녀석의 몸을 잡고 오열을 터뜨리기 시작했는데, 그 순간 참지 못한 유리마가 그대로 발을 들어서는 녀석의 뒤통수를 후려갈기곤 말했다.

"멍청한 녀석, 드래곤은 쉽게 말하면 냉혈 동물이다."

"응?"

"원래부터 피가 차가운 종족이라고!"

"……."

그제야 자신의 착각이라는 것을 깨달은 루드웨어는 멋쩍은 웃음을 터뜨릴 수밖에 없었다.

"헤헤헤, 그런 거냐?"

"휴……."

유리마는 녀석의 한심함을 보며 한숨을 쉴 수밖에 없었는데, 다음에 들린 루드웨어의 말에 이번에는 정말 크게 경악하지 않을 수 없었다.

"그나저나 심장도 안 뛰니 드래곤이란 참 묘한 짐승일세?"

"…응?! 뭐라고!"

"심장도 안 뛰잖아……."

"이런 등신아!"

다시 한 번 이단옆차기로 루드웨어를 날려 버린 유리마는 급히 해츨링의 몸을 살펴보았다. 아니나 다를까 심장의 박동 소리가 들리지 않은지라 황급히 손에 약간의 내력을 가해서는 녀석의 심장이 있는 부분을 강하게 밀었다.

텅! 텅!

하지만 좀처럼 녀석의 심장은 뛸 생각을 안 했다. 지금의 상황을 지켜만 보고 있던 로노와르의 피부 색은 이제 녹색에서 퍼런색으로 변해 가고 있는 것이 역력하게 보이고 있었다.

그때 아픈 뒤통수를 쓸어 만지던 루드웨어가 자리에서 일어나서는 해츨링의 등과 가슴에 두 손을 가져간 후 가볍게 내력을 집어넣었다.

"핫!!"

텅!

그 순간 두 개의 내력이 담긴 일장에 충격을 받은 심장은 기적과도 같이 다시 뛰기 시작했고, 박동 소리를 들은 그는 안도의 한숨을 쉴 수 있었다.

"휴우……."

[루카스!!]

다시 심장이 뛰는 것을 확인한 로노와르는 급히 거대한 몸을 움직여 루카스를 가슴에 끌어안더니 거대한 꼬리를 휘두르며 동굴에 있는 사람들을 모두 날려 버리며 소리쳤다.

[당장 레어에서 꺼져 버려!]

"끄아악!!"

사람들은 로노와르의 꼬리에 강타당하여 모두 동굴 밖으로 팅겨 나갔다. 한순간에 일어난 엄청난 소동이었다.

"끄으윽……."

"로노와르가 화가 많이 난 모양이군."

"당연합니다. 용아님이 태어나자마자 황천길로 가실 뻔했으니 어찌 화가 나시지 않겠습니까."

"그런가……."

서종의 말에 고개를 끄덕이며 수긍할 수밖에 없는 루드웨어였다.

"그나저나 엄청난 위력이군."

만독묘랑은 용 꼬리의 위력을 접하고는 크게 감탄하듯 말했고, 그 말에 가슴에 붙어 있던 묘아 역시 같은 생각이라는 듯이 고개를 끄덕였다.

　"남편까지 내치다니… 너희들은 여기 있으라고, 난 안에 들어가서 루카스나 보고 올 테니까."

　"살아 돌아와라… 루드웨어."

　"반드시……."

유리마의 말에 생환의 약속을 한 루드웨어는 두려운 마음을 가슴에 담고 동굴 안으로 발걸음을 옮겼다. 멀리서 징징거리며 울고 있는 해츨링을 안고 있는 로노와르의 모습이 보였다.

만약의 경우를 위해 근처에 있던 바위 뒤로 숨은 루드웨어는 혜광심어를 사용하여 그녀를 향해 물어보았다.

[로노와르, 루카스는 이제 괜찮은 거야?]

[당연하지, 이 몰상식한 작자야!]

[휴… 나 루카스 좀 보러 가도 될까?]

[한 번만 더 그 딴 짓 하면 가만히 안 둔다.]

[응.]

대답을 들은 로노와르는 꼬리를 움직여서 안으로 들어오라 표시했다. 미소를 지으며 루드웨어는 루카스에게 다가갔다.

[꾸에에엑……]

루카스는 아까의 놀람 때문인지 울음을 그치지 않고 있었다. 루느웨어는 한참을 생각하다가 손뼉을 치고는 주문을 외웠다.

　"운디네!"

그가 외운 것은 바로 하급 정령의 하나인 운디네를 부른 소리로 그의 주문과 함께 열두 마리 정도의 운디네가 그 모습을 드러내었다.

　"자! 운디네, 내 귀여운 루카스를 위해 캉캉 춤을 추어라!"

물의 정령 운디네의 이마에는 어이없음에 한줄기의 식은땀이 흘러내렸다. 일단 소환자의 명령인지라 할 수 없다는 듯이 캉캉 춤을 추기 시작했다.

빠-빰-빰-빠-빠-빠-빰-빰~!!

루드웨어가 운디네의 캉캉 춤에 맞추어 음악을 만들어가니 갑작스러운 일에 루카스는 울음을 멈추고 뒤를 돌아보았다.

[꾸아아아!]

운디네의 캉캉 춤과 함께 루드웨어가 흥겨운 노래를 부르니 루카스도 덩달아 신이 난 듯 덩실덩실거리기 시작했고 놀라 울음을 터뜨리던 그 모습은 완전히 사라졌다.

한참을 그렇게 해츨링과 놀던 그는 어느 정도 시간이 지나자 녀석을 보며 잠시 휴식에 들어갔다.

"그나저나 이 녀석 그린 드래곤이잖아? 다원소 드래곤은 유전이 안 되는가 보군."

다원소 드래곤인 로노와르의 몸에서 태어난 루카스는 그린 드래곤이었던 것이다.

뭐, 루드웨어의 머리 색이 초록색인 것을 보면 그도 그린 계열 인간인지라 이런 모습이 되는 것은 당연하다고 볼 수 있었다.

"그나저나 영양가 많은 오크를 못 먹이는 것이 조금 미안하군."

[일단 멧돼지로 만족해야지. 아! 알 깨고 나왔으니 시장하겠구나. 루드웨어, 잡아놓은 멧돼지를 가져와.]

"응."

로노와르의 말에 루드웨어는 줄에 매어놓은 멧돼지를 끌고 왔다.

[꾸에엑.]

"소리는 오크랑 비슷하긴 한데 영양가는 얼마나 비슷할지."

살아남기 위해 발버둥 치는 녀석을 보며 한참 생각에 잠기는 루드웨어였지만, 일단은 성질 사나운 녀석을 정수리에 일장을 갈겨 진정시킨 후 루카스의 앞으로 끌고 왔다.

루카스는 멧돼지를 보자 먹을 것이라는 것을 알고는 툭 튀어나온 주둥이를 들어서 다리 부분부터 뜯어 먹기 시작했다. 사방으로 유혈이 튀는 잔인한 식사 장면이라 할 수 있었다.

"혼자서 잘 먹는군."

[태어나면서 아무것도 못하는 인간과는 다른 종족이니까.]

"음……."

얼굴 가득히 돼지 피가 묻어 있는 루카스의 식사 장면을 보며 미소를 짓는 루드웨어였다.

"그나저나 이 녀석 밥 먹이는 게 쉽지 않겠네. 이러다 잡식성 드래곤이 되는 건 아닐까?"

두 사람의 가장 큰 걱정은 해츨링이 먹을 만한 음식거리였다.

남만에서 멧돼지라고 해봤자 그들이 살던 곳의 오크 종족처럼 모여 사는 것도 아니고 여기저기 흩어져 살고 있는 덕에 한 마리 구하기 위해선 백방으로 뛰어다녀야 하기 때문이다.

그런 이유로 다른 가축들도 먹여야 하는데, 앞으로 나갈 루카스의 식대를 생각하면 정말 눈앞이 캄캄하다고 할 수 있었다.

"드래코니안으로 변하게 하면 조금 덜 먹을까?"

그의 말에 로노와르는 고개를 저으며 말했다.

[드래코니안의 변신은 적어도 드래곤 하트가 안정되고 피부가 굳었을 때야 가능해. 한 200백 년 정도 있어야 할까나?]

"음… 인간으로 폴리모프는?"

[몸이 어느 정도 굳었을 때야 가능하니 그건 한 이삼 년은 지나야 되지 않을까?]

"거참, 성가신 놈일세."

그 말에 다시 한 번 로노와르의 꼬리에 맞아 동굴 밖으로 쫓겨난 루드웨어였다.

제8권 끝